U0005214

毛姆短篇小說選集

Selected Short Stories of W. Somerset Maugham

William Somerset Maugham

威廉・薩默塞特・毛姆 ——著
王聖棻、魏婉琪 ——譯

好讀出版

【導讀推薦】

人生究竟……？

文／吳洛纓

影視編劇、劇場導演、表演指導

「我總覺得大多數人這樣度過一生好像欠缺點什麼。我承認這種生活的社會價值，也懂得這種循序漸進的幸福，血液裡卻有股躍躍欲試的熱情，渴求著一條更刺激的人生道路……我心裡有股慾望，想活得更危險些。」——《月亮與六便士》，毛姆。

毛姆寫作將近五十年，寫過一百五十多篇短篇小說，長篇小說也有二十部，還有三十幾個劇本，算是形貌多樣、產量豐盛的作家。不知是天有異象還是怎地，誕生在十九世紀末、二十世紀初交接的作家特別多，隨意點名就有——很具爭議的大衛・勞倫斯（D. H. Lawrence）、一九三二年諾貝爾文學獎得主約翰・蓋斯華茲（John Galsworthy）、女性主義先鋒維吉尼亞・吳爾芙（Virginia Woolf）、從愛爾蘭來的王爾德（Oscar Wilde），以及寫出《尤利西斯》的詹姆士・喬伊斯（James Joyce）；這些無一不是在英國文學史上舉足輕重的角色，也各自在現代文學上開啓了新路數。

在這些光彩奪目的瓔珞寶石間，毛姆一直不爲評論家青睞，特別是在英國。幾本當時出版的文學史專著不是連提都沒提，就是輕描淡寫地帶過。但彼時的毛姆，無論長、短篇小說都被翻譯成多國語言，算得上「世界級暢銷作家」，但即便因此獲得巨額稿費版稅收入、深受大眾讀者喜愛，都還是讓評論家因人廢言地認爲——他，資質平庸；是暢銷作家，但不是經典作家。

毛姆自己又如何看待這些來自評論家的嚴苛批判？他其實一方面非常介意這些批判聲浪，另一方面又似乎洞悉自己的寫作方向，的確不朝成爲經典之作而去。

他曾在《總結》（*The Summing Up*）一書如此寫道：「我發現自己的能力有限，唯一的明智之舉是把目標放在能力能企及的最佳境界，我知道我沒有抒情的特質，懂的字彙很少……我幾乎沒有暗喻的才華，也很少想到原創又動人的明喻，我的力量沒法達到詩意的奔放和偉大的想像。」在這般看似自我嘲謔、又寧爲雞首不爲牛後的認定下，他眞的對自己的優點一無所悉嗎？但在另外一段話「我不照我的願望寫作，我照我的能力寫……我有敏銳的洞察能力，似乎能看到很多別人錯過的東西」，又可看見毛姆其實對自己、對身處的文壇及變動的世界，有他通透的覺知；當然，這樣的靈犀也出現在他的小說裡。特別是在這部精選的《毛姆短篇小說集》裡，他筆下的世界，就是他所身處的世界——他，正是從日常寫實的世界挖掘出命運的不尋常，以及相伴人一生的愛與死亡。

短篇小說〈雨〉，敘述了炙熱的南太平洋航程中，麥克法爾醫生夫婦與傳教士戴維森夫婦如何結識，進而因雨被困居在島上一間小旅館。在小島綿綿不絕的雨季中，樓下是和他們搭乘同一艘船、也賃居在旅店的湯普森小姐。每到夜晚，湯普森小姐的房裡總會傳來留聲機播放歡快的音樂，除了她本身，更傳來一些與男人調笑的聲響，這一切都讓身為傳教士的戴維森先生坐立難安，心中對宗教的熱情促使他不得不用各種手段讓湯普森小姐「改邪歸正」，甚至逼迫她提早一班船離開，而那艘船則開向她被通緝的舊金山。當然，「惡魔的反撲」不只強大，且總來得出人意表，在故事最後甩尾般的關鍵情節裡，可以看見毛姆對人性的眞實面多麼大發慈悲——鋪陳了一整篇故事情節，積累出主要角色的憤恨與狂熱，而最終悲劇性的命運卻淡淡幾筆帶過，彷彿輕輕一捏，小蟲子就在拇指與食指間被消滅。這樣的殘酷，說起來還是溫柔的。

除了在小說末段的回馬槍，毛姆也喜歡精心描寫主要人物的出場，從長相、膚色、髮型、衣著、神態到表情，最後加上一筆注解，筆法敏銳又帶點刻薄，有時譏誚，有時嘲諷，也不乏聰明機智，讓讀者與角色第一次見面就印象深刻，而那正是「嘴臉」一詞最痛快的詮釋；這類手法讓人想起伍迪．艾倫（Woody Allen）與張愛玲，語言文字上機鋒處處，讓人讀來痛快又過癮。書中較為輕快的〈承諾〉〈午餐〉〈無價之寶〉〈螞蟻與蚱蜢〉，都有這樣的特徵。

毛姆不只寫小說、劇本，一九二〇年代起，他也開始幫好萊塢寫電影劇本，「寫電影劇本跟寫舞臺劇本、小說不一樣，它是一種界限分明又模稜兩可的東西，它有自己的技巧、規則、限制和效果。」儘管在小說世界已獲致極大認同，但他會跨足劇本寫作絲毫不令人意外。在他的小說裡，對人物的刻畫、戲劇性的轉折、情節的衝突力，都與劇本所需相似。電影在當時，是新媒介也是新文本，它訴求的感受多於閱讀，它有文學的基因卻又不等同於文學，還要能在不同文化族群間傳遞共通的情感，而那又回到了「人性」這亙古的命題上，這正是毛姆作品中最亮眼的部分。儘管並未成爲一名偉大的電影編劇，但他的小說被改編成的電影之多，居英語系作家之冠——他的作品共有九十八個電視電影版權，比爲人稱道的柯南・道爾（Conan Doyle）筆下的「福爾摩斯系列」還多。

以本書收錄的短篇小說〈雨〉爲例，此故事原名〈湯普森小姐〉，出版後引起極大轟動，各種電影、戲劇的計畫案絡繹不絕，各方提出的版權費高達數千美金，這是他賣價最好的一部作品。爾後更名爲〈雨〉，在百老匯舞臺上演，再加上全美巡迴舞臺劇的演出，收入將近三百萬美金，分紅利潤可觀。緊接著，電影版權以高達十五萬美金售出，讓他坐實了「大眾暢銷小說家」的名號。而〈雨〉所改編的舞臺劇在倫敦上演，也讓他衣錦榮歸，絲毫未減損他在文學上的地位，反而更增許多讀者對他的喜愛。

「比起評判，作家更在乎的是了解人性。」毛姆曾在長篇小說《月亮與六便士》中如此自承，而這或許是對他整個寫作脈絡最好的注解。從他在一八九七年出版第一部小說開始，經過了將近一百廿年，那種忍不住要說故事給你聽的熱忱，讓他又輕輕鬆鬆的與廿一世紀的讀者通上話。畢竟他是毛姆，他意在成爲一個說故事的人，不是文學上的經典大家，他在嚴肅文學中的定位對讀者不太重要；畢竟他是毛姆，我們就喜歡聽他用「那調調」給我們說故事。

吳洛纓
國立臺灣大學戲劇研究所碩士、臺北藝術大學戲劇系畢業（主修導演）。二十多年來一直從事影視編劇、劇場導演、表演指導工作。曾分別以《痞子英雄》《白色巨塔》入圍、榮獲金鐘獎最佳編劇，亦為優質戲劇《哇陳怡君》《滾石愛情故事——愛情、最後一次溫柔》擔綱編劇。現任國立臺北藝術大學戲劇系兼任講師，目前從事劇本創作，並長期為「娛樂重擊」（Punchline）、「獨立評論@天下」等媒體平臺專欄撰稿。著有《人間散策》一書。

我畢竟還有那麼一點自尊。再說，這裡面其實也沒什麼故事好寫。

:: 目錄 ::

雨

接近就寢時間了，等到明天早上他們起床，應該就可以看見陸地。麥克法爾醫生倚著圍欄點起了菸斗，仰望天空尋找著南十字星。在承受了兩年前線生活、及一道復原得比預期更久的傷之後，他很高興至少能在阿皮亞[1]靜靜待上一年，眼下即便仍在旅途中，他也已經覺得好多了。有些旅客明天會先在帕果帕果[2]下船，因此今晚跳了好一陣舞，直到現在，他耳裡還殘留著被自動鋼琴震得嗡嗡作響的刺耳聲音。但甲板上總算安靜了下來。他看見妻子在不遠處的長椅上與戴維森夫婦說話，便也踱了過去。麥克法爾醫生在燈光下坐定，脫下帽子，可看見他一頭火紅髮色，頂上有一塊已經禿了，紅髮間的頭皮色澤紅潤，帶著點曬斑。他是個四十歲的男人，身形消瘦，有張乾癟憔悴的臉，但看起來一絲不苟，甚至可說有股迂腐的學究氣。一口蘇格蘭腔，聲音低沉而平穩。

麥克法爾醫生夫婦與作爲傳教士的戴維森夫婦之間，產生了一份同船情誼，但與其說眞有何共同愛好，不如說他們本來就很相似——他們都看不慣那些把時間沒日沒夜花在吸菸室裡玩撲克、打橋牌及喝酒的人，而分享對這些人的不滿，讓兩對夫婦一拍即合。麥克法爾太太對他倆居然成了戴維森夫婦在這艘船上唯二願意結交的人，受寵若驚；而醫生本人，儘管害羞，但並不愚蠢，也隱隱感覺到這裡頭有份好感。只是他生性好辯，入夜後在自己的艙房，仍不免挑剔一番。

「戴維森太太說，要是沒有我們，她簡直不知該如何度過這段旅程。」麥克法爾太太一邊說，一邊俐落地把自己的假髮刷乾淨，「她說，我們是這艘船上他們唯二願意結識的人。」

「我覺得，傳教士不應該是這種擺架子的大人物。」

「也不是擺什麼架子，我完全懂她的意思。戴維森夫婦若跟吸菸室那些粗野的人混在一起，也不太恰當。」

「他們那個宗教的創立者，當初可沒這麼自命不凡。」麥克法爾醫生笑出聲來。

「我跟你說過多少次了，不要拿宗教開玩笑，」麥克法爾太太回他，「我真不該喜歡你這種個性的人。艾列克，你看人從來不看優點。」

他拿自己黯淡的藍眼睛斜瞥了她一眼，沒有答話。結婚這麼多年，他早已學會讓太太講最後一句

---

1 阿皮亞（Apia）：南太平洋島國薩摩亞（Samoa）首都，位在薩摩亞第二大島烏波盧島（Upolu）上，是該國最大城市及主要港口。薩摩亞，約位於夏威夷與紐西蘭中間，與美屬薩摩亞比鄰。

2 帕果帕果（Pago Pago）：南太平洋島國美屬薩摩亞（American Samoa）首都，位在其第二大島圖圖伊拉島（Tutuila）上。

話，不再回嘴，這有助促進雙方和平。他比她早一步脫了衣服，爬進上舖躺下，開始讀起睡前書。

隔天早上來到甲板，船已近岸邊，他迫不及待想看看這片陸地——眼前有條狹長如帶的銀色沙灘，緊鄰著拔地而起的山丘，山上則覆著蓊鬱的林木。濃密青綠的椰子樹一路迤邐到水邊，當中散見著一些薩摩亞人的草屋，不時還可看見一棟亮白色小教堂。戴維森太太走過來，站在他身旁。她一身黑衣，脖子上戴著一條金鍊子，鍊墜是個小小十字架。她是個瘦小的女人，缺乏光澤的棕髮被精心梳理過，不太顯眼的夾鼻眼鏡後方有對鼓突的藍眼睛，臉型很長，有點像綿羊，倒不給人蠢笨的印象，反而極爲機敏警戒，動作也疾如禽鳥。最引人注意的是她的聲音，是種高亢的金屬聲，毫無抑揚頓挫，聽起來非常單調，氣動鑽子似的噪音毫不留情刺激著神經，教人心煩。

「這裡對你來說，一定跟家很像。」麥克法爾醫生說，微微擠出了一絲笑容。

「你知道，我們那兒是低地島，跟這裡不一樣。這裡是珊瑚形成的，是火山島。要到我們那兒，還有十天航程呢！」

「所以，這裡其實比較像自家隔壁那條街。」麥克法爾醫生打趣地說。

「呃，這樣說倒有點誇張。不過，南海這一帶的人看待距離確實和其他人不太一樣，所以你這麼說也沒錯。」

麥克法爾醫生輕輕嘆了口氣。

「我眞高興我們派駐的地方不是這兒，」她繼續說著，「據說在這裡工作艱困得很，郵輪來來去去，人也跟著來來去去，而且還有個海軍基地，對本地人也有壞影響。我們工作的那個教區，就不需要面對這類麻煩。當然，還是有一兩個生意人，不過我們很留意他們，要是行爲不端，就讓他們待不下去，寧願自己走人。」

她推了推鼻梁上的眼鏡，冷酷凝視著眼前翠綠的島嶼。

「對傳教士來說，在這個島工作簡直毫無希望。我眞是萬分感謝上帝，至少我們不必待在這裡。」

戴維森先生派駐的教區是北薩摩亞的一群小島，由於位置分散，必須經常長距離地乘獨木舟往來各島；他不在時，便由妻子待在總部主持大局。麥克法爾醫生一想到她一定會用自己的效率管理教區，內心便爲之一沉。她說起當地人之墮落腐化，用的是一種激烈而誇張、很難平靜得下來的恐怖語調。她對這些事的感受如此敏銳簡直無人能出其右，而早在結識之初，她就曾對他說：

「你知道，我們第一次到這些島上時，那些人的婚俗眞是嚇壞我們了。我簡直沒法跟你描述內容，但我會跟尊夫人說，她會說給你聽的。」

接著，他便看見妻子與戴維森太太併起兩張帆布躺椅，聚精會神地談了兩個小時。而他爲活動筋骨、在她們面前走來走去時，也間或聽見了戴維森太太的激動低語，彷彿一道奔騰在遙遠山間的急流。他看見妻子張大了嘴，臉色蒼白，似乎很享受這種令人震驚的經驗。入夜後回到艙房，她便壓低聲音把聽來的故事重述給他聽。

「如何？我怎麼跟你說的？」隔天早上，戴維森太太一見到他便興高采烈地大喊，「你聽過比那更可怕的事嗎？你現在明白我為何不親口告訴你了吧？即便你是個醫生。」

戴維森太太仔細端詳著他，渴望看見預期中的反應。

「你能想像我們剛到那兒時，心情有多低落嗎？我跟你說，不管在哪個村莊，都找不到任何正經的女孩，這點，我想連你都很難相信。」

她從嚴格的技術意義上，使用了「正經」這個字眼。

「外子跟我討論之後，決定要做的第一件事就是——禁止跳舞。那些土著簡直瘋了似的愛跳舞。」

「我年輕時並不反對跳舞。」麥克法爾醫生說。

「昨晚聽見你向尊夫人邀舞時，我就猜到了。我覺得，一個男人跟自己太太跳舞沒什麼不好，但她沒答應你，確實讓我鬆了口氣。在這種情況下，我覺得我們最好還是不要太公然做這種事。」

「在哪種情況下？」

戴維森太太鏡片後面的眼睛迅速掃視了他一眼，但沒回答他。

「要是在白人圈子裡，就不能這樣一概而論。」她繼續說，「儘管我必須說自己同意外子的看法——他無法理解一個作丈夫的人怎能站在一旁，看著自己太太被另一個男人摟在臂彎裡。以我自己來說，我從結婚後就沒跳過一步舞。但這些土著跳起舞來完全是另一回事，跳舞不僅本身就不道德，而且肯定會引起更不道德的事。無論如何，感謝上帝，我們消滅了跳舞這件禍事，我們教區已經八年沒人跳舞了，這點我想應該沒講錯。」

此時，船已到達海港入口處，麥克法爾太太也加入了他們。轉了個急彎後，船慢慢往港內開去。這是個很大的內陸港，大到停得下一整支艦隊，整個港口爲聳立的碧綠陡丘所包圍。靠近海港入口處，可看見建在花園裡的總督府，正好迎向海上吹來的柔和微風，旗杆上則懶洋洋掛著一面星條旗。經過兩三棟整齊美觀的平房和一座網球場之後，船隻抵達了倉庫之間的碼頭。戴維森太太指了指停泊在兩、三百公尺外的一艘中型雙桅帆船，那正是要送他們去阿皮亞的船。

一大群愉快、熱切而吵鬧的本地人，從島上四面八方聚了過來，有的出於好奇，有的想和轉往雪梨的旅客以物易物（他們帶來鳳梨和大把大把的香蕉，還有樹皮織的塔帕土布、貝殼與鯊魚牙齒串起的項鍊、卡瓦碗[3]，以及戰船模型）。鬍子刮得乾乾淨淨、一身俐落齊整的美國水手，毫無隔閡地在本地人之間率爾閒逛，當中甚至有一小群官員。行李運上岸時，麥克法爾夫婦和戴維森太太望著來來往往的人群。麥克法爾醫生注意到，大多數兒童和少年身上都有熱帶肉芽腫[4]，皮膚上的

3卡瓦碗（Kava bowl）：薩摩亞群島使用的一種木製大缽，用來盛裝卡瓦（Kava）。卡瓦是一種胡椒屬植物，根部磨粉加水，搓揉出汁液，有輕微麻醉放鬆效果。

4熱帶肉芽腫（Yaws）：也稱「雅司病」，發於皮膚、骨骼和關節的熱帶傳染病，病原是梅毒螺旋體。

瘡塊像某種進展緩慢的潰瘍，他們似乎爲此病所苦；而行醫經驗豐富的他，甚至首次目睹象皮病[5]的病例，臉上那對專業的眼睛突然亮了起來——患上象皮病的人，不是有條巨大沉重的手臂，就是帶著一條幾不成形的腿緩緩拖行。而這裡的人不分男女，都穿著一種叫拉瓦拉瓦[6]的圍腰裙。

「這種服裝實在太傷風化了，」戴維森太太說，「外子覺得應該立法禁止。要是每個人都除了腰上一塊紅棉布之外什麼也沒穿，要怎麼期待他們變得有道德觀念？」

「這種服裝很適合這裡的氣候啊！」麥克法爾醫生一邊說，一邊抹著頭上的汗。

他們已經上岸，儘管仍一大清早，熱氣已沉悶難耐——由於被群山環抱，一絲涼風也吹不進帕果帕果。

「在我們那些島上啊，」戴維森太太繼續語調高亢地說，「幾乎完全根除了拉瓦拉瓦，只剩少數老人還會穿，但也就只有這樣了。現在，那些女人都穿上寬寬的長罩衣，男人也都穿上長褲及汗衫。我們剛去時，外子還在一份報告裡寫著——這些島上的居民永遠不會成爲基督徒，除非讓十歲以上的男孩都穿上長褲。」

重沉沉的烏雲飄了過來，積在海港入口處上方，戴維森太太禽鳥似地瞥了烏雲幾眼——開始有雨滴落下了。

「我們最好找個地方躲躲。」她說。

他們和眾人一塊兒躲進一個鐵皮浪板搭的大棚子，大雨開始傾盆而下。站了一會兒，戴維森先生也來了。整趟旅途，他一直對麥克法爾夫婦以禮相待，但無妻子那種交際能力，因此大多數時間都在看書。他是個沉默而悶悶不樂的人，讓人覺得他的和藹親切只是基督教強加給他的責任；其實，他生性矜持，甚至有些陰鬱。他的長相也很奇特，很高很瘦，長長的四肢鬆垮垮地接在身體上。雙頰凹陷，顴骨又高得出奇，整個人死氣沉沉，卻長著一副肉慾的厚唇，注意到這一點的人總覺得很驚訝。他頭髮很長，黑色眼珠深陷眼窩裡，很大，但飽含哀愁，手掌也很大，手指纖長，整體外型很有力。但最引人注目的是他給人的感覺，彷彿一團壓抑著的火，那火騷動著，讓人難以忽視卻又曖昧不明。他不是個能親近的人。

他帶來了不太受歡迎的消息。本地正在痲疹大流行，對島上的卡那卡人來說，這是很容易致命的嚴重疾病。而就在他們要接續航程的那艘雙桅帆船上，有個水手染了痲疹，病人已經上岸，送進檢疫站的醫院。但阿皮亞那邊來了電報指示，說除非整艘帆船的水手都確定沒染病，否則不准進港。

---

5 象皮病（Elephantiasis）：一種由絲蟲總科的寄生蟲引起的疾病。許多罹患此病的病患並無症狀，但有些人的手臂、腳或生殖器會出現嚴重水腫。絲蟲是藉由受感染的蚊子叮咬而傳播。

6 拉瓦拉瓦（Lava-lava）：波里尼西亞人（尤其是薩摩亞人）所穿的一種服裝，將一塊簡單的方形布料，像裙子一樣圍在身上。

「意思是說，我們至少得在這裡待上十天。」

「但阿皮亞需要我啊！」麥克法爾醫生說。

「那也沒辦法。倘若船上不再出現其他病例，船就可以出航，但只能載白人旅客，所有本地人都得禁航三個月。」

「這裡有旅館嗎？」麥克法爾太太問。

戴維森先生輕輕笑了笑。

「沒有。」

「那我們接下來怎麼辦？」

「我剛剛跟總督談過了。有個生意人在海邊有房間出租，我建議只要雨一停，就去那兒看看怎麼安排比較好。也別預期會有多舒服，只要能有張床睡，頭上有片屋頂遮著，就已經謝天謝地了。」

暴雨看起來毫無要停的跡象，最後他們只好撐著傘，穿著雨衣出發了。這個島上沒有城鎮，只有一小群公家建築和一兩家商店，建築物後方的椰子樹和大蕉林裡倒有零星幾棟本地人的屋子。他們要找的那棟房子，距碼頭約五分鐘路程，是棟兩層樓木屋，兩層樓都有寬敞的露臺，屋頂覆著鐵皮浪板。店主名叫洪恩，是個混血兒，妻子是本地人，身邊圍繞著一群棕色皮膚的孩子。在一樓開了家商店，賣些罐頭食品和棉布。他帶大家看的那幾個房間幾乎沒有家具，麥克法爾夫婦那間更糟，只有一張掛著破蚊帳的爛床、一張快解體的椅子，和一只臉盆架。他們詫異地環視著房間，外頭的滂沱大雨仍沒有變小的意思。

「接下來我只拿真正需要的東西，其他的我絕不開行李箱。」麥克法爾太太說。

麥克法爾太太還在開行李箱時，戴維森太太便進到了房間。她如此輕快敏捷，顯然這教人沮喪的環境絲毫沒影響她。

「倘若你們接受我建議，現在就會馬上拿針線補蚊帳了，否則今晚根本別想合眼。」

「蚊子這麼厲害嗎？」麥克法爾醫生問。

「現在正是蚊子肆虐的季節。你們要是受邀參加阿皮亞總督府舉行的派對，就會注意到他們給那些貴婦都發了枕頭套，好讓她們……套腳。」

「我希望這雨能停一陣子，」麥克法爾太太說，「要是能有點陽光，也許我就有心情把這地方弄得稍微舒服點兒。」

「噢，你要是等這個，那你得等好久。帕果帕果，大概是整個太平洋下雨下得最多的地方了。你看，那些山和那個海灣，把水氣都引進來了。但無論如何，每年這個時候，大家都知道要下雨的。」

戴維森太太看了看麥克法爾醫生，又看向那位作妻子的，只見兩人無助地各據房間一角，懵了似的。她忍不住噘噘嘴，看來得出手接管了。遇到這種沒用的人總讓她耐心盡失，儘管如此仍忍不住手癢，要把一切弄得井井有條，她天性如此。

「這樣吧，你們拿針線給我，我幫你們把蚊帳補了，你就繼續把行李裡頭的東西拿出來。午餐是一點鐘。麥克法爾醫生，你最好去一趟碼頭，看看你的大型行李有沒有被放在乾的地方。你知道這些本地人哪，他們很可能一直把行李放在那兒任雨淋。」

醫生再度披上雨衣下樓去了。店主洪恩先生站在門邊和一位船上的舵手說話。他才剛來，另外還有一名二等艙的旅客，麥克法爾曾在船上見過幾次。那舵手生得瘦小乾癟，身上非常髒，麥克法爾經過他們身邊時，他朝醫生點頭打招呼。

「這場麻疹真糟糕啊，醫生，」舵手說，「不過，我看你們都已經安頓好了嘛！」

麥克法爾醫生覺得此人口氣太冒昧，但由於自己個性膽小，並不那麼輕易就生氣。

「是的，我們在樓上租了房間。」

「湯普森小姐要跟你們一起搭船去阿皮亞，所以我把她帶來這兒了。」

舵手用大拇指往身旁的女人指了指。她年約二十七歲上下，體態豐滿，儘管有點俗氣，但還是滿漂亮的。她身穿白色衣裙，戴著一頂寬邊白帽，那穿著白色棉襪的肥胖小腿，在羔羊皮白長靴的上緣擠出了一坨肉來。她向麥克法爾醫生示好地笑了笑。

「就那麼小一個房間，那傢伙居然要收我一塊半一天。」聲音嘶啞的她說。

「我跟你說，喬，她是我朋友，」舵手說，「超過一塊錢她付不起，你一定得在價錢上給點方便。」

胖胖的店主態度圓滑，平靜地微笑著：「這個嘛，史旺先生，既然你都這麼說了，我來看看事情該怎麼辦比較好。我會跟內人談談，要是我們覺得降價沒問題，就會給她個好價錢。」

「少跟我東拉西扯，」湯普森小姐說，「我們就這麼說定了，一塊錢一天，一個銅板都不能多。」

麥克法爾醫生笑了。對她厚臉皮講價的模樣真的很佩服，他自己是那種人家開多少價就付多少錢的人，寧願多付一點，也不願討價還價。

店主嘆了口氣：「好吧，看在史旺先生的面子上，一塊錢就一塊錢吧。」

「這樣才對嘛。」湯普森小姐說，「史旺先生，進來喝杯土酒吧，不然你把我包包拿來，我還有一瓶上好的黑麥威士忌。醫生，你也進來喝一杯吧。」

「噢，我想我不進去了，謝謝你。」他回答，「我得去看看我們的行李是不是都沒問題。」

他邁步走進雨裡，暴雨從海港的入口大片大片地掃過來，連對岸都看不清。他碰到兩三個只穿拉瓦拉瓦、撐著大傘的本地人端正地走著，動作閒適，身子直挺挺的，經過他時，還用奇怪的語言微笑著跟他打招呼。

麥克法爾醫生回到旅館已近晚餐時間，餐點就放在屋子的客廳裡，裡頭散發出一股悶人的霉味。那客廳本來就不是設計來讓人起居活動用的，不過充充場面罷了——有套壓花長毛絨沙發沿著牆壁整齊擺放，天花板正中央掛著一盞鍍金吊燈，還用黃色薄紙包了起來以防蒼蠅。戴維森先生沒有過來。

「我知道他去拜訪總督，」戴維森太太說，「我想總督留他吃飯了。」

有個矮小的本地女孩送來一盤漢堡排，過了一會兒，店主也來看看是否每個人都吃到餐了。

「我知道我們多了個同住的伙伴，洪恩先生。」麥克法爾醫生說。

「她只是租房間而已，就這樣，」店主回答，「吃飯她自理。」

他看著兩位女士，帶點討好的意味。

「我把她安置在樓下，這樣就不會在這兒礙事了。絕對不會煩擾到你們。」

「是船上的人嗎？」麥克法爾太太問。

「是的，夫人，她是搭二等艙的，準備去阿皮亞。那兒有個收銀員的工作等著她。」

「噢！」

店主走了之後，麥克法爾醫生說：

「我想她在自己房裡吃飯，大概會覺得沒什麼意思。」

「如果她搭的是二等艙，我覺得她還是在自己房間吃比較好，」戴維森太太回話，「我可不清楚那是什麼樣的人。」

「舵手帶她來的時候，我剛好碰上他們。她姓湯普森。」

「不就是昨晚跟舵手跳舞那個女人?」戴維森太太問。

「應該就是,」麥克法爾太太說,「那時我還在想她是什麼人,看起來有點放蕩啊!」

「完全不是正經女人。」戴維森太太說。

她們聊起了其他話題,但因今天起得太早,晚餐後大家便各自回房休息。隔天早上醒來時,儘管天空仍灰灰的,雲也壓得很低,至少雨停了,他們便到美國人沿海灣修築的一條大路散步。回來時,發現戴維森先生剛進門。

「我們說不定要在這兒待上兩個星期,」他煩躁地說,「我跟總督力爭,但他說目前無計可施。」

「外子只是想盡早回去工作。」戴維森太太一邊說,一邊焦慮地瞄了他一眼。

「我們已經離開一年了,」他一邊說,一邊在露臺上踱來踱去,「教會事務交給當地傳教士,我非常擔心他們做事太放任。他們都是好人,我不是說他們有什麼不好,他們敬畏上帝,而且虔誠,是真正的基督徒,他們信仰之虔誠足以讓國內許多號稱基督徒的人臉紅,只可惜太沒毅力了。他們頂得住一次、兩次,但沒辦法一直頂下去。如果你把教會事務都交給當地傳教士,不管他看起來多麼值得信任,經過一段時間你會發現,好些惡習都在他手底下故態復萌了。」

戴維森先生靜靜地站著,他又高又瘦的身材,和那對在蒼白臉龐上閃動的大眼睛,讓人印象很深刻。激動的手勢、低沉響亮的聲音,在在顯示了他內心的眞誠。

「我想好好安排一下自己的工作，我應該行動，且立刻行動。如果一棵樹朽爛了，就該砍倒扔進烈火裡。」

吃過一天裡最後一頓傍晚茶[7]，他們坐在氣氛生硬的客廳裡，女士們做著針線，麥克法爾醫生抽著菸斗，傳教士先生則說起在島上的工作。

「我們剛到那兒的時候，那些人完全沒有『罪』的觀念，」他說，「他們把戒律一條接一條的全犯了，而且還不知道自己做了錯事。給那些當地人灌輸罪惡感，大概是我工作中最困難的部分了。」

麥克法爾夫婦知道，戴維森遇見妻子之前，曾在所羅門群島工作五年，戴維森太太則曾在中國傳教；兩人是在波士頓認識的，當時他們都利用了自己的假期參加傳教士大會。結婚後，便被派往海外島嶼，駐點工作至今。

在他們多次交談中，有件事很清楚，戴維森先生是個勇氣十足、無所畏懼的人。他是一位行醫的傳教士，隨時可能被叫到任何一個島做事——雨季，風狂雨暴、連捕鯨船都覺得不夠安全的太平洋上，他卻經常乘著一艘獨木舟便出海（儘管這樣做十分危險，可一旦碰上了疾病或意外事件，他從未有絲毫猶豫）。許多次，他必須徹夜搏鬥求生，連戴維森太太都不只一次以為自己失去了他。

「有時我會求他別去，」她說，「或至少等天氣穩定一點再去，但他從來不聽。他很固執，一旦決定了，就什麼也動搖不了。」

「如果連我自己都怕，又該拿什麼要求當地人相信主？」戴維森先生喊了出來，「我不怕，我絕對不怕。他們都知道，只要是人力所能及，只要發生了危難，我就會去。難道你以為，我在為上帝做工時祂會離棄我嗎？風是因祂召喚而起，海浪也是因祂話語才波濤洶湧的啊！」

麥克法爾醫生膽子很小，連在戰壕上方呼嘯的砲擊聲都沒能習慣下來；而在前方急救站動手術時，為努力控制不聽話的手，汗水總是從前額涔涔而下，把眼鏡都弄模糊了。他看著眼前這名傳教士，不禁微微發起抖來。

「我真希望能說自己什麼都不怕。」他說。

「我真希望你能說全心相信上帝。」傳教士反唇相譏。

但不知為何，傳教士先生那晚的思緒一直飄回夫妻倆剛到島上那段時期。

「有時，我會和內人淚流滿面地對坐。我們日以繼夜、不眠不休地努力，卻似乎一點進展也沒有。當時若沒有她，真不知該如何是好。當心灰意冷、一切幾近絕望時，是她給了我勇氣和希望。」

7傍晚茶（High tea）：英國人如此稱呼工人階級在下午五至七時的餐飲。通常由熱菜、糕點、麵包、奶油及果醬組成，有時會出現火腿沙拉之類的肉類冷盤。「High tea」說法在一八二五年左右即出現，其中，「high」指的是時間更晚，表示傍晚茶餐時間比下午茶更晚。

戴維森太太低頭看著自己手裡的針線，臉頰升起微微的紅暈，雙手有點顫抖，不太確定自己該不該開口說話。

「沒有人幫我們，全然的孤立無援，離自己同胞好幾千公里遠，被重重黑暗所包圍。當衰弱疲憊時，她會擱下手邊工作，拿起《聖經》讀給我聽，直到一切重歸平靜，安穩重新降臨，像睡意落在孩子眼睫上那樣。最後合上書時，她會說：『無論他們怎麼想，我們都會拯救他們。』在主之內，我又獲得了力量，於是我回答：『是的，有上帝幫助，我會拯救他們的，我必須拯救他們。』」

他走到桌前站定，彷彿那張桌子就是教堂的讀經檯。

「要知道，那些人生性墮落，根本已經到了看不見自己邪惡的地步。我們必須從他們覺得自然而然的行為中分辨出罪惡。我們界定了什麼是罪，不只通姦、說謊和偷竊是犯罪，連裸露身體、跳舞和不上教堂也是犯罪。而且我把女孩露出胸部和男人不穿長褲，也都定為犯罪。」

「怎麼定啊？」麥克法爾醫生有點驚訝地問。

「我設立了罰金制度。要讓一個人知道某種行為有罪，在犯錯時懲罰顯然是唯一方法。倘若不上教堂，我就罰錢，跳舞罰錢，服裝不雅也罰錢。我訂了一張價格表，明列各種犯罪該付的金額或應服的勞役。最後，終於讓他們明白了。」

「但從來沒有人拒絕付錢嗎？」

「他們要怎麼拒絕？」戴維森先生反問。

「若有人敢反抗外子，那可是膽大包天啊！」戴維森太太說，抿緊了嘴唇。

麥克法爾醫生不安地看著戴維森先生。聽到這些話他很震驚，但仍遲疑該不該表現出自己的不認同。

「你得記住，我還有最後手段，我可以開除他們的教籍。」

「他們會在乎嗎？」

戴維森先生淺淺地笑了，輕輕搓了搓手。

「這樣一來，他們就不能賣椰子乾了。一群人出海捕魚，他也分不到漁獲。開除教籍幾乎等於餓死。是呀，他們在乎得很！」

「跟他說說佛瑞德．歐爾森的事。」戴維森太太說。

傳教士盯著醫生，眼裡幾乎要冒出火來。

「佛瑞德．歐爾森是個丹麥來的生意人，住在島上好多年。以一個生意人來說，他算相當有錢，我們去那兒時，他很不高興。要知道，那人做事向來爲所欲爲，收購椰子乾時想付什麼就付什麼，用貨物和威士忌抵貨款。他娶了個當地太太，又公然對她不忠，而且還是個酒鬼。我給他機會改邪歸正，不但不接受，還譏笑我。」

講最後那句話時，戴維森先生的聲音突然變得很低，接著沉默了一兩分鐘。這陣寂靜帶著一股沉重的威脅感。

「兩年不到，他就成了廢人，二十五年來積攢的一切全沒了，我把他弄得一文不名。最後，不得不像個乞丐一樣回來找我，求我給他一張船票回雪梨。」

「眞希望你能看見他求外子的模樣。」戴維森太太說。

「他本來體格很好、很有力氣，一身肥油，嗓門也很大，後來居然瘦到只剩原來的一半，一直在發抖。才一轉眼，整個人成了個老頭子。」

戴維森先生出神望著外頭的夜空，又開始下雨了。

此時，樓下突然傳來一道聲音，戴維森先生轉過身，疑惑地看著妻子——是留聲機的聲音，又刺耳又大聲，氣喘似地播著一首切分音節奏的曲子。

「那是什麼？」他問。

戴維森太太把鼻梁上的夾鼻眼鏡又夾緊了一點兒。

「有個二等艙的旅客在這棟屋子租了個房間，我想聲音是從那兒來的。」

他們靜靜地聽著，沒多久便聽見跳舞聲。然後音樂停了，又聽見酒瓶瓶塞噴出來的聲音，和吵雜的熱烈對話聲。

「我敢說，她是在爲要出發的朋友開歡送會，」麥克法爾醫生說，「船十二點鐘開航啊，對吧？」

戴維森先生沒說話，只看了看錶。

「你都好了嗎？」他詢問妻子。

戴維森太太站起身，把剛才做的針線布料摺好。

「嗯，都好了。」她回答。

「現在睡覺還太早不是？」麥克法爾醫生說。

「還有好多東西要讀，」戴維森太太解釋，「無論我們在什麼地方，每晚睡覺前都會讀一章節的《聖經》，仔細研究注解，徹底討論。你知道，這是對心智最好的訓練了。」

兩對夫妻互道晚安，麥克法爾夫婦留在客廳，有兩三分鐘時間，兩人都沒說話。

「我想，還是去拿紙牌來吧。」最後，醫生說。

麥克法爾太太看著他，有點拿不定主意。剛才和戴維森夫婦的談話讓她不安，但又不想對丈夫說最好別玩牌，以免戴維森夫婦隨時進來。麥克法爾醫生帶了紙牌回來，耐心地擺起牌陣。作妻子的看著他，心底難免浮出模模糊糊的罪惡感。樓下狂歡的聲音還在繼續。

到了隔天，天氣不錯，被迫要在帕果帕果耽擱兩星期的麥克法爾夫婦，也開始隨遇而安。他們去了碼頭，從大型行李裡頭拿了幾本書。醫生拜訪了海軍醫院外科主任，還跟著他巡房。他們留了名片給總督，半路還碰到湯普森小姐，醫生脫帽致意，她便歡快響亮地回了句「早安，醫生」，身上仍穿著前一天的衣服——白色的連衣裙、亮白的高跟皮靴，肥胖的小腿還是在靴口擠出一坨肉；

在異國的景色中顯得有些古怪。

「我得說，她的衣服實在不得體，」麥克法爾太太說，「看起來眞的很俗氣。」

他們回到住處時，湯普森小姐正在露臺和店主的黑皮膚孩子玩。

「跟她說句話，」麥克法爾醫生在妻子耳邊低聲說，「她一個人在這兒，不理她不太好。」

麥克法爾太太很害羞，但向來習慣照丈夫吩咐的做。

「我想我們是住同一棟屋子的室友。」她笨拙地開了口。

「眞是太恐怖了，對吧？被困在這麼一個破村子裡。」湯普森小姐回答，「他們跟我說，能有個房間住就算好運了，我沒法想像住在土著家是什麼樣，但有些人還是不得不住。眞不知道，爲什麼他們不在這兒開一家旅館。」

她們又聊了幾句。湯普森小姐嗓門大、話又多，且顯然很愛聊八卦，但麥克法爾太太原本就不擅閒話家常，有點應付不來，沒過一會兒便說：「這個……我想我得上樓去了。」

晚上他們坐著喝傍晚茶時，戴維森先生一進門就說：「我看到樓下那個女人跟好幾個水手坐在一起，我在想，她怎麼跟那些人認識的。」

「她也太不挑了。」戴維森太太說。

他們懶懶散散、漫無目標地過了一天後，反而覺得比平時更累了。

「如果這種日子還要過兩星期，不知道最後我們會變成什麼樣。」麥克法爾醫生說。

「唯一的方法，就是安排不同的活動過一天。」戴維森先生回答，「無論晴雨，我都會留一定時數讀書做研究，另外一定時數運動；反正在雨季，要是太在意下雨問題也會讓人受不了，最後，我還會再規畫一定的消遣時間。」

麥克法爾醫生不安地看著傳教士，戴維森的計畫讓他有壓迫感。他們晚上吃的又是漢堡排，這似乎是廚師唯一會做的一道菜。接著，樓下留聲機又放起了音樂，戴維森一聽便開始焦躁不安，但也沒說話。有男人說話的聲音飄上來，湯普森小姐的客人正在合唱一首耳熟能詳的歌，沒多久他們就在合唱裡聽見了她的聲音，又嘶啞又響亮，還夾雜著大量吼叫與大笑。樓上四人本打算好好聊聊，卻忍不住分神去聽樓下清脆的乾杯聲和椅子拖動聲。人顯然越來越多，湯普森小姐正在開派對。

「眞不知道她怎麼找來這些人的！」麥克法爾太太突然插了句話，打斷了戴維森先生和丈夫的醫學話題。

這顯示出她的思緒飄向何方。而戴維森抽搐的臉也證明，儘管嘴上談論著科學話題，心思跟麥克法爾太太並無二致。突然，正當醫生平淡無味地說到在法蘭德斯前線實習的經驗時，戴維森突然大叫一聲跳起來。

「怎麼了？艾佛瑞？」戴維森太太問。

「果然沒錯！我一直沒想到這一點。她是艾威里出來的。」

「不會吧。」

「她是從火奴魯魯上船的，事情很明顯了，她打算把她幹的那一行帶來這裡，這裡！」

他憤恨地說出了最後兩個字。

「艾威里是什麼？」麥克法爾太太問。

戴維森先生轉過身，陰鬱地看著她，顫抖的聲音裡有種恐怖感。

「那是火奴魯魯罪惡的淵藪——紅燈區。是我們文明的污點。」

艾威里位在城市邊緣。從港邊的小路在一直往黑暗延伸，過了一道搖搖晃晃的橋，會來到一條坑坑洞洞、荒無人煙的路，再往下走，一個燈火通明的世界突然出現眼前。馬路兩旁全是停車位，每家俗麗而明亮的酒吧都擺著吵雜的自動鋼琴，此外還有理髮店和香菸舖。整條街氣氛熱烈，有種期待尋歡作樂之感。這條街把整個艾威里分成兩半，若轉彎走進窄巷，無論向左或向右，你會發現自己進入了紅燈區。這裡有一排排整齊乾淨、漆成綠色的小平房，房屋之間的通道又寬又直，整個紅燈區的佈局像個花園城市。在令人尊敬的規則下，它的秩序和整潔美麗，反而給人一種反諷的恐怖印象，畢竟尋花問柳這件事從來也沒辦法做到如此系統化，如此井然有序。小路上亮著黯淡的路燈，若非平房裡開著的窗透出了光，很可能整條路都是暗的。男人在其中逡巡，看著坐在窗邊的女人，她們有時讀書，有時做針線，大多數時候她們絲毫不在意那些經過的人。而這些男人和屋裡環肥燕瘦的女人一樣，也來自世界各地——有美國人、港裡船上的水手、下了砲艇的士兵、憂鬱的酒鬼，還有軍團的士兵；這些人有黑有白，都駐紮在島上。日本人三三兩兩地走著，還有夏威夷人、穿著長衫的中國人，以及戴著荒謬帽子的菲律賓人。所有人都靜默著，彷彿壓抑著什麼。慾望，是悲哀的。

「那是全太平洋最臭不可聞的地方，」戴維森先生激動地大喊，「傳教士鼓動反對這個地方已經好多年了，最後還登上當地報紙。但警方就是拒絕參與我們的行動，你也知道他們的論點——不道德的行爲是無法避免的，所以最好的方式就是限制其範圍，加以管理。其實眞正的原因是，他們都被收買了。賄賂啊！酒吧老闆給他們錢，黑道打手給他們錢，連那些女人都自掏腰包給他們錢。但最後他們還是被逼著採取行動。」

「我在火奴魯魯上船時看到報紙了。」麥克法爾醫生說。

「艾威里，以及它的罪惡與恥辱，就在那天從此不復存在。那裡所有人都被帶去見法官，眞不知爲何沒立刻認出那女人是什麼貨色。」

「現在你提起這件事，」麥克法爾太太說，「我才想起來，我看見她是在開航前幾分鐘才上船的。那時還想，她時間掐得可眞準。」

「她居然敢到這裡來！」戴維森先生憤怒地大喊，「我絕不允許。」

他大步走向門口。

「你打算幹嘛？」麥克法爾醫生問。

「你以為我打算幹嘛？我要去阻止這件事，絕不能讓這棟屋子變成……變成……」他絞盡腦汁想找一個不冒犯女士的字眼，在激動情緒下，眼睛閃著水光，蒼白的臉色也更蒼白了。

「聽起來，樓下房間裡有三四個男人，」麥克法爾醫生說，「你不會打算就這樣冒冒失失地立刻衝下去吧？」

傳教士輕蔑地看了他一眼，二話不說衝了出去。

「若你以為他履行職責時會擔心個人安危，那就太不了解他了。」戴維森太太說。

她坐在那兒，雙手緊張地交握在一起，高高的顴骨激動得漲紅了，一直當心聽著樓下動靜，其他人也在聽——他們聽見他咚咚咚地跑下木頭樓梯，一把甩開門，那些人的歌聲瞬間停下，留聲機仍繼續鬧哄哄唱著粗俗下流的歌。他們聽見戴維森說話地聲音，聽見重物落地的撞擊聲。音樂停了，他把留聲機摔在地上。接著他們又聽見戴維森的聲音，但聽不清說了什麼。然後是湯普森小姐尖銳的大嗓音，再來就是一團混亂的嘈雜聲，好像有幾個人同時聲嘶力竭地大叫。戴維森太太微微倒抽一口氣，雙手握得更緊了。麥克法爾醫生猶豫的眼光，從她移到自己妻子身上，他一點都不想下樓，但他在想，她們會不會希望他下去一趟。接下來出現類似扭打的聲音，吵鬧聲更清晰了。然後似乎是戴維森被扔出了房間，門砰的一聲關上。接著是一陣死寂，他們聽見戴維森上樓，但沒回客廳，直接回到房間。

「我去看看他。」戴維森太太說，起身出去了。

「如果需要我幫忙，喊一聲就好。」麥克法爾太太說。

「希望戴維森先生沒受傷。」傳教士的太太離開後，醫生的妻子說。

「他爲什麼非管閒事不可呢？」麥克法爾醫生說。

他倆無言地坐了一兩分鐘，接著同時大吃一驚，因爲那部留聲機又挑釁似地唱了起來，譏嘲似地嘶啞狂吼著一首猥褻下流的歌。

到了隔天，戴維森太太看起來蒼白而疲累，抱怨自己頭好痛；她整個人突然變得又老又乾癟。她跟麥克法爾太太說，丈夫整夜沒合眼，極爲焦躁地過了一夜，清晨五點鐘便起床出門。他被啤酒潑了一身，整件衣服都染上酒的顏色，泛著酒臭味。戴維森太太提到湯普森小姐時，眼裡燃起了嚴峻的怒火。

「她總有一天會因爲藐視外子而後悔莫及，」她說，「外子的心腸那麼好，身處危難的人去找他，一定都能得到撫慰。然而他對犯罪不會有一絲憐憫，他公義的憤怒一旦爆發，那可是非常恐怖的。」

「那，他會怎麼做呢？」麥克法爾太太問。

「我不知道。但無論如何我是不會同情那女人的。」

麥克法爾太太覺得不寒而慄，眼前這矮小女人志在必得的態度中，帶有某種明確警告意味。那天早上她們一起出門、走下樓梯時，湯普森小姐的房門打開著，她們看見她身穿一件邋邋遢遢的晨褸，正在砂鍋上煮東西。

「早安啊，」她喊著，「戴維森太太今天早上好點了嗎？」

她們靜靜從她身旁經過，頭抬得高高的，好像根本沒這人存在似的。此時她突然爆出一串嘲弄的大笑，她們的臉唰地紅了。戴維森太太猛地轉身：「你居然還敢跟我說話。你要是侮辱我，我一定把你從這兒攆出去。」

「我說呀，難道是我要戴維森先生來找我的嗎？」

「別跟她搭話。」麥克法爾太太趕緊低語道。

她們一直走到聽不見她的聲音才停下。

「她真是不要臉，無恥！」戴維森太太爆發出一聲痛罵。

這一路的憤怒簡直快慪死她。

回來時，又看見那女人朝碼頭閒逛而去。她打扮得花枝招展，寬大的白帽子上插滿俗華麗的花朵，簡直是種公然挑釁。經過她倆時，還高興地打招呼；兩位女士擺出冷冰冰的表情，旁邊站著的幾個美國水手都笑了。她們才剛進門，雨又開始下了。

「我猜她那身漂亮衣服要完蛋了。」戴維森太太惡毒地譏笑著。

戴維森先生直到他們晚餐都吃了一半才回來。他全身濕透，卻不肯換衣服。他憂鬱而沉默地坐著，吃了一口東西就不吃了，只凝視著外頭斜斜的雨絲。戴維森太太說起兩度碰見湯普森小姐的事，他也沒反應，但越皺越緊的眉頭顯示他什麼都聽見了。

「你不覺得，我們應該叫洪恩先生把她趕出去嗎？」戴維森太太問，「不能讓她這樣羞辱我們。」

「她好像也沒別的地方可去啊！」麥克法爾醫生說。

「她可以去跟本地土著住。」

「這種天氣，土著的茅屋住起來一定很不舒服。」

「那種茅屋我住過好幾年。」戴維森先生說。

此時，有個本地小女孩端來一盤炸香蕉，這是他們每天固定的甜點。戴維森先生轉向那個小女孩。

「問一下湯普森小姐，看我什麼時候方便去見她。」他說。

小女孩羞澀地點點頭，出去了。

「爲什麼要見她啊，艾佛瑞？」戴維森太太問。

「見她是我的責任，在我採取行動之前，我會給她改邪歸正的機會。」

「你不了解她是什麼樣的人，她會羞辱你的。」

「那就讓她羞辱吧，讓她對我吐口水。但她的靈魂不滅，我必須盡一切所能拯救它。」

戴維森太太耳邊彷彿還迴盪著那妓女嘲弄的笑聲。

「她的罪孽實在太深重了。」

「太深重，所以不能接受神的恩典嗎？」戴維森先生的眼睛突然一亮，聲音也變得平緩柔和起來。

「永遠可以的。就算罪人的罪孽比地獄還深，耶穌救主的愛也能及於他。」

此時，小女孩帶著口信回來了。

「湯普森小姐向您致意，她說戴維森牧師只要不是在營業時間去，任何時候都歡迎。」

聽到這個口信，現場一片死寂。麥克法爾醫生趕緊抹掉嘴角浮上的一絲笑意，他若表現出覺得湯普森小姐的厚臉皮態度很好笑，妻子一定會大發脾氣。

他們一言不發地吃完飯。餐後，兩位女士拿起正在做的針線活，麥克法爾太太又開始織起另一條圍巾，從戰爭爆發到現在她不知已織了幾條；醫生則點起了菸斗。戴維森先生仍坐在椅子上，眼神空洞地盯著餐桌，最後默默起身，走出了門。他們聽見他下樓、敲門，接著聽見湯普森小姐挑釁地喊了聲「請進」，然後在湯普森小姐房裡待了一小時。麥克法爾醫生看著不斷下著的雨，這雨讓他心神不寧，它不像英國的雨那樣溫柔地落在地上，而是宣洩得毫不留情，甚至讓人覺得恐怖，讓人感受到大自然原始力量的惡意。這雨不只是傾瀉，而是氾濫，就像從天而降的洪水，它持續敲打鐵皮浪板屋頂的聲音簡直快讓人發瘋，彷彿雨也有自己的怒火。有時你會覺得雨若再不停，都要被逼得尖叫了，然後突然覺得全身無力，好像渾身上下骨頭都軟了似的，只剩悲慘和絕望。

戴維森先生回來了，麥克法爾醫生轉過頭去，兩位女士也抬頭看他。

「我給了她各種機會，勸她悔改，但她眞是個邪惡的女人。」

他停頓了一下。麥克法爾醫生看見他的眼光暗了下去，蒼白的臉也變得冷酷嚴厲。

「現在，我要執起主耶穌的鞭子，那把祂曾執在手裡、將放高利貸和兌換銀錢的人，從至高聖殿驅逐出去的鞭子。」

他在客廳踱來踱去，嘴唇緊閉，一對濃眉擰得死緊。

「就算她跑到天涯海角，我也絕不放過。」

然後他突然轉身，大踏步走出客廳，他們聽見他又下樓了。

「他到底要幹什麼？」麥克法爾太太問。

「我不知道。」戴維森太太拿下眼鏡擦拭著，「他執行上主的工作時，我從不過問。」

她輕輕嘆了口氣。

「怎麼了？」

「他會把自己累壞的，從來不懂得好好保重自己。」

麥克法爾醫生從租房子給他們的混血店主那兒，得知了傳教士行動的第一步。店主巡店時攔住了醫生，接著跟他一起到外頭門廊說話，一張胖臉堆滿了憂愁。

「戴維森牧師一直為了湯普森小姐的事來找我。」店主說，「但我把房間租給她時，又不知道她是做什麼的。有人找我租房子，我向來只管錢付不付得出來，而她已先付了一星期的房租。」

麥克法爾醫生不置可否：「歸根結柢，這是你的房子，承蒙你收留我們，眞是萬分感激。」

店主洪恩疑惑地看著他，沒法確定醫生究竟有多支持那個傳教士。

「傳教士之間的聯繫是很緊密的，」店主遲疑地開了口，「如果他們打算懲罰一個生意人，這人還不如自己關店歇業的好。」

「他要你把她趕走嗎？」

「不，他說只要她安分守己，就不能要求我這麼做，他說也想對我公平點。我答應，以後不讓訪客來找她，我剛剛已經跟她說了。」

「那她怎麼說？」

「她痛罵了我一頓。」

穿著舊帆布褲的店主，全身上下顯得很不自在，他發現湯普森小姐很難纏。

「噢，這個嘛，我敢說她會搬走的。要是不能讓人進房間，我想她不會願意待在這兒。」

「她沒地方可去，只剩土著的房子，而現在連土著也不會讓她住了，傳教士們已經準備對付她了。」

麥克法爾望著落下的雨。

「嗯，看來要等放晴是沒希望了。」

那天晚上他們坐在客廳，戴維森說起自己早年讀大學的生活，那時沒法維持生計，只好放假時打零工過活。樓下靜悄悄的，湯普森小姐自己一人待在房裡。但突然間，留聲機唱起來了，她挑釁似地放起音樂，像在消解自己的孤單，卻沒人跟著唱，只有憂傷的音符在空中飄盪，聽起來像在呼救，但戴維森毫不理睬。他的軼事才講了一半，面不改色地繼續說，留聲機也繼續唱。湯普森小姐一張接一張地播放唱片，彷彿黑夜的寂靜讓她神經緊張。這天氣讓人透不過氣來，潮濕悶熱，麥克法爾夫婦上床躺下，卻睡不著，兩人並肩躺著，眼睛睜得老大，聽著帳子外的蚊子冷血的歌聲。

「那是什麼？」最後，麥克法爾太太低語。

他們聽見一個聲音，是戴維森的聲音，從木板隔間傳了過來，單調、熱切而嚴肅，連綿不斷地持續著。他正在大聲祈禱，為湯普森小姐的靈魂祈禱。

又過了兩三天。現在他們在路上遇見湯普森小姐，她再也不用那種嘲諷的親切態度或笑容跟他們打招呼，只仰著頭，繃著一張濃妝艷抹的臉，眉頭緊皺，對他們視若無睹。店主對麥克法爾醫生說，她試著去找其他住處，但根本找不到。每到晚上，她就播放各式各樣的唱片，如今，那種虛假的歡樂氣氛越來越明顯，爵士樂沙啞悲傷的節奏彷若絕望的舞步。到了星期天，她又開始放起音樂，戴維森要店主請她立刻關掉，因為這一天是主日。唱片拿下來了，屋裡一片靜寂，徒剩下不完的雨，永無休止地敲打著鐵皮屋頂。

「我想她有點沉不住氣了，」隔天，店主對醫生說，「她不知道戴維森先生現在到底在進行什麼，她很害怕。」

麥克法爾則說早上見過她，她原來囂張的表情完全變了，嚇他一跳，說她神色之驚惶有如一隻被追捕的獵物。混血店主斜斜瞟了醫生一眼。

「我想你也不知道，戴維森先生究竟在做什麼吧？」他大膽猜測。

「不，我不知道。」

洪恩會這麼問其實很奇怪，因爲連他也覺得傳教士正在暗中進行些什麼。他有種感覺，覺得傳教士正細心而有系統地在這女人四周織起一張天羅地網，只待萬事俱備，突然繩子一抽，收網。

「他要我告訴她，」店主說，「無論何時，只要她需要，送個口信，他就會過去。」

「你跟她說了之後，她作何反應？」

「她什麼也沒說。我也沒在那裡多耽擱，只把他要我說的話講完便離開。我覺得那時她好像快哭出來了。」

「她受不了這種寂寞的日子，這我不懷疑，」醫生說，「而且這雨啊，也眞夠讓人坐立不安的了。」他焦躁地繼續說，「這討厭的地方有過不下雨的日子嗎？」

「雨季的話，雨是不會停的，我們一年有七千六百二十毫米的雨量呢。你看看那個港灣的形狀，好像把全太平洋的雨都吸進來了似的。」

「那個港灣的形狀眞該死。」醫生說。

他抓了抓被蚊子咬過的地方，覺得脾氣整個毛躁起來。一旦雨停、出太陽，這棟房子就成了溫室，高溫、潮濕、悶熱難耐，幾乎令人窒息，讓人生出一種奇怪的感覺，覺得萬物都在以一種原始的野蠻力量拚命生長。本地人向來以樂觀、孩童般的天眞性情聞名，但當你看見他們身上的刺青和染了色的頭髮，又不禁覺得他們的外表有那麼點危險。當他們光著腳在你背後趴答趴答走著時，總讓人本能地回頭看，覺得不知何時，他們就會從背後用長刀在你兩個肩胛骨正中央又快又狠地戳上一刀。你不知道他們寬寬的眼距後頭，究竟潛藏著什麼黑暗的念頭。他們長得有點像古代神廟牆上畫的埃及人，全身上下都帶著古老難測的恐怖。

傳教士回來了一趟，又出去了。他很忙，但麥克法爾不知他在做什麼。店主說，傳教士每天都去見總督。有一次，戴維森談話時提到了總督。

「那個總督看起來好像決斷力十足，」他說，「可一旦要他來眞的，連脊梁骨都軟了。」

「我猜這意思是，他不肯乖乖照你要求做。」麥克法爾醫生打趣地暗指。

傳教士並沒有笑。

「我是要求他做對的事。要求一個人做對的事，本來就不需要說服。」

「但每個人對於什麼是『對的事』，可能看法都不一樣啊！」

「倘若一個人腿上長了壞疽，又猶豫著不知道要不要鋸，你會耐心等他嗎？」

「壞疽是個存在的事實。」

「那罪惡呢？」

戴維森先生做的事很快就曝光了。有一天，他們四人剛吃完午餐，還沒各自去小睡（炎熱的天氣逼得兩位女士和醫生養成了這種習慣，但戴維森對這種懶散習慣幾乎無法忍受），此時門突然被甩開，湯普森小姐進來了，她掃視客廳一圈，走向戴維森。

「你這個卑鄙無恥的下流胚子，究竟在總督面前說了我什麼？」

她怒氣沖沖、唾沫四濺，眾人瞬間寂靜無聲。

接著，傳教士往前挪出一把椅子。

「您願意坐下嗎？湯普森小姐，我正希望跟您再談一次。」

「你這個低等狗雜種！」

她嘴裡爆出一大串激烈的髒話，下流而粗野，戴維森始終嚴肅地看著她。

「湯普森小姐，你這些罵人的話只管往我身上來，我不在乎，」他說，「但請您記得，這裡還有女士在。」

她幾乎快要氣哭，幸好怒火遏制住了淚水。一張臉漲得通紅，像被什麼噎住似的。

「出了什麼事？」麥克法爾醫生問。

「剛才來了個傢伙，說我必須搭下一班船走人。」

傳教士的眼睛亮了一下？儘管臉上一絲表情也無。

「目前這種情況下，你很難期待總督會讓你待在這兒。」

「是你幹的好事！」她尖叫，「你騙不了我，就是你幹的。」

「我一點也不想騙你。我只是敦促總督大人貫徹自己的職責，而採取唯一可能的作法。」

「你爲什麼不能放過我？我根本沒惹到你。」

「倘若你真惹了我，我絕不會怨恨，這點你可以放心。」

「你以爲我想待在這個窮到連村子都不像的破地方嗎？我可不是待這種地方的二流貨色，我像嗎？」

「倘若是這樣，那我看不出要你離開，有任何理由抱怨。」他回答。

她口齒不清地怒罵了一聲，摔門出去。屋裡出現一陣短暫的沉默。

「知道總督總算採取行動，真讓人鬆了口氣。」戴維森先生終於開口，「他是個懦弱的人，做起事來猶豫不決。他說再怎麼樣，她也只在這裡待兩星期，等她去了阿皮亞，那是英國的轄區，就不干他的事了。」

他猛地起身，大踏步走到客廳另一頭。

「這些有權力的人規避職責的方式實在太可怕了。照他們的說法，彷彿罪惡只要不在他們眼皮底下發生，就不叫罪惡。那女人光存在就是個醜聞，就算推到其他島上也一樣。最後，我只好把話攤開來說。」

戴維森壓低了眉毛，結實有力的下巴往前伸，看起來殺氣騰騰，態度堅決。

「你這話怎麼說？」

「我們教會在華盛頓也不是毫無影響力。我跟總督挑明了說，要是有人對他治理這裡的方式有意見，對他可沒什麼好處。」

「她什麼時候得走？」醫生停頓了一下，然後問。

「從雪梨開往舊金山的船，下週二會到，她得搭這艘船走。」

算起來，船還要五天才到。隔天，麥克法爾醫生爲了找點有意義的事做，在醫院待了一個早上。回來準備上樓時，混血店主叫住了他。

「抱歉，麥克法爾醫生，湯普森小姐病了，你願意去看她一下嗎？」

「當然願意。」

洪恩帶他進了房間。她懶懶地坐在一張椅子上，沒在看書也沒做針線，就只是愣愣地望著前方出神。她還是穿著那身白色連衣裙，戴著那頂插滿花的帽子。麥克法爾注意到她脂粉底下的皮膚，蠟黃帶土色，眼睛也浮腫無神。

「很遺憾得知你身體不適。」他說。

「噢，我也不是眞的病，這麼說只是因爲必須見你。我得搭船去舊金山了。」

她看著他，眼神好像突然被嚇著，雙手痙攣似地一會兒鬆開一會兒攢緊，店主就站在門邊聽他們說話。

「這我知道。」醫生說。

她微微哽了一下。

「對我來說，現在去舊金山不太方便。昨天下午去找總督，可是見不到他。我見了祕書，他說我非上那條船不可，沒什麼好說的。我無論如何要見總督，今早一直在他家外面等，他人一出來，我就上前說話，可是他不肯搭理。總之，說白了，我就是不要讓他甩掉我。最後他說，只要戴維森牧師答應，就不反對我留在這兒等下一班去雪梨的船。」

她停了口，焦慮地望著麥克法爾醫生。

「我真不知道能做些什麼。」他說。

「這個……我想，也許你會答應替我求個情。我向上帝發誓，只要戴維森牧師肯讓我留下來，在這兒我什麼事都不會做。只要能讓他滿意，我可以一步都不走出這棟房子。況且，也剩不到兩星期時間了。」

「我會問問他。」

「他不會答應的，」店主洪恩說，「既然他已經要你下週二離開，你說不定還是死了這條心的好。」

「告訴他，我可以在雪梨找工作，我是說正正經經的那種。這要求不算過份。」

「我會盡我所能。」

「然後馬上來告訴我結果，好嗎？要是得不到消息，我無論如何安心不下。」

這件差事醫生其實不那麼樂意辦，而且也許是個性使然，他採取了迂迴方式，把湯普森小姐說的事告訴了妻子，要她跟戴維森太太談。傳教士的態度似乎太專橫了，就算讓那女孩在帕果帕果再待兩個星期，也不見得有什麼危害。但他的外交策略卻帶來意料之外的結果，傳教士直接來找他。

「內人告訴我，湯普森跟你談過。」

麥克法爾突然遭受正面攻擊，一個羞怯的人被迫站到公開位置，憤怒頓生，他覺得自己脾氣整個上來，臉也漲紅了。

「只要她答應待在這裡時循規蹈矩，我看不出讓她去雪梨和去舊金山有什麼不同。這樣迫害她，實在太過份了。」

傳教士眼神嚴峻眼神地盯著他：「爲什麼她不肯回舊金山？」

「我沒細問，」醫生回答得有點不耐煩，「我覺得，人還是少管閒事的好。」

也許這句話確實不夠婉轉。

「總督已經下令，要她搭第一班離開這個島的船走人。他只是盡其職責，我不會干涉。她待在這裡，對這個島有危害。」

「我覺得你根本嚴厲專橫過頭了。」

兩位女士驚恐地抬頭看著醫生，她們其實無須擔心爆發爭吵，因爲傳教士只溫和地笑了笑。

「麥克法爾醫生居然會這麼想，我很遺憾。相信我，我的心也爲那個不幸的女人淌血，只是做該做的事罷了。」

醫生沒回答，看著窗外，陰鬱地繃著一張臉。就這麼一次，外面沒下雨，視線越過了整個海灣，可以看見散落林間的土著村落小茅屋。

「我想趁雨停到外面走走。」他說。

「請別因爲沒能答應你的期望，就對我心懷怨恨，」戴維森先生淒然一笑，「我非常尊敬你，醫生，若你覺得我是個壞人，那我很遺憾。」

「你太看得起自己了，很難平心靜氣地接受人家意見，這點我毫不懷疑。」麥克法爾醫生回答。

「就當作是我的錯好了。」戴維森先生笑出聲來。

麥克法爾醫生對自己無心的失禮也很惱火，沒說什麼便下了樓。這時，湯普森小姐正半掩著門等他。

「呃，」她說，「你跟他說了嗎？」

「說了。很抱歉，他什麼也不肯做，」他心裡過意不去，說話時沒看著她。

但因聽見她在抽泣，仍不住瞟了她一眼。他看見她臉色嚇得慘白，只覺心裡一陣沮喪。突然，他有了個想法。

「先不要放棄希望。我覺得他們這樣對你實在太卑鄙，我親自去找總督。」

「現在？」

他點點頭，她的臉突然亮了起來。

「噯，醫生，你眞的對我太好了。我確定，只要你幫我說話，他一定會讓我留下來。我待在這兒的期間，什麼不該做的事都不會做。」

麥克法爾也不清楚爲何決定親自去找總督。他對湯普森小姐的事其實完全不在乎，只是傳教士惹火了他，他的脾氣一直憋在肚裡。他發現總督在家，是個高壯帥氣的男子，當過水手，蓄著一排牙刷似的灰白鬍子，身上穿著一塵不染的白色斜紋布制服。

「今天來拜訪您，是爲了一個與我們同住一棟房子的女人，」他說，「她姓湯普森。」

「我覺得我聽她的名字都快聽膩了，麥克法爾醫生，」總督微笑著說，「我已經下令她下週二離開，能做的也就是這樣了。」

「我想求您通融，讓她待在這兒，等舊金山來的船入港再走，這樣她就可以去雪梨了。我保證她會安分守己。」

總督還是在笑，但瞇起了眼睛，眼神變得嚴肅起來。

「我眞的非常樂意幫忙，麥克法爾醫生，但命令下了，就不能再改了。」醫生據理力爭，但總督臉上已不再有笑容。他面有慍色地聽著，眼睛望向別處。麥克法爾看得出來，自己未能說動他。

「如果我造成了哪位女士的不便，那我很抱歉，但她下週二必須上船，事情就是這樣。」

「可是非要她去舊金山，而不能去雪梨，這之間究竟有什麼差別？」

「抱歉，醫生，但除非面對相關部門，否則我不覺得有何必要解釋職務行爲。」

麥克法爾精明地看著總督，想起戴維森暗示過他以某種手段相脅。從總督的態度，他看出了某種不尋常的尷尬。

「戴維森根本該死的好管閒事！」醫生氣沖沖地說。

「麥克法爾醫生，我們私下講，你可別告訴別人。我對戴維森先生的印象也不算非常好，但我必須坦白說，他有權對我指出，像湯普森小姐這種品行的人，待在本地這個有大量士兵駐紮的地方，是有危險的。」

總督站了起來，醫生不得不站起身。

「請務必原諒我。我還有約，請代爲向尊夫人致意。」

醫生垂頭喪氣地離開了。他知道湯普森小姐一定在等他，他不想告知自己求情失敗，所以從後門進了屋子，彷彿隱藏什麼似的，偷偷摸摸上了樓。

吃晚餐時，他沉默而不安，傳教士卻顯得非常愉快，興致勃勃。麥克法爾覺得他的視線不時落在自己身上，得意的眼光中帶著勝利感。他突然意識到戴維森知道他去找總督，且沒能成功。但他究竟如何得知？看來這人果然有種邪門力量。晚餐過後，他在露臺上看見店主洪恩，好像有什麼話要跟他說似的，便走了出去。

「她想知道，您去見過總督了嗎？」店主低聲說。

「去過了，可是他什麼也不肯做。我真的很抱歉，已經沒其他辦法了。」

「我知道他不會肯的。他們根本不敢違逆那些傳教士。」

「你們在聊什麼？」戴維森口氣親熱。他也出來了，打算加入談話。

「我剛才說啊，你們想去阿皮亞至少還得再等一星期。」店主流利地回答，接著便離開。

醫生與傳教士回到客廳。每餐飯後，戴維森先生安排一個小時做些休閒活動。沒多久，傳來了輕輕的敲門聲。

「請進。」戴維森太太以尖銳的嗓音說。

但門沒打開，她上前開了門。他們看見湯普森小姐站在門外，外表卻有了令人驚訝的改變。之前在路上嘲笑她們的那股招搖輕佻模樣已不復見，眼前這個女人落魄憔悴，如驚弓之鳥。她的頭髮向來梳得很講究，如今卻蓬亂地披散在脖子上。她穿著臥室拖鞋，身上的長洋裝又髒又皺。她站在門邊，臉上掛著兩道淚痕，怎麼也不敢進來。

「你想幹什麼？」戴維森太太厲聲問。

「我可以跟戴維森先生說句話嗎？」她抽咽著說。

傳教士起身走向她。

「請進來吧，湯普森小姐，」他熱誠地說著，「有什麼能爲你做的嗎？」

她進了客廳。

「呃，我很抱歉之前對您說了那些話，還有……還有其他各式各樣的事。我想那時有點生氣，想求您原諒。」

「噢，那沒什麼，我想自己還擔得起幾句難聽話。」

她朝他走去，姿態卑躬屈膝，畏縮得嚇人。

「您贏了，我完全服氣，您可以不要送我回舊金山了嗎？」

他那副和藹的樣子瞬間消失，聲音也突然冷硬嚴肅起來。

「爲什麼你不想回那兒？」

她在他面前，整個人縮成一團。

「我想我家人現在住在那裡，我不想讓他們看見這副模樣。只要是其他地方，您要我去哪兒我都願意。」

「爲什麼你不想回舊金山？」

「我已經告訴您了。」

他往前傾身，直視著她，一對又大又亮的眼睛彷彿要看進她的靈魂。然後他突然倒吸一口氣。

「監獄。」

她尖叫起來，雙膝一落，跪在他腳邊，緊緊抱住他的腿。

「千萬不要送我回那裡！我在上帝面前對您發誓，我會當個正經女人，我再也不幹這一行了。」

她滔滔不絕爆出一大串混亂不清的懇求，淚水從她抹著厚厚脂粉的雙頰滾滾而下。他朝她彎身，用手抬起她的臉，逼她與自己對視。

「所以就是這個了，監獄？」

「他們要抓我之前我就逃了，」她抽了一口氣，「如果我被逮到，就是三年的刑期哪！」

傳教士手一放，她整個人癱軟在地，悲苦地啜泣著。

麥克法爾醫生站了起來。

「這樣的話，整件事就不一樣了，」他說，「你已經知道一切，就不能再逼她回去了。再給她一次機會吧，她也想重新做人的。」

「我打算給她這輩子從未有過的大好機會，若她能悔罪，就讓她接受屬於她的懲罰吧。」

她誤會了他的意思，抬起頭，浮腫的眼睛閃過一絲希望的光芒。

「您要放我走？」

「不，你必須在下週二搭船去舊金山。」

她發出一聲恐怖的呻吟，接著爆出低沉嘶啞的吼叫，聽起來不似人類的聲音。她情緒激動，不斷拿頭撞地，麥克法爾醫生趕緊衝過來拉起她：

「拜託，不要這樣，你最好回房躺下休息，我會找點藥給你。」

他扶起她，半拖半抱地送她下樓。他對妻子和戴維森太太大為光火，因為她們毫無幫忙之意。混血店主洪恩站在樓梯底下，和他一起把湯普森小姐搬上床。她不住地呻吟哭泣，幾乎失去意識。麥克法爾為她打了一針皮下注射，再度上樓時，整個人簡直熱壞、也累壞了。

「我讓她躺下了。」

看來從他走出客廳，三人未曾稍移半步，也說不出話來。

「我在等你。」戴維森先生古怪又冷淡地說著，「我希望大家和我，一起為我們做了錯事的姊妹靈魂祈禱。」

他從書架拿下一本《聖經》，在剛才用餐的桌前坐下（桌子還沒收，他把茶壺先推到一邊去），接著以宏亮而低沉的有力嗓音，為他們讀耶穌基督與犯了通姦罪女人見面的那一章。

「現在和我一起跪下，讓我們為親愛的姊妹，莎蒂．湯普森的靈魂祈禱。」

他突然唸起一段又長又激昂的禱詞，祈求上帝憐憫這個有罪的女人。麥克法爾太太和戴維森太太都低眉斂目跪在那兒，醫生則因驚訝、尷尬，加上天性膽怯，也跟著跪下。傳教士雄辯滔滔，連自己都感動莫名，邊說邊淌下滾滾熱淚。外頭無情的雨仍在下著，彷彿永無止盡，簡直像通了人性般凶猛惡毒。

最後，戴維森先生停下來，略頓了頓，然後說：

「現在讓我們再唸一次主禱文。」

他們唸完後，跟著他起身。戴維森太太臉色蒼白卻顯放鬆，彷彿得到撫慰，心緒寧靜。但麥克法爾夫婦突然羞愧了起來，不知該把目光放哪兒才好。

「我下樓看看她現在怎麼樣了。」麥克法爾醫生說。

他敲了敲房門，店主洪恩幫他開門。湯普森小姐坐在一張搖椅上靜靜啜泣。

「你在那兒幹什麼？」麥克法爾叫起來，「我告訴你要躺下的。」

「我躺不住，我想見戴維森先生。」

「可憐的孩子，你以爲這麼做會有用嗎？你絕對說不動他的。」

「他說過，只要送個口信給他，他就會來。」

麥克法爾向洪恩示意。

「去請他來。」

店主上樓去了，醫生和她一起靜靜等候。沒多久，傳教士來了。

「很抱歉要您到這兒來。」她眼神憂鬱地看著他。

「我正等著你叫我，我知道上主會回應我的祈禱。」

他們彼此對視了一會兒，接著她便移開視線，之後說話時也一直沒看他。

「我是個壞女人，我要懺悔。」

「感謝上帝！感謝上帝啊！祂聽見了我們的祈禱。」

傳教士轉向另外兩個人。

「讓我和她獨處吧。跟戴維森太太說一聲，我們的祈禱應驗了。」

他們走出去房間，帶上了門。

「唉呀呀！」店主發出一聲驚嘆。

那天晚上，麥克法爾直到很晚都睡不著覺，然後聽見傳教士上樓的聲音；他看了看錶，兩點鐘了。儘管夜已深，傳教士仍未立刻就寢，兩個房間外的木板隔牆不斷傳來他的大聲祈禱，麥克法爾聽得整個人累極，才沉沉睡去。

隔天早上，醫生見到傳教士，簡直被他模樣嚇了一跳。他變得比往常更蒼白、更疲憊，一雙眼睛卻燃燒著某種非人類的火焰，整個人好像充滿某種難以遏抑的狂喜。

「我希望你馬上下去看看莎蒂，」戴維森先生說，「我不能期待她的身體立刻恢復，但她的靈魂……她的靈魂已經昇華了。」

醫生覺得心情陰沉，又帶點不安。

「你昨晚在她那兒待到很晚啊！」他說。

「是啊，我一想離開，她就受不了。」

「你看起來簡直樂不可支。」醫生煩躁地說。

戴維森的眼裡有種忘情的迷醉。

「有份偉大的寬恕交託給我了。昨晚我蒙受神恩，讓我把一個迷途靈魂帶回耶穌基督慈愛的懷抱。」

湯普森小姐仍舊坐在搖椅上。床沒鋪，房間也沒整理，連自己也懶得打扮，只套著一件髒兮兮的晨褸，頭髮挽成一個鬆垮垮的髻。臉用濕毛巾胡亂抹過（還是看得出哭腫的臉龐和淚痕），整個人死氣沉沉。

醫生進來了，她呆滯地抬起眼睛，一副極度驚嚇後失魂落魄的樣子。

「戴維森先生在哪兒？」她問。

「如果你需要，他馬上就來。」麥克法爾尖酸地回答，「我來看看你怎麼樣了。」

「噢，我想我沒問題了，你不必擔心。」

「你有沒有吃東西？」

「洪恩幫我送了咖啡來。」

她焦慮地望著門。

「你覺得他很快就會來了嗎？如果他陪著我，我好像就覺得沒那麼可怕了。」

「你還是星期二走嗎？」

「是的，他說我必須走。請告訴他，要一直過來陪我。你幫不上我什麼忙了，他現在是唯一能幫我的人。」

「那好吧。」麥克法爾醫生說。

接下來的三天，傳教士幾乎把所有時間都花在陪伴莎蒂．湯普森，只有用餐時才回去。麥克法爾注意到他幾乎沒吃什麼東西。

「他會把自己累垮的，」戴維森太太憐惜地說，「他再不好好照顧自己會崩潰的，卻從來不珍惜自己。」

戴維森太太同樣臉色蒼白、毫無血色，她告訴麥克法爾太太，自己也沒怎麼睡。傳教士每晚從湯普森小姐的房間上樓後，都要禱告到筋疲力盡爲止，即便如此，睡眠時間也很短，一兩個小時就會起身，穿好衣服沿著海灣散步。而且還做了些怪夢。

「今天早上他告訴我，說夢到了內布拉斯加的群山。」戴維森太太說。

「那還眞怪。」麥克法爾醫生說。

他想起自己橫越美國時，曾在火車窗外看過它們。那些山的模樣就像一個個巨大的鼴鼠丘，渾圓平滑，從平地陡然隆起。他還記得當時看得目瞪口呆，因爲那些山眞的太像女人的乳房了。

戴維森的不安甚至連自己也無法忍受，卻又爲一股奇妙的興奮感所激勵。他正拔除隱藏在這可憐女人心底角落最後一點罪惡殘根，他與她一起讀經，也與她一起祈禱。

「太奇妙了，」有天吃晚餐時，他對他們說，「這是眞正的重生。她的靈魂原本漆黑如夜，如今卻純淨潔白如初雪。我自慚形穢、感到畏懼，她的悔罪著實美麗至極，我連去碰她的衣角都不配。」

「你還打算把她送回舊金山，在美國的監獄待三年嗎？」醫生說，「我想因爲她的懺悔，你說不定會饒了她。」

「啊，你看不出來嗎？那是必須的。你以爲我的心不爲她淌血嗎？我愛她，就像愛我的妻子和姊妹。她待在監獄裡的每一天，我都會承受和她一樣的痛苦。」

「一派胡言！」醫生不耐地大叫。

「你不懂，因爲現在的你是盲的。她有罪，就必須受苦。我知道她要忍受什麼，她必須承受飢餓、酷刑和羞辱。我要她接受人世的懲罰，成爲上帝的獻祭，我要她充滿喜樂地接受這一切。她得到的機會是我們幾乎得不到的，上帝至善，上帝慈悲。」

戴維森的聲音因激動而發顫，唇間熱切滾落下的那些字詞，幾乎沒法好好地一個個發音清楚。

「我整天都在爲她祈禱，她離開後我還是會祈禱，拚盡全力禱告，這樣，耶穌也許就會賜予她偉大的救恩。我要她打從心底強烈渴求懲罰，這樣到了最後，就算我願意放過她，她也會拒絕。我要她體會，監獄的殘酷懲罰，就是她呈獻在我們受讚頌的上主腳前的感恩祭品，而我主曾爲她獻出了自己的生命。」

日子緩慢地過著，整個屋子的人都處在一種極不自然的興奮狀態下，每個人心思都集中在樓下那個受盡折磨的不幸女人身上。她就像個準備送到野蠻儀式上流血獻祭的犧牲品。恐懼讓她變得麻木。她不讓戴維森離開她的視線，只有他在她才能勇敢一點；她盲目地依賴他，像個順服的奴隸。她不斷哭泣，接著便讀經祈禱，有時弄得精疲力盡，整個人神情呆滯。然後她真的盼望即將到來的磨難，似乎藉由忍受極度的痛苦，才能確切獲得一條逃離痛苦的出路。她再也受不了正侵擾著她的那些捉摸不定的恐怖；帶著滿身的罪惡，放下一切個人虛榮，她在房裡踱來踱去，披頭散髮、衣衫不整，套著那件邋遢的晨褸，身上的睡衣已經四天沒脫，也沒穿長襪，房裡又髒又亂。而此時，外頭的雨仍在無情地下著，讓人覺得整個天堂的水都倒乾了，卻依舊狂瀉不止；雨滴又重又狠，瘋狂而反覆地敲打著鐵皮屋頂，彷彿永遠不會結束。每樣東西都潮濕黏膩，連牆壁和放在地板上的靴子都發了霉，只有蚊子依舊穿梭在無眠的黑夜，吟唱著憤怒的歌。

「如果能停個一天不下雨，也許感覺會好許多。」麥克法爾醫生說。

他們都在盼望星期二的到來，從雪梨開往舊金山的船那天就會抵達。這種緊繃感簡直讓人難以忍受。醫生目前唯一的心思，就是渴望擺脫這不幸的女人，如此一來，他爲之生起的同情與憤恨彷佛也能煙消雲散。不可避免的事就只能接受，他覺得，等到船開航那一刻，他呼吸一定會輕鬆自由得多。莎蒂・湯普森將由總督辦公室派人陪同上船，此人星期一晚上來過，要她隔天早上十一點準備妥當。當時，戴維森跟她在一起。

「我會確定一切都安排妥當，我的意思是，我會親自陪她上船。」

湯普森小姐沒說話。

夜裡，麥克法爾醫生吹熄蠟燭，小心翼翼地爬進蚊帳，他長舒了一口氣。

「嗳，感謝上帝，事情總算要結束了。明天這個時候，她就不在了。」

「戴維森太太一定也很高興。她說，戴維森先生簡直快把自己消耗成一抹影子了，」麥克法爾太太說，「她眞是個與眾不同的女人。」

「誰？」

「莎蒂。眞沒想到這種事會成眞，能讓一個人變得謙卑。」

麥克法爾沒有答話，不一會兒便睡著了。他眞的累壞了，這晚的鼾聲比平常都響。

隔天早上，他被一隻擱在自己臂上的手驚醒，定睛一看，店主洪恩正站在床邊，一邊把一根手指放在嘴前示意他別作聲，要他跟自己出來。洪恩向來穿著一條破舊帆布褲，此時卻光著腳，身上只圍一條本地人的拉瓦拉瓦，樣子突然變得像個野蠻人。麥克法爾醫生從床上鑽出，看見他滿身刺青。洪恩打了個手勢，要他過去露臺那兒，醫生下了床，跟著走了出去。

「別出聲，」洪恩低語，「有點事需要你。穿上外套和鞋子，快一點。」

麥克法爾醫生第一個想法是——湯普森小姐出事了。

「怎麼回事？我需要帶醫療器械嗎？」

「快點，拜託，快。」

麥克法爾醫生躡手躡腳地回到房裡，在睡衣外頭套了件雨衣，穿上一雙膠底鞋，再次出來跟店主會合。他們踮著腳尖走下樓，通往馬路的門開著，已有六個本地人在那裡等著。

「怎麼回事？」醫生又問了一次。

「跟我來。」洪恩說。

他往外走，醫生跟隨在後，後頭還跟了一小群本地人。他們穿過馬路走到海灘，醫生看見有一群本地人團團圍著水邊的某個東西。他們加快腳步，此時距離那個物體大約十公尺遠；本地人看見醫生來了，讓開了一條路。店主推他上前，他看見眼前有個半泡在水裡、半露在外頭的可怕物體——是戴維森。麥克法爾不是那種遇到緊急狀況就昏頭的人，他彎下身，把那具屍體翻過來，咽喉有道大大的傷口，從左耳處橫切到右耳，右手還握著剃刀。

「他已經冷透了，」醫生說，「已經死了好一段時間。」

「有個男孩前往工作的路上看見他躺在這兒，馬上跑來告訴我。你覺得他是自殺嗎？」

「我覺得是。得找個人去叫警察。」

洪恩用當地話說了幾句，兩個年輕人就離開了。

「警察來之前，我們不能動他。」醫生說。

「不准把他搬進我屋子裡，我不要他進我家。」

「官方怎麼說，你就怎麼做，」醫生口氣有點嚴厲，「其實，我也希望他們把他送到停屍間。」

他們站在那兒等，店主從拉瓦拉瓦的摺腰處拿出一包菸，遞了一支給醫生。兩人一邊抽，一邊看著地上的屍體。麥克法爾怎麼也想不通。

「他爲什麼要這麼做？」洪恩問。

醫生聳了聳肩。沒多久，本地警察在海軍陸戰隊員帶領下帶著擔架來了，過了一會兒，幾個官員和海軍軍醫也來了，以一種公事公辦的態度處理著每件事。

「他的夫人怎麼辦？」一個官員說。

「現在既然你們來了，我就回去把衣服換好。這個噩耗由我告訴她，他的遺體最好稍微修補一下再讓她看。」

「我想這樣處理很正確。」海軍軍醫說。

麥克法爾回到住處後，發現妻子已差不多換好衣服了。

他一現身，妻子便說：「戴維森太太擔心丈夫擔心得快瘋了，他整夜都沒回來睡覺。她聽見他兩點鐘從湯普森小姐的房間離開，卻直接出門去了。假若他從那時起就一直在散步，絕對會走到沒命的。」

醫生把發生的事告訴了妻子，要她向戴維森太太轉達噩耗。

「但他爲什麼要這麼做？」她問著，整個人嚇壞了。

「我也不知道。」

「可是我說不出口，我沒辦法。」

「你一定要說。」

她驚恐地看了看丈夫，便出去了。他聽見她走進戴維森太太的房間。他則花了一分鐘時間讓自己定了定神，接著開始刮鬍梳洗。然後換好衣服，坐在床上等妻子回來。她終於進了房間。

「她想看看他。」麥克法爾太太說。

「他們把他送去停屍間了，我們最好陪她一起去。她聽了消息有什麼反應？」

「我想她整個人懵掉了，完全沒哭，只像一片葉子那樣瑟瑟發抖。」

「我們最好馬上過去。」

他們敲了敲房門，戴維森太太出來了。她臉色死白，沒流一滴淚。在醫生眼中，她鎮定得不尋常。他們沒有交談，一路沉默地走下去。來到停屍間時，戴維森太太說話了。

「讓我一個人進去看看他。」

他們站在一旁，有個本地人爲她開門，她進去後又把門關上。他們幾個坐在外面等，有一兩個白人走過來壓低聲音跟他們說話，麥克法爾醫生把他所知的這場悲劇重述了一次。最後，門靜靜地打開，戴維森太太出來了，所有人瞬間靜了下來。

「我準備回去了。」她說。

她的聲音沉重而堅定，眼神讓麥克法爾醫生難以理解，她蒼白的臉上神色嚴峻。他們慢慢往回走，誰都沒說話，最後走到馬路轉彎處，對面就是他們住的房子。戴維森太太突然倒抽一口氣，有好一陣子，他們一直停在那兒。他們聽見一個嘈雜的聲音，那臺安靜了好些天的留聲機又唱起歌來，爵士舞曲在空氣中迴盪，又響又刺耳。

「那是什麼啊？」麥克法爾太太恐懼地大叫。

「我們繼續走吧。」戴維森太太說。

他們走上臺階，進了走廊，湯普森小姐站在自己房門前，正跟一個水手說話。她的樣子突然整個變了，不再是前幾天那種被嚇壞了的苦工模樣。她把最漂亮的行頭全穿上身——白色連身裙、發亮的長靴，棉長襪裡肥胖的小腿依然在靴口擠出一坨肉，頭髮梳得非常考究，還戴著那頂插滿俗氣花朵的華麗大帽子。她濃妝豔抹，兩道眉毛畫得又粗又黑，嘴唇塗得猩紅，整個人站得直挺挺的，又是一副最初他們看見她時囂張招搖的輕佻樣。他們進來時，她突然爆出一陣嘲弄般的響亮大笑，戴維森太太不禁停下腳步。這時，湯普森小姐在嘴裡積了一大口口水，狠狠朝她吐去。戴維森太太往後一縮，臉頰突然漲紅，接著雙手摀臉，排開眾人往樓上跑。麥克法爾醫生大怒，把那個女人推進了房間。

「你到底在搞什麼鬼？」他大吼，「關掉，把那臺鬼機器給我關掉！」

他上前把唱片拿下來，湯普森小姐轉向他。

「嗳，醫生，你也跟我來這套。你到底來我房裡做什麼？」

「你這話什麼意思？」他大叫，「你這什麼意思？」

她昂首挺胸；接下來，她表情中的鄙視、回話裡的輕蔑憎恨，簡直沒人能形容。

「你們這些男人！猥褻下流的骯髒豬玀！你們全是一個樣，全部都是。豬玀！豬玀！」

麥克法爾醫生倒抽一口氣。他懂了。

——原刊於一九二一年四月號《智者》（The Smart Set）雜誌

午餐

我在看戲時見著她，後來中場休息，她跟我打招呼，便過去和她一起坐。已經好久不見她了，若非有人提到她的名字，我幾乎認不出她。她爽朗地跟我聊了起來。

「唉呀，我們認識之後都過了這麼多年，眞是時光飛逝啊！現在我們都不年輕了。你還記得我第一次遇見你那時候嗎？你還請我吃了午餐。」

我還記得嗎？怎麼可能不記得。

那是二十年前的事了，那時我住巴黎，住在拉丁區一棟小公寓，放眼望去全是公墓，賺的錢差不多勉強夠自己不餓昏。她讀了我的書，寫了封信來，我回信謝謝她，沒過多久，又接到她另一封信，說正路過巴黎，希望能跟我見面聊聊，但時間有限，只有下星期四有空，那天早上她會在盧森堡，不知道之後能不能在佛優飯店請她吃一頓小小的午餐。佛優飯店可是法國議員吃飯的地方，不是我這種身分去得了的，也從沒想過要去那兒。但我一方面受寵若驚，一方面也還年輕，不懂如何對女士說不（順帶說一句，這話沒多少男人學得會，等到學會了，也已經老到無論說什麼對女士來說都沒有差別了）。我身上有八十塊金法郎可以讓我度過這個月，一頓體面的午餐應該不超過十五塊，如果接下來兩週我都不喝咖啡，應該足以應付。

我回了信，約好週四中午十二點半在佛優飯店與這位（以筆相交的）朋友見面。她不像我想的那麼年輕，與其說動人，也許說有威嚴還比較合適。其實她已經四十歲了（是個有魅力的年紀，但已無法讓人一眼就心情亢奮、心醉神迷），她的牙齒又大又白又平，但給我的感覺是牙齒好多，多得超出實用目的。她很健談，但好像比較想談有關我的事，而我也準備好當個稱職的聽眾。

菜單送上，大吃一驚，價格比我想像中高出太多了，但她的話又讓我稍微安了一點心。

「我中午通常什麼都不吃的。」她說。

「噢，別說這種話！」我慷慨地回答。

「我向來都只吃一道菜，我覺得現在的人都吃太多了。說不定來點魚不錯，不知道他們有沒有鮭魚。」

呃……現在鮭魚季才剛開始，鮭魚根本還沒上菜單，但我問了侍者有沒有。有的，才剛到，一條漂亮的鮭魚，這可是他們今年進的第一條。我為貴客點了它；侍者問，魚上桌之前，要不要來點別的東西。

「不，」她回答，「我只吃一道菜，除非你們有魚子醬，那我就不介意來一點。」

我的心有點往下沉。我知道魚子醬自己負擔不起，卻不知該怎麼跟她說才好。結果我跟侍者說，請務必上點魚子醬讓她嘗嘗，至於我自己，則在菜單上挑了最便宜的一道——羊排。

「我覺得你吃肉就太不明智了，」她說，「我不知道，你吃了像羊排這麼厚重油膩的東西後要怎麼寫作；我一直相信，不要讓胃的負擔太重。」

接下來的問題是，要喝什麼酒。

「我午餐不喝酒的。」她說。

「我也是。」我回答得毫不遲疑。

「除非是白葡萄酒，」她回應得好像剛才我什麼也沒說似的，「法國這兒的白葡萄酒很清淡，可以幫助消化，再棒不過了。」

「想點什麼？」我問她，口氣還是很殷勤，但已不那麼眞情流露。

她對我愉快而友善地一笑，露出一口白牙。

「醫生只准我喝香檳。」

我想自己臉色一定變得有點蒼白。我點了半瓶香檳，一邊漫不經心地提起醫生絕對禁止我喝這個。

「所以你打算喝什麼？」

「水。」

她吃了魚子醬，又吃了鮭魚，興高采烈地談著藝術、文學、音樂，但我滿腦子想的都是帳單會有多少。羊排送上時，她開始非常認眞地責備我。

「我看你太習慣吃這種油膩的午餐了，我很確定，這樣很糟。爲什麼你不像我這樣只吃一道菜呢？我保證，你會覺得比以前好很多。」

「我『確實』打算只吃一道菜。」我說。

此時，侍者又帶著菜單走過來。她輕盈地打了個手勢，叫來了侍者。

「不、不，我午餐不吃什麼東西的，就只有一兩口，絕不過量，我吃這些東西不過當成跟你聊天的藉口。我已經吃不下了——除非他們有那種大蘆筍，要是來巴黎這麼一趟卻沒吃到，會很遺憾的。」

我的心都沉到底了。大蘆筍我在商店裡見過，知道價格貴得驚人，經常盯著那些大蘆筍流口水。

「這位女士想知道，你們有沒有大蘆筍。」我問侍者。

我用盡所有力量希望他說不。但一個快樂的微笑在他那張長得很像神父的寬臉龐綻開，向我保證他們的大蘆筍又粗壯又鮮嫩，滋味妙極了。

「我一點都不餓，」我的客人嘆了口氣，「但如果你堅持，我也不介意來點蘆筍。」

我點了一份。

「你不來一點嗎？」

「不，我不吃蘆筍。」

「我知道很多人不喜歡蘆筍，其實呢，正因爲你老是吃肉，才把味覺鑑賞力打壞了。」

等待蘆筍上桌時，我整個人焦慮得不知如何是好。現在已經不是我能剩多少錢活過這個月的問題，而是這一餐付不付得出來的問題。要是到時發現不夠十塊法郎，還得跟這位貴客借錢付帳，那就太丟人了，絕不能讓自己落到這種境地。我很清楚自己有多少錢，便決定，倘若帳單出來，超過所能負擔，就把手伸進口袋一摸，然後戲劇性地開始大吼大叫說自己被扒了。當然，要是她身上的錢也不夠付帳，那就尷尬了。到了那時，只能把錶留下來抵押，跟餐廳說會再回來付錢，這是唯一的辦法。

蘆筍上菜了，碩大又多汁，鮮美誘人，融化的奶油香氣逗弄人的鼻孔，就像虔誠的閃族人燔祭時，香氣逗弄著耶和華的鼻孔那樣。我看著眼前這個毫無節制的女人大口大口狂塞，值此同時還不忘出於禮貌，向她解說巴爾幹半島的戲劇性局面；最後，她終於吃完了。

「要喝咖啡嗎？」我說。

「好啊，只要一杯冰淇淋咖啡就好。」她回答。

我已經豁出去了，替她點了冰淇淋咖啡，也替自己點了杯普通咖啡。

「你知道，有件事我一直確信，」她一邊吃冰淇淋一邊說，「用餐時，要是覺得自己還能多吃一點，就該起身離開了。」

「你還餓嗎?」我虛弱地問。

「不、不，我一點也不餓。你看，我不怎麼吃午餐的。我早上就喝一杯咖啡，接下來就要等到晚餐了，即便吃午餐也從來只吃一道菜。我跟你說這些，是爲你好。」

「噢，我知道!」

接著，可怕的事發生了。我們喝咖啡時，餐廳領班臉上掛著奉承的假笑，帶著滿滿一籃大桃子朝我們走來。那些桃子色澤粉嫩如純眞少女，明豔如義大利風景畫。但，現在確實還不到桃子上市的季節啊?天曉得這樣的桃子要貴到什麼地步。答案很快就知道了，因爲我的客人嘴上一邊繼續著話題，手就無意識地伸出拿了一個。

「你看，就是因爲吃太多肉，把胃都給塞滿了，」這指的是我那道分量小得可憐的羊排，「所以你才會吃不下。而我剛才只吃那麼一點點，所以現在才能享用這個桃子。」

帳單送來，付了餐費後，我發現剩下的錢簡直連小費都拿不出手。把最後三塊法郎留給侍者時，她直盯著那三塊錢，我知道她覺得我小氣，但走出這家餐廳大門，等在我前面的，就是整整一

1閃米人(Semites)，又稱閃族人或閃姆人，是起源於阿拉伯半島和敘利亞沙漠的遊牧民族。《聖經》中，挪亞之子閃(Shem)，相傳是閃族的祖先。燔祭則是一種獻祭方式，儀式中會將獻祭的動物放在火上完全燒化，古代民族多有燔祭的記錄，如古希臘、猶太民族及中國先秦時期。

個月荷包裡一塊錢也沒有的日子啊！

「你得像我這樣，」我們握手道別時，她說，「午餐只吃一道菜。」

「我會做得比這個更好，」我回答，「今天晚上我就什麼都不吃了。」

「你眞幽默！」她歡快地叫了出來，然後鑽進計程車，「你眞的、眞的太幽默了！」

但我終究還是復仇了。我不覺得自己是個報復心重的人，可如果出手報復的是永生的神，讓人對結果高興那麼一下，其實也情有可原。現在，我眼前的她，可有將近一百四十公斤重呢！

——原刊於一九二四年三月號《柯夢波丹》（Cosmopolitan）雜誌

承諾

內人很不守時，是以和她約在克拉里奇酒店[1]吃午餐，我已晚了十分鐘到、仍遍尋不著她人影時，一點也不驚訝。我點了杯雞尾酒，時爲旺季，整個交誼廳僅剩兩三張空桌。有些人吃完了早餐正在喝咖啡，也有些人跟我一樣手裡隨意擺弄著一杯不甜的馬丁尼。女人穿著夏季禮服，看起來愉

1 克拉里奇酒店（Claridge's）：倫敦最高級的梅費爾區，一家具有兩百年歷史的五星級酒店。創建於一八一二年，前身為米瓦特旅館（Mivart's Hotel）；一八五四年，克拉里奇夫婦買下旅館，與隔壁自家旅館合併後改名克拉里奇酒店。一八六〇年，因接待拿破崙三世的妻子歐仁妮皇后（Empress Eugenie），以及英國維多利亞女皇（Queen Victoria）而聲名大噪。一八九四年，被對手薩伏伊飯店的老闆理查・多伊利・卡特（Richard D'Oyly Carte）買下後拆除重建，於一八九八年重新開幕。第二次世界大戰期間，南斯拉夫王國的國王彼得二世流亡期間便居住在此；一九四五年七月十七日，英國特別割讓二一二號房與南斯拉夫，為期一天，好讓王子亞歷山大能出生在南斯拉夫領土上。

快而迷人，男人則一臉愜意。我估計內人還要十五分鐘才會出現，卻找不出這裡有哪個人足以吸引我在此好整以暇等待。這些人都很苗條，賞心悅目，個個打扮入時，態度隨意自在，但裝扮大都同一個模子印出來，要說我是出於好奇心觀察他們，還不如說是在忍耐。現在已經兩點了，我很餓。內人總說她不能戴綠松石也不能戴錶，因爲本來偏藍的綠松石後來總會變綠，而錶又老是停，她把這種事歸咎於命運不好。對綠松石我沒什麼話可說，但偶爾我會想，要是她給那錶上上發條，說不定它就會走了。正想著這些時，有位侍者走過來，以飯店侍者那種一貫發生了什麼嚴重大事的低語口吻（彷彿將帶來天塌下來的消息），告知剛才有位女士來電，說有要事耽擱，無法與我共進午餐了。

我遲疑了一下，在擠滿人的餐廳獨自一人吃飯不是什麼有意思的事，但現在再去俱樂部又已經晚了，所以最好還是待在這兒。我踱步走進了餐廳。對我來說，被一間時髦餐廳的領班記得名字沒什麼好滿足的（即便對許多優雅時尚的人來說確實有），但迎人的目光若能不那麼冷冰冰，確實教人爲之開心——此刻，餐廳主管以帶有敵意的做作表情告訴我，每張桌子都被預訂了。我無助地環視著這個富麗堂皇的寬敞空間，突然很高興發現有個人我認識，那是老朋友伊莉莎白・佛蒙特夫人，她正對我微笑。我注意到她身邊沒其他人，便走了過去。

「您能憐憫一個餓壞了的人，讓我跟您同桌嗎？」我問。

「噢，當然可以。但是我快吃完了。」

她坐的小桌位在一根粗柱子旁，儘管倚著柱子不算好位置，坐下後，才發現在擁擠人群中，這裡簡直是隱密的私人空間。

「看來我眞有點好運，」我說，「我快餓昏了。」

她的笑容讓人非常舒服，不是臉突然一亮的那種笑，那笑容彷彿帶有魔力，一點一點地漫上她的臉。在她唇上停留一會兒，才慢慢往那對閃亮的大眼睛逡巡而去，最終在那兒淡淡地消失。大家都承認伊莉莎白·佛蒙特是個不同凡響的美人，儘管我沒見過她年輕時的模樣，但每個人都說她當年眞是漂亮，簡直到了讓人感動落淚的程度；這話我完全相信，因爲就算現在已經五十歲，她仍美得無與倫比。她那種歷經風霜的美，反而讓那些正值盛放的年輕女子顯得有些乏味。我不喜歡那些塗脂抹粉弄得千篇一律的臉，我覺得，女人用粉、胭脂和唇膏讓自己變得神情呆滯、掩蓋自己的個性，是最愚蠢的事了。但伊莉莎白·佛蒙特的妝，不是去僞造一個不存在的本質，而是在原有基礎更上一層樓，你只會對化妝後的成果鼓掌叫好，而不會想問她用的是什麼手法。她的妝大膽放肆，卻絲毫無損那張完美的臉蛋，而是讓五官線條更爲清晰。我猜她的頭髮染過，髮色濃黑，閃亮如絲。整個人坐得直挺挺的，好像從不知什麼叫彎腰駝背，身形也非常苗條。她穿著一件黑緞洋裝，線條和剪裁都很簡約合宜，戴著一條長長的珍珠項鍊，除此之外，唯一的珠寶就是婚戒上那顆巨大的祖母綠，其沉鬱光澤更襯出她手的白皙。但這雙塗著殷紅蔻丹的手卻明顯暴露出她的年齡，不復少女時期豐潤，渾圓的弧度上帶了些皺摺，看上去不免讓人遺憾。不用多久，這雙手就要變成掠食猛禽的爪子了。

伊莉莎白．佛蒙特是個不尋常的女人，她擁有非凡出身，是聖厄斯公爵七世之女，十八歲時嫁給一位非常有錢的富豪，自此展開一段奢侈、淫亂而放蕩的驚世駭俗生活。她驕傲得不顧謹慎，魯莽得不想後果，兩年不到，身陷醜聞的丈夫便跟她離了婚。之後，她與離婚訴訟中三個被告之一結了婚，十八個月後又離開了他。接下來，她的愛人一個換過一個，也因行爲放縱而聲名狼藉。傾倒眾生的美貌與悖德的舉止讓她成了公眾焦點，每隔一段時間，就能生出些事蹟來讓人閒聊八卦。正派人士聽到她的名字無不嗤之以鼻。她是個賭徒，一個敗家女，一個蕩婦。儘管她對愛人不忠，待朋友卻始終如一，因此不管做了什麼，總有些朋友認爲她根本不像傳聞中那樣，說她就只是個大好人。她個性直爽活潑，又有魄力，從不假道學，待人慷慨而真誠。我就是在這段時期認識她的。如今，寄情宗教這種事已經不流行了，因此對名門閨秀來說，當名譽掃地，那就去吹捧對藝術方面的興趣。倘若被自己所屬階層的人冷眼相待，偶爾便紆尊降貴地和作家、畫家及音樂家圈子的人交遊。我發現，和她在一起還滿有趣的。她是那種得天獨厚、能無畏說出自己心底話那種人（因此也省下不少寶貴時間），而且才思敏捷。她向來樂於聊自己驚人的過去（口吻甚至無比詼諧），談話內容雖無甚教育意義，卻很有意思，因爲不管怎麼說，她是個眞誠的女人。

接著，她做了件讓人非常驚訝的事——四十歲時，和一個二十一歲的年輕人結婚了。她的朋友說，這是她一生中最瘋狂的一次舉動。有些過去無論如何都對她不離不棄的朋友，爲了這件事和她絕交，因爲那年輕人太好了，怎麼看都像是她利用人家涉世未深這一點加以誘騙，實在太無恥、太過分。他們預言這會是一場大災難，畢竟她從來也沒能跟哪個男人維持關係超過半年；而且，他們也希望這種事再度發生，因爲這似乎是個機會，讓這個不幸的年輕人看清自己的妻子是如此放浪形骸的人，不離開她不行。他們都猜錯了。我不知道是歲月讓她的心靈改變了，還是彼得・佛蒙特純眞簡單的愛感動了她，總之事實是，她成了他賢慧的妻子。他們沒什麼錢，她過去也是個奢侈的人，卻搖身一變成了節儉的主婦。她突然注意起自己的名聲，那些說長道短的聲音也隨之平息。在她心裡，唯一在意的就是他的快樂，她愛他愛得深切，無可質疑。從此以後，讓眾人八卦多年的伊莉莎白・佛蒙特再也不是蜚短流長的對象，彷彿這一生的故事都已被說盡。她變成了另一個女人，等到她白髮皤皤回顧這光彩體面的一生時，那些過去、那駭人聽聞的一切，看起來就像屬於另一個逝去已久、徒留隱約印象的人，而不屬於她。想到這裡，我不禁面露微笑——女人的忘性，向來令人羨慕。

但命運將如何安排，又有誰說得準呢？就在一瞬間，所有事情都變了。彼得・佛蒙特過了十年美滿的婚姻生活後，瘋狂愛上一個叫做芭芭拉・坎頓的女孩。她很乖巧，父親是羅伯特・坎頓勛爵，曾任外交部副部長，她是么女，長得非常漂亮，只是美得膚淺。當然，此時她在這場婚姻糾葛中的位置，還不能與伊莉莎白夫人相提並論——很多人知道發生了什麼事，但沒人知道她是否略有察覺，大家都在猜她將如何面對這個從未經歷過的局面，畢竟以前都是她甩別人，從來沒有別人甩她。照我的想法，她應該會迅速解決坎頓小妹妹這個問題，她的大膽與機敏，我很清楚。整頓午餐吃下來和她閒聊，我心裡其實都在想這些事。她的舉止沒有一絲異樣，和平時一樣愉快、迷人且坦誠，看不出有煩心之事。說話的樣子也一如往常，輕鬆愜意但極有見地，談話間不管論及什麼主題總能妙語如珠。我非常盡興，心裡冒出一個想法——也許出於某種神蹟，她絲毫沒察覺彼得變了心；我給了自己一個解釋，說不定因為她愛他太深，根本想像不到他的愛也有消逝的一天。

我們喝完咖啡、抽了幾根菸後，她問我現在幾點了。

「兩點四十五分。」

「我得結帳了。」

「我有這個榮幸請您這一餐嗎？」

「當然。」她笑了起來。

「你有急事？」

「我跟彼得三點鐘有約。」

「噢，他好嗎？」

「他非常好。」

她淺淺一笑，就是那種她特有的微笑，那種慢慢在臉上綻開、讓人很舒服的笑，我卻好像在這個笑容裡看見了一絲嘲笑。她遲疑了一下，眼神慎重地看著我。

「你很喜歡古怪的情況對吧？」她說，「你肯定猜不到我等會兒要做什麼。今天早上我打了電話給彼得，跟他約三點見面，我要去跟他談離婚。」

「你說笑的吧，」我叫了出來，覺得自己的臉都漲紅了，不知該說些什麼，「我以爲你們一直處得很融洽。」

「你以爲全世界都曉得的事我會不知道？我眞的沒笨到那種地步。」

她不是那種話說出口還讓人有懷疑餘地的女人，我也沒法假裝自己不懂她所指爲何。有一兩秒鐘我沒說話。

「你爲什麼要離婚呢？」

「羅伯特·坎頓是個古板的老傢伙，就算我和彼得離婚，我也很懷疑他會讓芭芭拉嫁給他。而對我來說，你知道，這也不是我第一次離婚了，不過是多一次少一次的差別……」

她聳了聳美麗的肩膀。

「你怎麼知道他想跟她結婚？」

「他瘋狂愛著她。」

「他這麼跟你說？」

「不，他甚至不知道我曉得了。眞慘啊，我可憐的寶貝，他一直努力不要傷害我。」

「也許這只是一時迷戀而已，」我大膽猜測，「說不定很快就結束了。」

「爲什麼要結束？芭芭拉年輕又漂亮，是個好女孩，他們兩個很相配。再說，結束了會有什麼好處嗎？現在他倆愛得難捨難分，眼下兩人相愛才是眞正重要的事。我比彼得大十九歲，如果一個男人已經不愛一個年齡足以當他媽的女人，你覺得他還會回心轉意、再愛上那個女人嗎？你是個小說家，人性什麼的，你一定比誰都清楚。」

「你爲什麼要做這種犧牲？」

「十年前他跟我求婚時，我就承諾，什麼時候他想走，我就會放他走。你看，我們年紀差這麼多，我覺得只有那樣才叫公平。」

「那麼，你是在遵守一個他並未要求你遵守的承諾嗎？」

她細長的手輕輕一揚，我覺得那顆祖母綠幽暗的光芒中藏著不幸的預示。

「噢，我必須遵守，你知道，一個人的行爲總得像個君子。跟你說實話吧，這也是我今天來這裡吃午餐的原因。這張桌子，是他跟我求婚的地方，那時我們在這裡吃晚餐，你知道，我現在坐的，就是當年那個位置。最麻煩的是，我現在還跟當初一樣愛他。」她停頓了一分鐘，我看見她咬了咬牙。「好了，我想我該走了，彼得最討厭等人。」

她看了看我，眼神裡有股微微的無助，我覺得她幾乎已無法從椅子上起身，但她仍露出微笑，猛力站了起來。

「可以讓我送你一程嗎？」

「最遠送到飯店門口。」她笑著說。

我們穿過餐廳和交誼廳，來到門口，門房推開了旋轉門，我問她需不需要叫車。

「不了，我寧願用走的，天氣多好啊。」她對我伸出手，「能見到你眞是太好了，明天我就會出國，但接下來整個秋天應該都會待在倫敦，到時候給我電話。」

她笑了笑，點了點頭，轉身離開，我看著她走到戴維斯街。天氣和暖如春日，屋頂上方的藍天有小小白雲悠然飄過。她的身姿還是那麼直挺，昂首闊步，苗條的身段和美麗的體態讓經過的路人都忍不住多看一眼。我看見，她對某個脫帽致意的友人親切地彎腰回禮，我想對方怎麼也想不到，眼前這個優雅的女人，裡面其實裝著一顆破碎的心。我要再重複一遍，她眞的是個非常眞誠的女人。

——原刊於一九二五年十二月號《柯夢波丹》（Cosmopolitan）雜誌

朋友有難

我研究人類同胞至今已有三十年了，對於人，依然所知有限。要我只憑長相就決定雇不雇用一個人，絕對會讓我有相當程度的猶豫；然而我覺得，我們多半還是以貌取人。我們會從下巴的形狀、眼神、嘴巴的輪廓對一個人下結論，我很想知道這種判斷方式，是否眞的對多於錯。小說與戲劇之所以經常和眞實人生有距離，正是因爲作者把其中的角色個性寫得太過於前後一致；當然，這也許有其必要性——他們不能讓角色自我矛盾，因爲這樣會讓人不易理解。然而，我們大部分人卻經常自我矛盾，我們就是一堆矛盾特質組合出的大雜燴。那些邏輯一致的書會告訴你，「黃色的形狀像根管子」或「感激比空氣重之類的話」全是胡說八道，但在組成我們這個「自我」矛盾混合物的心中，黃色說不定正好就是一匹馬、一輛車，而感激就是下星期正中間那天的名字。當人們告訴我，他們對人的第一印象向來很準，我總是聳聳肩，覺得這些人若非見識淺薄，就是自視過高。就我自己而言，我發現認識一個人越久，越摸不透他在想什麼，而交往最久的那些朋友，正是我最一無所知的一群人。

之所以想到這些，是因爲今早在報紙上看見愛德華・海德・伯頓於神戶過世的消息。他是個商人，在日本做了很多年生意。我跟他一點也不熟，之所以記得他，是因爲有次他讓我大爲吃驚，若非他親口說了那個故事，打死也不信他竟能做出這種事來。更令人震驚的是，他無論外貌或舉止，都會讓人想到特定類型的人物，若眞有所謂形象徹底一致的人，必屬他無疑——伯頓身材矮小，身高剛超過一百六十二公分一點點，非常瘦，一頭白髮，紅潤的臉布滿皺紋，還有一對藍眼睛。認識他時，我想他大約六十歲，服裝總是整潔樸素，很適合他的年齡和地位。

儘管辦公室位在神戶，但他常常到橫濱來。有次爲了等一艘船，我正好在那兒待了幾天，英國俱樂部有人介紹我跟他認識。我們一起打橋牌，他牌技很好，牌品也不錯。無論喝酒前後話都不多，但說起話來明智練達，有種不動聲色的冷調幽默。他在俱樂部似乎很受歡迎，離開後，每個人都說他是個一等一的好人。我們碰巧都住橫濱格蘭洲際飯店；隔天，他邀我一起吃晚餐，我見到了夫人，是個臉上總帶著微笑、上了年紀的胖乎乎婦人，此外也見到他兩個女兒，看起來是個和樂融融、感情親密的家庭。伯頓最讓我印象深刻的，就是溫厚——平和的藍眼睛裡，有種令人非常舒服的特質；聲音很溫柔，幾乎很難想像有什麼事能讓他動怒；笑容也十分親切和藹。這樣一個人之所以吸引你，是因爲可以感覺到他內心對朋友的那份眞誠。他很有魅力，但絕不做作令人生厭，他熱愛橋牌與雞尾酒，能一個重點不漏地講出精彩萬分的香豔故事，年輕時還曾是某種運動的選手。他很富有，每塊錢都是他親手賺來的。我發現他之所以讓人喜歡，有個原因是，他看起來如此瘦小脆弱，能激起人的保護慾，你會覺得，他簡直連傷害一隻蒼蠅都下不了手。

有天下午，我坐在格蘭洲際飯店交誼廳，那是關東大地震[1]之前的事。交誼廳擺了幾張皮製扶手椅，從窗口望出去視野廣闊，可以看見繁忙擁擠的港口。巨大的郵輪準備開往溫哥華和舊金山，或取道上海、香港和新加坡開往歐洲。港口裡有世界各國的貨船，經歷了大海的洗禮，傷痕累累；平底帆船船尾翹得高高的，張著五顏六色的彩帆；舢舨更是數也數不清。這幅繁忙振奮的景象，不知為何，讓人看了心靈平靜，彷彿一個觸手可及、活生生的傳奇故事。

不一會兒，伯頓走進交誼廳，看見我，便在旁邊的一張椅子坐下。

「想喝點什麼嗎？」

他拍拍手招來侍者，點了兩杯琴費士[2]。侍者送酒來時，外面路上有個人經過，朝我揮了揮手打招呼。

「你認識透納？」我對那人點頭回禮時，伯頓問我。

「我在俱樂部見過他。聽說他是靠國內匯錢在這裡過活的人。」

「沒錯，我也覺得他是。這裡這種人很多。」

「他橋牌打得很好啊！」

「這些人通常牌技都不錯。去年這裡有個人恰巧跟我同姓，他的牌是我見過打得最好的。我想你在倫敦從沒見過他吧，他說他叫連尼．伯頓。我相信他一定在一些頂尖俱樂部待過。」

「不，我對這名字沒印象。」

「他牌打得眞的太好了，似乎在橋牌上特別有天分，眞神奇。他在神戶待過一陣子，我跟他打過不少次牌。」

伯頓啜了一口酒。

「說起來也是個有趣的故事，」他說，「那傢伙人不壞，我還挺喜歡他的。總是衣冠楚楚，打扮光鮮亮麗，一頭鬈髮，臉頰白裡透紅，也算是美男子，爲他著迷的女人可多了。倒沒什麼壞心眼，你知道的，只是有點浪子氣。當然他酒喝得太多了，這種人就是這樣。他每季都會收到匯來的錢，靠著打牌也賺了一些；他贏過我不少錢，所以我知道。」

伯頓和善地笑了笑。照我跟他打牌的經驗，知道他輸錢向來輸得心甘情願。他用瘦骨嶙峋的手摸摸自己刮得乾乾淨淨的下巴，手背上血管浮突，清晰可見，顯得手背皮膚很透明。

「我猜想，他之所以在山窮水盡時找我，一方面是跟我打過牌，一方面也因爲跟我有同姓之

---

1 關東大地震，發生於一九二三年九月一日，震度高達七點九，對東京、橫濱這兩個日本大城市造成毀滅性傷害，死亡人數約在十至十五萬人之間，其中約有四萬人失蹤。

2 費士（FIZZ）：指的是碳酸蘇打水的氣泡聲。以蒸餾酒或混合酒作為基酒，加上柑橘類果汁、石榴糖漿等糖水，先搖晃，再加入蘇打水稀釋。琴費士，則是以琴酒作基底的調酒。

誼。有天，他到辦公室找我，希望我能給他一個工作。我很驚訝。他說，家裡不再匯錢來了，他想工作。於是我問他幾歲了。

「『三十五。』他說。

「『到目前爲止，做過什麼事？』我問。

「『這個嘛，沒做過什麼事。』他說。

「我忍不住笑了出來，說：『恐怕目前幫不上什麼忙，三十五年後再回來找我吧，到時候我再看看能做什麼。』

「他動也不動，臉色發白。遲疑了一會兒後，說他有好一段時間打牌手氣都很糟，所以不想繼續打橋牌，改打撲克，結果輸慘了。他現在一文不名，能典當的東西都當光了，付不出旅館帳單，人家也不肯再讓他賒帳。他已走投無路，如果找不到差事做，就只能去自殺了。

「我仔細端詳了他一會兒，看得出他整個人都不行了。他酒喝得比平常還多，看起來老得像五十歲。女孩要是看見，可不會像當初那樣迷他了。

「『那麼，除了打牌，你還有什麼別的專長？』我問。

「『我會游泳。』他說。

「『游泳！』

「我簡直不敢相信聽見了什麼——會這樣回答，根本腦袋有問題。

「『我大學時曾代表學校出去比賽。』

「我有點懂他提這件事的用意了。但這樣的人我見多了，他們當年在大學裡算是風雲人物，總念念不忘自己的當年勇。

「『我年輕時也游得不錯。』我說。

「這時我突然有了個想法。」

伯頓暫時中斷了故事，轉頭問我：

「神戶你熟嗎？」

「不熟，」我說，「我曾路過那兒，但也只待了一夜而已。」

「那你一定不知道塩屋俱樂部。我年輕時，曾經從那兒下水，繞過燈塔，最後從垂水溪上岸，全程近五公里；那燈塔周圍的海流很急，要游完，難度相當高。後來，我就跟這位同姓的小兄弟說，如果能游這一程，我就給他一個工作。

「我看得出來，他嚇壞了。

「『你說你是游泳好手的。』我說。

「『但我現在身體不是很好。』他答。

「我什麼也沒說，只聳了聳肩。他看著我，一會兒後，點了頭。

「『好，』他說，『你要我什麼時候游？』

「我看了錶，那時剛過十點。

「『你游這一趟，不可能超過一個小時十五分鐘。我十二點半開車到小溪附近跟你碰頭，把你接回俱樂部換衣服，然後一起吃午餐。』

「『好，賭了。』他說。

「我們握了手，我祝他好運，然後他便離開。那天早上我還有很多工作要做，好不容易才勉強趕在十二點半到達垂水溪。但其實不必那麼急，因爲他一直都沒出現。」

「他最後臨陣退縮了？」我問。

「不，他去了。一開始還挺順利的，只是酗酒和放蕩的生活把他身體整個毀了，燈塔周圍的急流根本招架不住。大約三天後，我們才發現他的屍體。」

我好一陣子說不出話來，心下有點震驚，之後問了伯頓一個問題。

「你提議，說只要游泳就給他工作時，知道他會淹死嗎？」

他溫和地對我笑笑，用那對和善坦誠的藍眼睛看著我，一邊用手摩挲著自己的下巴。

「這個嘛，那時候我辦公室可沒缺人。」

——原刊於一九二五年四月號《柯夢波丹》（Cosmopolitan）雜誌

螞蟻與蚱蜢

年紀還小時，大人就要我背誦不少拉・封丹[1]的寓言故事，並細細解說每篇故事的教育意義。讀過的故事裡，有篇叫做〈螞蟻與蚱蜢〉，是爲了讓孩子明白一個有用的教訓——在這不盡完美的世界裡，勤奮能得到獎賞，而輕浮懶散必受懲罰。我想每個人對這故事都略知一二，但不那麼清楚，很抱歉必須在此提一下這篇出色寓言的內容——螞蟻整個夏天都努力工作，塡滿過冬的糧倉；同一時間，蚱蜢只是坐在草葉上，迎著太陽大聲唱歌。冬天來臨了，螞蟻舒舒服服地享用豐厚的儲備，蚱蜢卻毫無存糧，於是去找螞蟻，求得一些食物。接著，螞蟻便給了蚱蜢一個標準回答：

「你夏天時都幹嘛去了？」

「抱歉，說實話，我在唱歌，整天整夜都在唱。」

---

1 尚・德・拉封丹（Jean de La Fontaine, 1621～1695）：法國詩人，以《拉封丹寓言》（Fables choisies mises en vers）留名後世。

「都在唱歌啊。那接下來，怎麼不去跳舞呢？」

這樣的教誨，我向來難以接受——就我來說，不覺得是叛逆的緣故，而比較像年紀還小抓不到重點，對道德訓示的敏銳度不足。我總是比較同情蚱蜢，且有段時間看到螞蟻就想踩它幾腳，以這種簡單方式表達對審愼度日與生活常理的不認同（況且後來發現，這完全合乎人性）。

後來有天，我在一家餐廳看見喬治·拉姆齊獨自在那兒吃午餐，不禁又想起這篇寓言。那神情之憂鬱沉重，從不曾在其他人臉上看見過。他眼神茫然放空，看上去彷佛全世界的重擔都壓在他肩上。我立刻猜到，一定是他那可悲的弟弟又闖禍了，心裡很爲他難過。我走向他，伸出了手。

「你好嗎？」我問。

「心情不是太好。」他回答。

「又是爲了湯姆？」

他嘆了一口氣。

「嗯，又是湯姆。」

「爲什麼你不乾脆放棄他？在這世上能爲他做的事，你都做盡了，現在總也該明白，他根本沒救了。」

我想每個家庭都會有個脫軌的人物，二十年來，湯姆一直是他心中的痛。湯姆一開始還不錯，工作、結婚，也生了兩個孩子。拉姆齊家族的人個個行事正派，無論從哪方面來說，湯姆應該都能擁有一個對社會有益又體面的好事業。但有一天，毫無預警地，他宣稱自己根本不喜歡工作，也不適合婚姻，現在只想好好享受人生。他不聽任何人的勸，直接離開了妻子和工作。他還有點積蓄，接下來便在歐洲各國首都雲遊，過了兩年逍遙日子。他行事的流言不時傳到親戚耳裡，大家都非常訝異，他當然快活自在，親戚卻大搖其頭，很想知道他要是錢花光了會怎麼樣；答案很快就揭曉——他借錢。他極富個人魅力，且肆無忌憚，像他借錢借得如此無往不利的人，除了他之外眞沒見過第二個。跟朋友借錢成了穩定收入，況且他又很能交朋友。他總是說，把錢花在生活必需開銷上太沒意思，砸在奢侈品上的錢花起來才爽，爲達目的，他得靠哥哥喬治才成。只是，他對自己哥哥並不施展個人魅力那一套，畢竟喬治的個性認眞愼重，花言巧語對他無效。喬治是正人君子，有一兩次輕信湯姆痛改前非的承諾，給了一大筆錢，讓他從頭開始，他便拿這些錢買了一部汽車和一些高檔珠寶；實際狀況讓喬治不得不意識到，自己弟弟無論如何也沒法定下心來過日子了，從此撒手不管，湯姆便開始忝不知恥地脅迫——對一個體面的律師來說，發現弟弟站在自己最喜歡的餐廳吧檯後面搖雞尾酒，或在自己俱樂部外面的計程車駕駛座上招客，都是很不光彩的。湯姆則說，站在吧檯服務客人或開計程車，全是高尚的職業，但若喬治可以再資助幾百英鎊，他也不介意爲了家族名譽放棄這個工作。喬治只好又如數付錢。

有一次，湯姆差點入獄，喬治沮喪至極，他把這件醜事的來龍去脈都弄了個清楚——湯姆這次確實做得太過頭了。他很任性，做事欠考慮，而且自私，但在喬治看來，他以前從沒做過騙人的事，意思是從沒犯過法。如果這次被起訴，絕對是要定罪的。但你怎能讓自己唯一的弟弟去坐牢？湯姆詐騙的那個人叫克隆蕭，是個報復心很強的人，堅決把這件事告上法院。他說湯姆是大壞蛋，必須受懲罰。喬治在這件事上耗費了莫大心神，還花了五百塊英鎊才把事情擺平。之後喬治才聽說，湯姆和克隆蕭把支票兌現，兩人一起跑到賭城蒙地卡羅快活了一個月；我從沒看過喬治氣成那樣。

二十年來，湯姆賽馬、賭博，跟最漂亮的女孩廝混、跳舞，吃最昂貴的餐廳，總是一身華服，打扮得光鮮亮麗。儘管已經四十六歲，但不會讓人覺得超過三十五。他這人很有意思，即便知道他是個人渣，也很難不享受與他交往的樂趣。他總是興致高昂，擁有無窮無盡的歡樂及難以置信的魅力。爲維持日常所需，他定期向我借錢，我也從不吝惜地奉獻。每次拿五十英鎊出借，反倒覺得他才是債主。湯姆認識每個人，大家也都認識他，你或許對他不能認同，但就是沒法討厭他。

可憐的喬治，他其實只比湯姆這混帳弟弟大一歲，看起來卻像個六十歲的老人。二十五年來，他每年假期從不超過兩週。每天早上九點半進辦公室，不待到下午六點絕不離開。他誠實、勤奮、受人尊敬。有個好妻子，絕對忠實，連一點出軌的妄想都沒有過；還有四個女兒，對她們來說，他是天底下最好的爸爸。他特意從自己薪水裡留下三分之一作儲蓄，打算五十五歲退休，搬到一棟鄉間小房子住，在那兒蒔花弄草，打打高爾夫。他一輩子清白無瑕，很高興自己正在變老，因爲湯姆也在變老。他搓著自己的手說：

「湯姆年輕俊俏時，一切都輕鬆好辦，但他也才比我小一歲。四年後，他也五十了，到時他就會發現生活不容易；而我五十歲時，卻擁有三萬英鎊的積蓄。這二十五年來我總是說，湯姆會在貧民窟了結此生，我們看看他到時會怎麼樣吧；看看能獲得回報的，究竟是認真工作的人，還是一條懶惰蟲。」

可憐的喬治，我真是太同情他了。此刻正坐在他身旁，猜想湯姆到底又幹了什麼不光彩的事。喬治顯然心煩意亂到了極點。

「你知道發生什麼事了嗎？」他問我。

我做好心理準備，等著聽最糟糕的事情。我猜湯姆大概終於被警察抓了。喬治幾乎沒法好好講話。

「我這輩子一直努力工作，這點你不會否認吧？我做人規矩、正派、坦誠，一生勤勉節儉，期待靠著金邊證券[2]帶來的一點點微薄收入過退休生活。我始終在上天安排的人生位置恪盡職責。」

「確實如此。」

「你也不能否認，湯姆就是個懶鬼、人渣、浪蕩的傢伙、無恥的流氓。倘若真有公理正義，他現在根本應該在貧民救濟院裡。」

2金邊證券（gilt-edged securities）：「Gilt」，指英國、南非與愛爾蘭等國家所發行的債券，一般指低風險、獲利低但穩定的債券。

「的確沒錯。」

喬治的臉都漲紅了。

「幾星期前，他跟一個老得可以當媽的女人訂了婚，結果那女人死了，把所有財產都留給他。五十萬英鎊、一艘遊艇、一棟在倫敦的房子，還有一棟房子在鄉下，全是他的了。」

喬治‧拉姆齊掄起拳頭重重敲了一下桌子。

「太不公平了，我告訴你，這太不公平了，他媽的，這簡直太不公平了。」

我看著喬治狂怒的臉，忍不住爆出大笑，笑得連椅子都翻了，人差點摔倒在地。也因爲這一笑，喬治一輩子沒原諒我。但湯姆還是常邀我去他位於梅費爾區[3]的豪宅享受上品佳餚；若他仍偶爾跟我借點小錢，則全是出於習慣所致，而且從來也不會超過一塊金鎊。

——原刊於一九二四年十月號《柯夢波丹》（Cosmopolitan）雜誌

3 梅費爾區（Mayfair）：位於英國倫敦市中心。最為人所知的，是在大富翁遊戲中，此區是全英國最昂貴的一區。

表象與眞實

我不能擔保以下這個故事的眞實性，但這是一位法國文學教授告訴我的，他人品高尚，在英國一所大學任教，我想這故事一定是眞的，否則他不會說出來。他向來提醒學生留意三位法國作家，在他看來，這三位作家綜合了法國民族性的幾個主要特質，只要讀他們的作品，就能清楚了解法國人。倘若他有權決定，凡是想當官的人一定要通過最嚴格的考試，而題目就從這些作品選出來，否則他絕不相信執政的人能夠與法國政府打交道。

這三位作家及其作品分別是——拉伯雷（Rabelais）[1]的《高盧人的放縱性格》，這種「放

1弗朗索瓦・拉伯雷（François Rabelais, 1493～1553）：法國北方文藝復興時代的偉大作家，也是人文主義代表人物之一。

縱」也許會被說得更下流粗俗，如「有話直說」，但他們更愛說成「有屁快放」[2]。拉・封丹（La Fontaine）的《常識》，但裡頭都是些基本常識。還有高乃依（Corneille）[3]的《羽飾》，這個字在字典裡指的是羽毛，也就是全副武裝的騎士，頭盔上插著羽毛裝飾，並隱喻著尊嚴、冒險、炫耀、英雄主義、虛榮和驕傲；正是這種「羽飾精神」[4]，讓豐特努瓦[5]的法國紳士對英王喬治二世的軍官說：「先生，您先開火吧！」讓滑鐵盧戰役的那位法國軍官康布羅納，用一張講粗話的嘴喊出：「衛隊寧死不降！」[6]讓那位經濟不太寬裕的法國詩人，以教人崇敬的完美之姿，把獲頒諾貝爾獎的所有獎金捐了出去[7]。

這位教授絕非草率之人，接下來要說的故事，在他看來，清楚呈現了前述法國人三項主要特質，深具教育意義。

我將這個故事叫做〈表象與眞實〉[8]。這其實是一本哲學著作的書名，在我看來，若不論對錯，說是英國十九世紀最重要的哲學書也不爲過。這本書很枯燥，卻極具啓發性，以優美的英文寫成，且相當幽默，一般讀者就算不見得理解書中某些精微的議論，仍可感到心神彷若在玄學的深淵上方走鋼絲，如此驚心動魄，但一合上書又有種舒暢感，好像剛才那陣心懸根本沒啥大不了。若非此書書名實在太適合我的故事，否則拿它來當故事題名怎麼也說不過去。

說莉賽特是個哲學家，意義上也不過等同於說「人人都是哲學家」。然而，她卻能藉著處理生活上種種問題淬練其思想，而對眞實有了強烈感受，對表象也有眞摯的同理心，簡直可說成功化解

2原文來自拉丁文諺語：「Call a fig a fig, call a spade a spade.」（是無花果就說是無花果，是鏟子就說是鏟子。）後來，「Call a spade a spade」引申為「有話直說」；而英式英語中的「to call a spade a bloody shovel」的意義相同，只是語氣上更強烈粗魯。

3皮耶・高乃依（Pierre Corneille, 1606～1684）：出生於法國西北部的盧昂，是十七世紀上半葉法國古典主義悲劇的代表作家，法國古典主義悲劇的奠基人。

4羽飾精神（le panache）：在當時的歐陸，舉凡陸軍，海軍、律師及神職人員都屬於「紳士階層」（意義和我們現在認知的紳士不同），因此內文中這句話所稱的法國紳士，是指戰場上的陸軍士兵軍官。而他們身為「紳士」，便懷有紳士的自尊與驕傲，當時這些軍官頭上會戴一種特殊的鶴鴕羽飾，因此取名為「羽飾精神」。

5豐特努瓦戰役（Battle of Fontenoy）：發生於一七四五年五月十一日，是奧地利王位繼承戰爭中，法國大捷之役。法國由此征服了法蘭德斯，是法軍在奧地利王位繼承戰爭中最重要的勝仗。

6雨果（Victor Marie Hugo, 1802～1885）曾在《悲慘世界》描寫滑鐵盧之役，敘述法軍最後只剩下一個方陣，領兵的軍官為康布羅納（Pierre Cambronne）。當時英軍集中火砲，在最後的射擊之前，喊道：「勇敢的法國人，投降吧！」康布羅納答道：「屎！」（Merde），雨果接著以極大篇幅讚頌這個字。然而史實並非如此，且如羅生門般各說各話——首先是康布羅納聲稱沒說這個字，也對當時情況毫無印象；而他身邊士兵則稱康布羅納當時是說：「帝國衛隊寧死不降。」做為另一方的英軍，則說根本沒有招降這回事。

7羅曼・羅蘭（Romain Rolland, 1866～1944）：二十世紀的法國著名作家、音樂評論家，為一九一五年諾貝爾文學獎得主。

8法蘭西斯・布萊德利（Francis Herbert Bradley, 1846～1924）：英國理想主義的哲學家，著有《表象與真實》一書。

兩者之間的水火不容，而這，不正是幾世紀以來哲學家奮鬥的目標嗎？

莉賽特是法國人，每天都要在巴黎某家最昂貴、也最時尚的公司，不斷著裝換裝好幾個小時。對一個自覺身段優美的年輕女子而言，這是個很稱心的職業；簡單來說，她就是個服裝模特兒。她身高夠高，能把長長的拖尾裙裾穿得極爲優雅；她臀部夠苗條，穿上運動服，彷彿嗅得到石南花的香氣；她有雙長腿，連睡衣都能穿得特別有味道；還有那盈握柳腰、小小的胸部，就算只穿款式最簡單的泳裝也教人心醉。任何衣服她都能穿，一件灰鼠皮大衣在她身上隨意一裹，就能讓最理智的人覺得這大衣無論多少錢都值得買。那些坐在大扶手椅上的女人，不管癡肥或臃腫、矮胖或乾瘦、衰老或相貌平平，無不因那些衣服穿在莉賽特身上合適得令人讚嘆、看上去美妙無比，而紛紛掏出錢包。她有對棕色的大眼睛，嘴大而豔紅，皮膚白皙，微微帶點雀斑。對她來說，要保持高傲、陰鬱、冷漠不關心的風度很困難；然而，從容走進伸展臺，緩緩旋身，低眉垂睫如駱駝，再帶著一股蔑視天地萬物的神態走下臺，似乎是模特兒最基本的要求。但莉賽特棕色的大眼睛似乎隱隱閃了一閃，紅唇微微顫動，好像再有個小小刺激就能綻出微笑。正是這目光一閃，深深吸引了雷蒙・勒・蘇爾先生。

此時，他正坐在一張仿路易十六式樣的椅子上，旁邊另一張椅子坐著妻子，他陪妻子來看這場春季時裝私人招待預展。這也證明了勒・蘇爾先生的好個性；畢竟他很忙，無論是誰都會覺得，比起在這兒坐上一個小時，看十幾位年輕美女身穿各式眼花繚亂的服裝走秀，其實還有更多要事待辦。他想不出眼前這些衣服有哪件能讓妻子改頭換面。他太太五十歲了，又高又瘦，五官長得比一般人都大，而他確實不是為了外貌與她結婚，這點她也很明白，即便在蜜月期最初如膠似漆的那幾天，她也從未妄想過。之所以娶她，乃出於他是一家業績出色的火車頭製造廠負責人，自家公司正準備和另一家業績同樣很好的鋼鐵公司合併，而她正是鋼鐵公司的女繼承人。這場聯姻很成功，她為他生下一男一女，兒子網球打得跟職業選手一樣好，舞技可比舞男，橋牌與任何職業玩家相比毫不遜色；女兒則帶著豐厚的嫁妝，嫁給一位幾乎算是正統出身的王子；他完全有理由為自己的兒女自豪。憑著堅毅與尚稱誠實的作風，他的事業蒸蒸日上，在一家砂糖精煉廠、一家電影公司、一家汽車製造廠和一家報社都掌握了多數股分，財力終於大到足可說服某個無黨派獨立選區的選民，讓他進入參議院。他儀表堂堂，是個討人喜歡的胖子，臉色紅潤，灰白的鬍子修剪得整齊方正，頭是禿的，後頸擠出了一坨肥肉。無須看見黑色外套上的紅鈕扣，也能猜出他是號重要人物。他是個當機立斷的人，妻子離開服裝公司、準備去打橋牌時，他跟她分開走，說是藉機運動運動、步行到參議院，因為還有很多國家重任召喚著他！事實上他沒走那麼遠，而是在一條偏僻小巷愜意地來回踱步；若判斷無誤，服裝公司的那些年輕模特兒收工後，應該會在這條小巷現身。才等了十五分鐘，便看見女郎們三三兩兩走了過來，有的年輕有的美，有些則年紀大了些，也稱不上貌美。他心裡明白等待的時刻到了，兩三分鐘後，莉賽特輕快地走進小巷。這位參議員很清楚，以自己的外表和年紀絕無可能讓人一見鍾情，卻知道財富和地位足可彌補這一切。莉賽特和一名同伴走在一塊兒，倘若不是那麼位高權重的人，場面可能會有點窘，但我們這位參議員可一點不需要遲疑，直接走上前去，禮貌性掀了掀帽子（但沒掀太高，以免露出禿頭），然後向她問好。

「您好啊，小姐。」他說，臉上露出討好的笑容。

她迅速瞥了他一眼，原本隨著微笑輕輕顫動的豐滿紅唇突然僵住，她把頭撇向另一邊，繼續和朋友說話，臉上帶著漠不關心的完美高傲神色，腳步不停地繼續走。參議員先生絲毫不覺尷尬，一轉身，便在兩個女孩後方幾公尺外跟著走。她們走出小巷，轉進大路，在瑪德蓮廣場搭上巴士。參議員非常滿意，他已得出幾個正確結論——她和女性朋友一起回家，顯然證明了心中還沒有認可的仰慕者出現；他一搭訕，她轉身就走，表示她是個謹慎端莊、行事正派的女孩，漂亮的年輕女孩就該這樣，這種女孩他喜歡；還有，她的外套和裙子、樸素的黑帽，以及腿上的人造絲襪，在在顯示她並不富裕，因此十分賢慧能持家。穿著這身衣服的她，看起來和剛才身著炫麗華服的她，同樣迷人。他心裡升起一股微妙的感覺，他覺得快樂，又帶點奇異的疼，這種特別的感覺已好多年不曾有，他立刻認出了這種感覺。

「是愛情，不妙啊！」他喃喃自語。

他從沒想過自己能重溫這種感覺，於是挺直了肩膀，邁開自信的腳步，走進一家私人偵探事務所留下指示，要他們調查一個名叫莉賽特的年輕女子，是個模特兒，工作地點在某某處。之後，他想起參議院正在討論美國債務問題，便叫了一輛計程車趕赴；進了議會圖書館，裡頭有張他素來喜歡的扶手椅，便坐在上頭愉快地打了個盹。他要求調查的資料三天後就到了，沒花他多少錢。莉賽特．列儂小姐，目前和寡婦姑媽一起住在巴黎巴第諾爾區一間兩房的公寓，父親是在大戰中負傷的戰爭英雄，如今在法國西南方一個鄉下小鎮開菸草店。莉賽特小姐家的房租是兩千法郎。她的生活非常規律，喜歡看電影，沒聽說有男朋友，今年十九歲。公寓門房對她讚譽有加，公司裡的同事也很喜歡她，顯然是個很不錯的女孩；對於一個需要從關注國事與經營事業的高壓中放鬆的男人，讓莉賽特擔任空閒時提供慰藉的角色，參議員先生實在想不出有誰比她更適合。

勒．蘇爾先生究竟如何一步步達成目的，在此無須說明細節，他的地位如此重要，事業又這麼忙碌，根本無暇親自處理此事。但他有個機要祕書，此人很聰明，在選民不知該投給誰時都能處理得妥妥當當，自然也知道該如何對一個貧窮的誠實好女孩說明，若有幸與他老闆這樣的人物建立友誼，未來將有多少好處。這位機要祕書拜訪了她姑媽莎拉丁太太，說自己的老闆勒．蘇爾先生一向走在時代尖端，最近對電影產生了興趣，事實上已打算投資、製作電影（這話展現出，一件普通人覺得沒什麼的小事，在一個頭腦聰明的人手上能如何運用到極致）。而勒．蘇爾先生在服裝公司展示會上，爲莉賽特小姐的美貌與出色的服裝表演所震懾，想到她應該非常適合某個量身訂造的角色（參議員總是盡可能不讓話偏離事實太遠，這一點每個聰明人都明白）。然後，機要祕書邀請莎拉丁太太和姪女出席晚宴，雙方熟悉一下，參議員先生也可藉此評估莉賽特小姐是否如他所想深具躍上大銀幕的資質。莎拉丁太太說會問問姪女的意見，而在她看來，這些話似乎全都合情合理，無可懷疑。

莎拉丁太太告訴了莉賽特這誘人的邀約，並解釋這位慷慨的東道主是個多麼有地位、多麼尊貴的重要人物。莉賽特聽了，只輕蔑地聳聳美麗的肩膀。

「Cette vieille carpe.」她用法文說。意思大致可翻譯成——那個老傢伙。

「要是他能替你安排一個角色，是不是老傢伙又有什麼關係？」莎拉丁太太說。

「Et ta sœur.」莉賽特說。

至於這句話，字面直譯是——「那你妹妹呢？」聽起來無關緊要，甚至有點答非所問，其實是句有點粗野的話；我想，通常是有教養的年輕女性出於反感才會這麼說。這句話展現出最強烈的不信任，而唯一能正確翻譯的字眼實在太粗魯，請原諒我這枝純真的筆沒法在這兒寫出來。

「不管怎麼樣，我們都應該參加一次高級豪華晚宴。」莎拉丁太太說，「畢竟你也不是小孩子了。」

「他說要在哪裡辦晚宴？」

「馬德里堡，誰都知道那是全世界最貴的一家餐廳。」

這家餐廳確實有它昂貴的道理。食物非常棒，更以收藏齊全的酒窖聞名。餐廳位置絕佳，初夏氣候宜人的傍晚，在那兒用餐，氣氛簡直令人迷醉。莉賽特臉上漾出了一個美麗的酒窩，微笑也在她豔紅的豐唇綻開，露出完美如編貝的牙齒。

「我可以從公司借一套衣服。」她輕輕地說。

幾天後，參議員的機要祕書叫了計程車，把莎拉丁太太和她迷人的姪女接到布涅特森林。莉賽特穿上公司裡最受歡迎的一套衣服，美得令人銷魂；莎拉丁太太則穿著自己的黑緞禮服，戴上莉賽特特地爲她做的帽子，看起來十分典雅。祕書向勒・蘇爾先生介紹兩位女士，他拿出政治人物的和藹莊重向她們問好，親切如接待重要選民的妻子和女兒；而這正是他精明之處，這樣一來，鄰桌認識他的人一定會把她們當成一般賓客。晚宴氣氛融洽地結束了；不到一個月，莉賽特搬進了一棟可愛的小公寓，離她工作的地方及參議院很近。室內擺設具現代風格，由一位很時尚的裝潢設計師操刀。勒・蘇爾先生希望莉賽特繼續工作，這個想法很合他心意——在他必須忙公務時，她應該要有點事做，免得釀出什麼禍根，況且一個成天沒事幹的女人，花的錢可比有工作的女人多太多了；只有聰明的男人才想得到這些。

但莉賽特是個怪女孩，她覺得奢侈很罪惡。參議員非常寵愛她，也非常慷慨，莉賽特很快便開始存錢，讓他很滿意。她勤儉持家，衣服都買批發價，每個月都匯一筆錢給她的英雄爸爸，爸爸因此買了幾小塊地。她繼續過著平靜樸素的生活。而企望幫自己兒子在政府機關謀職的門房，告訴勒・蘇爾先生，平常只有莉賽特的姑媽和一兩個同事會來拜訪，參議員先生聽了非常高興。

現在，也許是他這輩子最快樂的一段時光了。他心滿意足，覺得即便生活在這樣的世界，做好事，還是會有好報的——參議院討論美國債務那天下午，若非出於行善動機，陪妻子去了一趟服裝公司，又怎能認識迷人的莉賽特？他越了解她，就越疼愛她。她是個討人喜歡的伴侶，個性開朗、溫文有禮，頭腦也很聰明，無論跟她談論商場往來或國家大事，她總是聰慧地傾聽著。疲倦的時候，她讓他休息；低落的時候，她讓他振奮。他來找她，她總是非常高興；他來得很勤，一般而言從下午五點待到七點，等到必須離開，她也總是依依不捨。她讓他覺得自己不只是她的愛人，還是她的朋友。偶爾，他們會在小公寓共進晚餐，那豐盛的菜色、溫暖的慰藉，讓他深深體會家庭生活的吸引力。朋友都說參議員看起來年輕了二十歲，他也這麼覺得。他意識到自己的幸運——儘管不該這麼想，卻依然覺得，在一輩子辛勤工作、爲公眾服務之後，這不過是他應得的報償。

就這樣愉快生活了近兩年，卻發生了件對他來說是意外打擊的事。某個星期天早上，他提前回到巴黎（前去拜訪選區，原本週一才回來），拿鑰匙開門進公寓時還在想，現在是星期天早上，莉賽特一定還在睡。進門後，卻發現她在臥室和一個從沒見過的年輕小伙子對坐吃早餐，那人身上還穿著他堂堂參議員的全新睡衣。莉賽特看見他很吃驚，顯然眞的嚇了一大跳。

「欸？」她說，「你從哪裡冒出來的？我以爲你明天才回來。」

「內閣垮了，」他不由自主地回答著，「我被叫回來，要去當內政部長了。」但這完全不是他想說的。憤怒地看了那身穿睡衣的男士一眼，他大叫，「這人是誰？」

莉賽特豐潤的紅唇露出迷人的微笑。

「我的情人。」她回答。

「你當我笨蛋？」參議員大吼，「我當然知道他是你的情人。」

「那你爲什麼還問？」

勒・蘇爾先生是個行動派。直接衝向莉賽特，先用左手狠狠甩了她右臉一耳光，又用右手在她左臉也補上一下。

「畜生！」莉賽特尖叫。

他轉向那個小伙子，那人一臉難堪地看著這暴力的一幕，參議員站直了身體，猛地伸出手臂，手指激動地指向大門。

「滾！」他大喊，「給我滾！」

面對一名習於處理憤怒納稅群眾的權威人士、一個眉頭稍皺就能控制董事會上失望股東的能人，照一般人的想法，這名年輕人應該要立刻奪門而出，卻仍站在原地，猶豫不決地站著不動。他用懇求的眼光看了莉賽特一眼，輕輕聳了聳肩。

「你還在等什麼？」參議員大吼，「要我動手嗎？」

「他不能穿著他的睡衣出去。」莉賽特說。

「那不是他的睡衣，是我的睡衣。」

「所以他在等著換衣服啊！」

勒・蘇爾先生四處看了一下，發現背後一張椅子上胡亂扔著一堆男人衣服。參議員輕蔑地看了那年輕人一眼。

「你可以來拿自己的衣服了，先生。」他的聲音冰冷而不屑。

那個小伙子把衣服抱在懷裡，把地上東一隻西一隻鞋撿回來，急匆匆地離開了。勒・蘇爾先生極有演說才能，但沒有哪次發揮得像現在這麼好。他把自己對她的想法全說了出來，內容可不是奉承，而是痛罵她忘恩負義。他絞盡腦汁想出一大堆詞彙，從裡頭挑出最難聽的罵。他叫天上諸神都來看看，從來沒有哪個女人會用這麼惡劣的欺騙，回報一個如此真心信任她的男人。總之，舉凡在憤怒、自尊心受損及失望情況下所能想到的話，他一股腦兒全都說了出來。莉賽特也沒打算辯解。她靜靜地聽著，低垂著眼，手裡無意識地把剛才沒吃完的麵包捲（因參議員闖了進來），搓成碎屑。他惱怒地朝她的餐盤掃了一眼。

「我急著想讓你第一個知道，所以一到車站就直接往這裡來了。還想著要和你一起坐在床尾吃早餐呢！」

「我可憐的寶貝，你還沒吃早餐嗎？我馬上幫你叫一點來。」

「我沒有胃口。」

「別胡說了，你是馬上要擔當大任的人，可得好好保重身體。」

她按鈴叫女傭，要她送咖啡來。咖啡送來了，莉賽特倒了一杯，但他碰也不碰。莉賽特又在麵包捲上塗了奶油，他這才聳聳肩，開始吃起來，一邊吃，一邊還不時冒出幾句女人欺矇背叛他的話。她還是靜靜地一句話都不說。

「不管怎麼樣，」他說，「至少你沒厚著臉皮爲自己開脫。你知道，我不是個可以讓人隨便侮辱的人，我的中心思想就是——別人對我好，我就對他慷慨；別人對我寡恩，我必對他無情。這杯咖啡喝完我就走，以後再也不會到這兒來。」

莉賽特嘆了一口氣。

「我告訴你，原本替你準備了一個大驚喜。爲慶祝我們在一起兩週年，我決定給你一大筆安家費，哪天萬一我出事，你還能靠這筆錢一個人平安過日子。」

「多少錢？」莉賽特鬱鬱地問。

「一百萬法郎。」

她又嘆了一口氣。這時，突然有個軟軟的東西打在參議員後腦勺上，嚇了他一跳。

「什麼東西？」他大叫。

「他把你的睡衣還你了。」

那個年輕人開了門，把睡衣扔到參議員頭上後，又迅速關上了門。參議員把纏在脖子上的絲睡褲扯下來。

「居然這樣還衣服！你朋友顯然沒唸過什麼書。」

「他當然沒你優秀。」莉賽特輕輕地說。

「有我聰明嗎？」

「那也沒有。」

「很有錢？」

「他是個窮光蛋。」

「那麼，說到底，你究竟看上他什麼？」

「他年輕。」莉賽特微笑。

參議員低頭看著餐盤，淚水從眼裡溢了出來，流下臉頰，滴進了咖啡。莉賽特憐憫地看了他一眼。

「我可憐的朋友，人生在世，總不可能樣樣都有的。」她說。

「我知道我不年輕了，但我的地位、我的財富、我的活力，該足夠彌補了吧。有些女人，只喜歡有一定歲數的男人；有些知名女星，還很榮幸能當上部長的忘年小友！我的教養太好，不能拿你的出身來羞辱你，但事實是，你是個模特兒，是我把你從那間年租金兩千法郎的破公寓救出來，給了你一個攀上高枝的機會。」

「我是窮人家的女兒，但父母都是誠實的人，我沒理由以自己的出身爲恥。別以爲我靠低階層的工作養活自己，你就有權利侮辱我。」

「你愛他嗎？」

「愛。」

「不愛我？」

「也愛你。你們兩個我都愛，但我對你的愛是不一樣的。我愛你，因爲你是個大人物，你說話很有啓發性，又有趣。我喜歡你的和善，也喜歡你的慷慨。至於他，我愛他的大眼睛，愛他的鬈髮，還有他的舞，他的舞簡直出神入化。會愛上他，很自然。」

「你知道像我這種地位的人，沒法帶你去人家跳舞的那種地方；而且我敢說，等他到了我這年紀，頭髮還未必有我多。」

「說不定眞是這樣呢！」莉賽特同意，但不覺得有什麼大不了。

「你做出這種事，你覺得你姑媽，那位可敬的莎拉丁夫人知道了，會怎麼說？」

「她一點都不會驚訝的。」

「你是說，那位讓人尊敬的女士居然默許你這種行爲？這是什麼時代啊，道德崩壞啊！你們到底在一起多久了？」

「從我去服裝公司上班就開始了。他在里昂一家很大的絲綢公司當推銷員，有一天他來送樣品，我們就一見鍾情了。」

「但還有姑媽在那裡保護你，讓你免於一般年輕女孩在巴黎會受到的誘惑。她絕不會允許你跟那個小伙子有什麼牽扯。」

「我也沒要她允許。」

「這件事足以把你那頭髮花白的可憐老爸氣死。那位英雄爲國家負了傷，好不容易才獲得一張賣菸草的許可證，你從來沒爲他想過嗎？你忘了菸草許可證在我這個內政部長的管轄範圍內嗎？由於你這種不可原諒的敗德行爲，我可以依職權撤銷他的許可證。」

「我知道像您這樣偉大的紳士，做不出這種卑鄙事的。」

他擺了擺手，擺出一副威嚴姿態，儘管稍嫌做作了點。

「不用怕，以我的高尚心性，一個人幹了壞事，沒辦法不鄙視他，但絕不會墮落到只爲報私仇，就對一個於國家有重大貢獻的人下手。」

他繼續吃著被打斷了的早餐。莉賽特還是沒說話，兩人之間隔著沒有盡頭的沉默。但吃飽後，他心情不一樣了，比起氣她，反而開始爲自己傷心起來——他對女人心的無知，簡直到了奇特程度，竟想擺出可憐模樣激起莉賽特的同情。

「已經養成的習慣是很難改變的。這麼久以來，我工作那麼忙，只要一有機會就會到這兒來。對我來說，這是一種放鬆，一種安慰。莉賽特，你這麼做，一點都不覺得對不起我？」

「當然會。」

他深深嘆了口氣。

「眞沒想到你把我騙得這麼慘。」

「所以，你糾結的是欺騙這件事啊，」她低聲深思著，「男人這方面眞是好笑，之所以受不了被騙，其實是虛榮心太強了，把沒什麼的事看得天大地大。」

「我發現你跟一個年輕男人一起吃早餐，那傢伙身上還穿著我的睡衣，你居然說這件事沒什麼？」

「如果他是我丈夫，而你是我情人，你就會覺得這件事很自然了吧！」

「當然。那樣的話，我就是那個騙他的人，我反而保住了尊嚴。」

「所以說白了，只要我跟他結婚，情況就順理成章了。」

他本來一時沒弄懂，接著聰明的腦子突然領會了她的意思，立刻看了她一眼。她美麗的大眼睛閃著光，那是他最迷戀的，她大而豔紅的嘴也泛出一絲狡黠微笑。

「你別忘了，身爲參議院的一員，我可是道德與良好行爲的中心支柱，這是經過共和國傳統認證的。」

「擔當這樣的角色，對你來說很沉重嗎？」

他撫摸著自己修得方方正正的漂亮鬍子，鎭靜而威嚴。

「沉重個屁！」他回答。這句話之粗魯，幾乎跟高盧人一樣了；多數支持他的保守選民聽了，可能會嚇一大跳吧！

「他願意娶你嗎？」他問。

「他很愛我，當然願意。但若告訴他，我還有一百萬法郎的嫁妝，他會更義無反顧的。」

勒・蘇爾先生又看了她一眼。剛才盛怒之下，說打算給她一百萬法郎，其實是個誇大的數字，目的是要她知道背叛將造成多大損失。但當可能損及尊嚴時，他這人也不會食言。

「這筆錢的數目，可是他這種位階的年輕人一輩子夢想不到的。但假若他愛你，他會一直待在你身邊。」

「我不是告訴過你，他是個流動推銷員嗎？只有週末才會到巴黎來。」

「那樣的話，自然就另當別論了，」參議員說，「他不在的時候，有我照看著你，他知道的話，一定很滿意。」

「一定相當滿意。」莉賽特說。

爲了更方便說話，她從座位上站起身，在參議員的膝上舒舒服服地坐下。他溫柔地按著她的手。

「我眞的很喜歡你啊，莉賽特，」他說，「我不能讓你做錯誤的決定，你確定他會讓你幸福嗎？」

「我想會的。」

「我會先做一些適當的調查。絕不允許你嫁給一個個性不夠好、道德又有瑕疵的人。爲了我們好，在讓這個年輕人進入我們的生活之前，必須把他完全摸清楚才行。」

莉賽特沒有反駁，她知道參議員做事向來喜歡按部就班。現在他正準備離開，要跟勒・蘇爾夫人報告自己將任內政部長這件重大消息，接下來還得跟所屬的國會黨團幾人見面。

「還有一件事，」他柔情密意地與莉賽特道別時，說，「如果你結了婚，我一定要你辭職。妻子婚後應該待在家裡，要是一個結了婚的女人還去跟男人搶飯碗，這有違我的原則。」

莉賽特腦子裡，冒出一個身材魁梧的年輕男人穿著最新時裝，搖著屁股，在展覽廳裡繞圈走來走去的畫面，看起來只有滑稽可形容，但她還是尊重參議員的原則。

「就照你希望的做吧，親愛的。」她說。

調查結果令人滿意，法律手續辦完後，兩人的婚禮在星期六上午舉行。內政部長勒・蘇爾先生與莎拉丁夫人擔任見證人。新郎生得玉樹臨風，有高挺的鼻子、漂亮的眼睛，黑色鬈髮朝後梳，露出了額頭，看起來像個網球選手而不像絲綢推銷員。內政部長大駕光臨，市長大為感動，他努力展現口才，依照法國傳統上臺致詞。

一開始說的，是結了婚的人大概都知道的事；接著提到，新郎來自優良家庭，擁有正當職業，當與他同齡的年輕人都只想著玩樂時，他就願意扛起婚姻的責任，這眞是件值得慶賀的事；然後提到新娘，說新娘的父親是大戰英雄，因光榮負傷，獲得了菸草販賣許可。打從女兒來到巴黎，在一間深具法國高貴品味及奢華風格的公司工作以來，他便不斷告誡必須正正當當謀生。

由於市長雅好文學，也簡短提到了文學史上幾對著名的戀人，像是羅密歐與茱麗葉[9]，他倆之間的結合很短暫，因令人遺憾的誤解，而無法白頭到老；或像保羅與維吉尼雅[10]，保羅寧願眼睜睜看她葬身大海，也不願脫掉她的衣服，損害她端莊的形象；最後是達夫尼與克羅伊[11]，在正式成婚之前，他們始終沒有圓房。市長的致詞實在太動人，連莉賽特都忍不住落了幾滴淚。他還讚揚了莎拉丁太太，正因有她的身教和言教，才除卻了這位年輕美麗的姪女在大城市中可能面臨的危險。

最後，市長恭賀了這對幸福的新人，連內政部長都親臨見證這場婚禮，眞是榮幸之至。這位工業鉅子、政府要人，能在百忙之中撥冗前來爲民眾服務，不僅證明部長擁有優秀的心靈與責任感，也證明了這對新人何等良善正直。部長親自出席婚禮，顯示他意識到早婚的重要，確認了家庭的安全感，強調生育後代的願望，從而使法國這塊美麗的土地增強國力，擴大影響力及重要性。這眞是一場非常棒的演說。

婚禮宴會在馬德里堡舉行，那裡對勒．蘇爾先生而言充滿各種回憶。前面故事曾提到，在部長（現在我們得這樣稱呼他了）擁有的許多股分當中，汽車廠也是其中之一，他送給新郎的禮物，正是一部自家出產、非常漂亮的雙人座汽車。午宴結束後，新人便開著這部車出發度蜜月去了；然而他們的蜜月只有週末兩天，因爲接下來這個小伙子就得回去工作，要往馬賽、土倫和尼斯跑。莉賽特與阿姨親吻道別，也吻了勒．蘇爾先生。

「星期一下午五點，我等你。」她在他耳邊輕輕說。

「我會去的。」他回答。

他們出發了，離開好一會兒後，勒・蘇爾先生與莎拉丁太太仍一直望著那部遠去的黃色跑車。

「只要他能讓她幸福就好。」莎拉丁太太嘆了口氣，她不太習慣中午喝香檳，因而分外傷感。

「他要是沒讓她幸福，我一定找他算帳。」勒・蘇爾先生的話非常感人。

他的座車開過來了。

「再見，親愛的夫人。你可以在納伊大道那兒搭公車。」

他坐進自己的車，想起還有許多國家大事等著他處理，滿足地嘆了口氣。以他現在的地位，情

---

9 《羅密歐與茱麗葉》：莎士比亞（William Shakespeare, 1564～1616）的戲劇作品。故事描述了羅密歐與茱麗葉分屬義大利兩個世仇家族，兩人卻祕密相愛結婚。故事最後，原本計畫奔逃的兩人，因計畫出錯而雙雙自盡。

10 《保羅與維吉尼雅》：是伯納爾丹（Bernardin de St. Pierre, 1737～1814）的小說作品。青梅竹馬的保羅與維吉尼雅自小相愛，生長在純真樸實的模里西斯，後來受到巴黎上流社會奢靡風氣影響，改變了一生的命運。女主角維吉尼雅在書中寧死也不願脫下身上的衣服，因而命喪大海。

11 《達夫尼與克羅伊》：西元二世紀的古希臘作家朗格斯（Longus）的小說作品。達夫尼與克羅伊從小便相識相愛，但不明白何謂「愛」。儘管男主角達夫尼後來明白性愛為何，在歷經諸多波折後，仍堅持結婚後才行成人之禮，最後兩人終於白頭偕老。

婦不該只是個服裝公司的小模特兒，顯然，一位令人尊敬的已婚貴婦才更適合他。

——原刊於一九三四年十一月號《柯夢波丹》（Cosmopolitan）雜誌

無價之寶

理查・哈倫格是個幸福的人。無論〈傳道書〉[1]以降的悲觀論者怎麼說，「幸福」，在這不幸的世上其實沒那麼稀有。但要像理查・哈倫格這般知足常樂，卻很罕見。古人推崇的中庸之道如今已退流行，仍然謹守的，得忍受他人藏在禮貌之下的嘲笑，他們認爲自律毫無價值，擁有常識也不算什麼美德。理查・哈倫格卻只是笑笑，禮貌地聳聳肩——就讓其他人去涉險，在寶石般的炫爛烈焰中燃燒吧；就讓其他人在一次次開牌中賭上自己的未來，走在一條若非通往榮譽、就是通往墳墓的鋼索上吧；就讓其他人或爲了一個理由、一時激情或一場冒險，拿自己的人生孤注一擲吧！對於這些以英勇博得名聲的人，他從不嫉妒；當這些人的努力以災難告終，他也從不在他們身上浪費自

1傳道書（Ecclesiastes）：《舊約聖經・詩歌智慧書・第四卷》。第一章：「傳道者說：虛空的虛空，虛空的虛空，凡事都是虛空。人一切的勞碌，就是他在日光之下的勞碌，有什麼益處呢？」在此，毛姆視其為悲觀的象徵。

己的同情。

但不能由此推斷理查・哈倫格自私或冷酷無情。他完全不是。他不但待人體貼，且個性慷慨，隨時都準備資助朋友，富裕的身家完全能滿足他幫助別人的小小樂趣。他有點錢，又在內政部有個職位，爲他帶來了足夠的進帳。這個工作很適合他，規律且責任重大，又能從中得到樂趣。每天下班後，他會到俱樂部打個幾小時的橋牌，週六週日就打高爾夫。若有假期就往國外跑，住高級飯店，參觀教堂、畫廊和博物館。他看戲從不錯過首演場，經常在外頭吃飯。朋友都很喜歡他，他是個容易搭話的人。書看得很多，知識淵博，爲人也很風趣。儘管沒有風度翩翩的外表、也稱不上英俊，但身材高大修長，腰桿直挺，還有張清瘦而聰明的臉孔。他快五十歲了，頭髮已日漸稀疏，但一對棕色眼睛仍滿盈笑意，牙齒也完好無缺。他天生有副好體格，平時也注重保養。在這個世界上，找不出理由說他不幸福——倘若他不小心流露出一絲自滿的神情，那也是理所當然的。

面對婚姻這道充滿驚濤駭浪的危險海峽，有多少聰明的好男人在此失事沒頂，理查・哈倫格卻擁有平安穿越的幸運——二十歲出頭便戀愛結婚，過了幾年堪稱完美的幸福日子，最後漸行漸遠。兩人都不打算再婚，也就無所謂離不離婚（他畢竟在政府部門任職，離婚確實不太好），但爲了方便，他們仍然在家庭律師的協助下分居，這樣就可各自自由過生活，互不干涉。他們分手了，彼此互相表示尊重與祝福。

理查・哈倫格賣了位在聖約翰伍德的房子，另外在走路就能抵達白廳[2]的地方買了間公寓——

有個起居室，擺滿了一排排的書；一個飯廳，擺設和他的齊本德風格家具[3]很搭；一間非常寬敞的臥室；廚房再過去些，還有兩間僕人房。他把跟隨多年的廚娘從聖約翰伍德帶了過來，但辭退其他人（因爲已不再需要那麼多僕人），接著他到登記處申請，想找一個家用的客廳女僕[4]。他很清楚自己的需要，精確地向仲介說明了要求條件——他要的女性不能太年輕，因爲第一，年輕女人總生性輕浮；第二，來到穩重成熟年紀的他，仍秉持著道德原則，然而門房、推銷員這類人難免會流言蜚語，爲了自己和年輕女人的名聲，他覺得僕人的年紀還是老成持重些爲好。除此之外，他還希望這個人擅長清潔銀器；一直相當喜愛古董銀器的他，要求手邊那些在安妮女王時代[5]曾被某個貴婦擁有的叉子與湯匙，都能得到溫柔尊重的對待，也是非常合理的事。

---

2 白廳（Whitehall）：英國首都倫敦西敏市內的一條道路，位於英國國會大廈和特拉法加廣場之間。除了是旅遊熱點，也是英國政府中樞所在地。因此白廳也是英國政府的代名詞。

3 英國木匠齊本德（Chippendale）：為喬治王中期家具的代表人物。風格是以桃花心木做許多雕刻裝飾，曲線運用自如，比例穩健。

4 客廳女僕（house parlourmaid）：在私人宅邸中專門負責伺候用餐、打理餐具及應門招呼賓客的女僕。

5 安妮女王（Queen Anne, 1665~1714）：一七〇二年三月八日起成為英格蘭、蘇格蘭與愛爾蘭女王。一七〇七年三月一日，英蘇《聯合法令》正式生效，英格蘭和蘇格蘭兩個王國合併為大不列顛王國。於是，她以「大不列顛及愛爾蘭女王」的名義繼續統治，直到一七一四年辭世。

理查‧哈倫格生性好客，每週至少要辦一次四人以上、八人以下的小型餐會，他相信廚師的菜色能讓每位賓客心滿意足，也希望雇用的客廳女僕伺候客人時能夠中規中矩、乾淨俐落。然後，他還需要有人管理服裝。他對穿衣很講究，所有服飾必須適合其年齡與身分，他希望衣服能有人妥善照料；他想找的這名女僕必須懂得熨燙褲子和領帶，鞋履尤其要擦得晶光發亮。他的腳長得小，要找到適合的鞋得大費周章，他有很多雙鞋，而且堅持鞋一脫下就必須立刻用鞋楦支撐。最後一點是，整個公寓必須保持乾淨整潔。至於應聘者的人品，當然得無可挑剔，要穩重、誠實、值得信賴，外表有一定水準，這些事全都想當然爾。為了對得起這些要求，他也準備提供豐厚的薪水、合理的自由時間，以及足夠的假期。登記處的主管眼皮都沒眨一下，鎮定自若地聽完這些條件，說絕對有辦法找到合適的人；接著，一連串送來候選的人，卻像完全沒把他開的條件聽進去似的。

他親自見了每個人，有的一看就知道不行，有的看起來太輕佻，有的太老，有的又太年輕，有的什麼都好，就是缺少他認為很重要的外表，連一個想留下來試用的都沒有。他為人和善有禮，拒絕他們時總面帶微笑，神情輕鬆地說幾句遺憾的話。他並未就此失去耐心，打定主意要繼續面試下去，直至找到最適合的女僕為止。

人生就是這點有趣，若堅決不肯退而求其次，你往往真的會得到那個最好的；若完全不願屈就於能輕易到手的東西，不知為何，你極有可能得到你想要的。宿命女神好像在說，這男人是個徹頭徹尾的笨蛋，除了最完美的之外什麼也不要，那麼出於她女性任性的特質，非把這樣的東西扔到他膝上不可。有一天，出乎理查．哈倫格意料，公寓的門房突然對他說：

「先生，我聽說你在找客廳女僕。我認識一個人，她正在找工作，說不定很適合。」

「你個人推薦她嗎？」

理查．哈倫格有個很明智的觀點，他覺得，由一個僕人推薦的人選，會比雇主所推薦的人更值得信任。

「她這個人正派得體，我可以擔保。她以前曾在一些非常高貴的人家做過事。」

「我大概七點鐘會回來換衣服，如果那個時候她方便，我可以見她。」

「好的，先生，我會告訴她的。」

之後，他回到家還不到五分鐘，門鈴響了。廚娘應門之後回來告訴他，門房所說的那人已經來了。

「請她進來。」他說。

他多開了幾盞燈，以便看清楚前來應聘的人。接著他站起身，背朝壁爐站著。有個女人進來了，恭敬地站在剛進門處。

「你好，」他說，「你叫什麼名字？」

「普麗查，先生。」

「你幾歲？」

「三十五，先生。」

「這個，倒是很適當的年齡。」

他吐出一口菸，深思熟慮地看著她。她個子頗高，幾乎快跟他一樣高，他猜她一定穿著高跟鞋。黑色連身裙很適合她的身分，舉止得體，五官長得極清秀，臉色也很紅潤。

「你可以把帽子拿下來嗎？」他問。

她照做了。他看見她有一頭淺棕色頭髮，梳理得整整齊齊，髮型和服裝很搭。看起來身強體壯，很健康，身材不胖不瘦，要是穿上合適的制服很能夠見人。不至於漂亮到會招惹麻煩，但確實算是好看，若生在另一個階級，幾乎所有人都會說她是個美人。他進一步問了些問題，她的回答都很令人滿意。離開上一個工作的理由夠充分。曾在一位男管家手下受過訓練，對於該做的事顯然十分熟悉。她的上一份客廳女僕工作，底下有三個人可用，但不介意一個人擔起整間公寓的雜事。她以前曾經爲一名紳士管理服裝，此人曾送她去裁縫那兒學習熨燙衣服。她有點害羞，但不膽怯，也不顯侷促。理查·哈倫格親切自在地問了許多問題，她都能謙恭沉著地回應。他對她印象非常好，又問她能提供什麼樣的推薦信，而拿出來的東西也很令人滿意。

「現在，聽我說，」他說，「我很想雇用你，但我討厭改變。我現在這個廚娘跟了我十二年，如果你很適合我，而這個地方也適合你，那麼我希望你能待下來。我的意思是，我不希望你來我這裡三、四個月後，就說要離職去結婚。」

「這您就不必擔心了，先生。我是個寡婦，任何跟我情況相同的人，對婚姻都不會有太大興趣了。從結婚到先夫過世，他什麼工作都沒做過，我還得養他。現在我唯一希望的，就是有個安穩的棲身之所。」

「我很同意你的話，」他笑了，「婚姻是很美好的，可一旦把它弄成一種習慣，我覺得那就不對了。」

她很知分寸地沒再接話，只等著他宣布最後決定。她看起來並不焦慮，他尋思，若她眞的像所表現出的那麼出色，一定很清楚找工作絕不會有問題。他告知準備給出的薪水，她看起來很滿意。他還告知了這個地方需要知道的一些事，但從她的神情來看便明白，對這裡的一切她都已事先了解過，這給他的印象是——決定申請這個職位前，她對他這個人也做了一定的調查，與其說令他不安，不如說讓他覺得很有趣；這也顯示出，她是個深謀遠慮、有判斷力的人。

「若我決定雇用你，你什麼時候能開始工作？現在我手上沒人可用，一切都是廚娘和另一名雜工盡可能在張羅，我希望事情盡快穩定下來。」

「是這樣的，先生，我本來打算放自己一個星期的假，若為了您，我不介意放棄。倘若方便，我明天就可以來。」

理查・哈倫格對她露出一個迷人的微笑。

「我不希望你放棄休假，我敢說你也一直在期待這次假期。我照目前的樣子再過一個星期完全沒問題。去休假吧，假期結束之後再過來。」
「非常感謝您，先生。那我一個星期後再來可以嗎？」
「沒問題。」
她走了之後，理查・哈倫格覺得自己完成了這一天所有的工作，看來這就是他要找的人。他按鈴叫來廚娘，說終於請到了客廳女僕。
「我想您會喜歡她的，先生，」她說，「下午她來時跟我聊了一會兒，我馬上看出她很清楚自己要負責的事，而且也不是個輕浮的人。」
「我們只能試試看了，潔蒂太太。希望你下午替我美言了幾句。」
「這個嘛，我說您有點挑剔，先生。我還說您是位紳士，喜歡每樣東西井井有條。」
「這我承認。」
「她說並不在意，還說就喜歡這種一切都規定得清清楚楚的紳士。她說，事情做得再好，要是沒人注意，一點成就感也沒有。我想您會發現，她對自己的工作展露出某種罕見的自豪。」
「這正是我希望的。我想，我們就算再挑下去，也找不到像她這麼好的人了。」
「噯，先生，就是這樣啊。當然，實情怎麼樣，還是得等她來了以後才知道。不過，若您要問我意見，我會說，她可能真的是個無價之寶呢！」
普麗查的表現果然如他們所料，再也沒有人能服侍得比她更好了。她擦鞋的技術簡直出神入化，早晨從家裡出發走到辦公室，他覺得腳下的步履都輕快了起來，皮鞋亮得幾乎可照見自己。她打理服裝更是細心得無人能比，同事都打趣地說，他現在是整個政府行政部門裡最會穿衣服的人。

有天，他無預警地從辦公室返家，發現浴室晾著一串襪子和手帕，他把普麗查叫來。

「你自己手洗我的襪子和手帕嗎，普麗查？我覺得你不需要這麼做，其他事已經夠你忙了。」

「襪子和手帕送去洗衣房會洗壞的，先生。若您不反對，這些衣物我比較喜歡自己在家洗。」

她很清楚他在什麼場合該穿什麼衣服，不必問他，就知道該爲當天的晚宴準備小禮服和黑領帶，或燕尾服和白領帶。當他要去參加必須配戴勳章的宴會，就會發現外套翻領上已自動別好一排整整齊齊的獎章。很快地，他已無須每天早上從衣櫃間挑領帶，她所準備的正是自己最想戴的那一條，而且百發百中；她的品味近乎完美。他幾乎要懷疑她讀過他的每封信，她對他的行程瞭若指掌，倘若記不清何時該赴約，也無須翻記事本，因爲普麗查都說得出來。她很清楚接電話時碰上哪個人該用什麼口氣應對，除了對上門推銷的生意人態度較容易強硬之外，她一直都很彬彬有禮；即便如此，與哈倫格先生的文人朋友說話，或和內閣大臣的夫人說話，兩者之間的口吻仍明顯不同。她憑直覺就知道他願或不願和誰說話，有時在起居室，會聽見她平靜眞誠地向打電話來的人再三保證他眞的不在，接著便進來說剛才某某人來電，但覺得此刻他應該不想被打擾。

「完全正確，普麗查。」他微笑。

「我知道，她只是要拿音樂會的事麻煩您。」普麗查說。

他的朋友都透過她約見面的時間；她會在他晚上回來後，一一報告安排好的行程。

「索梅斯夫人來電，先生，問您週四中午能否和她一起用餐；那天是八號，我說非常抱歉，您已經和佛辛德夫人有約了。歐克利先生來電，說下週二六點鐘在沙威飯店有個雞尾酒會，不知您是否有空出席；我說，如果可能的話您一定去，但那天您可能必須去看牙醫。」

「答得非常好。」

「我想，這樣您到時就可看情況再做決定了，先生。」

她還把整間公寓打掃得一塵不染。她剛來沒多久，有次理查度假回來，從書架拿下一本書，立刻注意到書被撢過灰塵，於是按了鈴。

「我忘了告訴你，我不在的時候，無論如何別碰我的書，你把書一本本拿下來撢了灰再放回去，順序就亂了。我不介意書上有灰塵，但討厭要找書時找不到。」

「我非常抱歉，先生，」普麗查說，「我知道有些紳士對這一點非常挑剔，所以我很當心。書放回去時，每本都在原來的位置。」

理查．哈倫格看了那些書一眼，放眼所見，每本書確實都在向來該在的地方。他笑了。

「我跟你道歉，普麗查。」

「這些書都很髒了，先生。我的意思是，您若翻開書，準要弄得一手灰。」

她把他的銀器保養得非常好，好到彷彿以前從沒好好打理似的。他覺得應該特別說幾句話稱讚她一下。

「這些大部分都是安妮女王和喬治一世[6]時期的東西，你知道的。」他解釋著。

「是的，我知道，先生。當手上有這麼珍貴的好東西時，依照應有的方式精心照顧它們，也是一種樂趣。」

「你在這方面眞的很有一手，我從沒見過哪個管家保養銀器做得像你這麼好。」

「女人總是比男人有耐心點兒。」她謙虛地回答。

等到他覺得普麗查適應了這裡之後，便重新開起他喜歡的那種每週一次小餐會。他很清楚知道普麗查懂得如何在桌邊伺候賓客，但眞正體驗她在宴會上的表現有多出色時，內心仍忍不住湧出一股暖洋洋的得意。她動作俐落、安靜，留心每個細節，在客人還沒意識到自己需要什麼前，就已先在那人手邊把東西遞過去。她很快便記住他每位好友的喜好，誰的威士忌要加水不加蘇打，誰吃羊腿時酷愛羊膝，都記得一清二楚。德國霍克白葡萄酒，該冰到什麼程度才不會破壞風味；法國波爾多紅酒，該在飯廳先醒多久最能釋放香醇，她也都了然於心。看著她熟練倒出勃根地紅酒、杯裡卻毫無一絲酒渣，眞是種無上的樂趣。有一次，她沒遵照理查指示，替賓客上了另一種酒，他有點嚴厲地責備了她。

6喬治一世（George I of Great Britain, 1660～1727）：英國國王，一七一四年至一七二七年在位。

「先生，我開了您吩咐的那瓶酒，發現它已經有點軟木塞味。所以我改用香貝丹紅酒，覺得用這瓶酒應該沒問題。」

「做得好，普麗查。」

不久，他便把選酒的事都交給她，因爲發現自己朋友對酒的喜好，她都已摸得熟透。倘若她覺得來客喝得出門道，無須他指示，就會把酒窖裡最好、最老的白蘭地拿出來待客。她不信任女人品酒的鑑賞力，要是宴會上有女性，就會送上消氣前得趕快喝完的香檳。她具有英國僕人分辨社會階層的本能，無論職位或財富，她都不可能錯把一個普通人看成紳士。但他的朋友裡也有她偏愛的人，要是席上有她特別喜歡的人在，就會帶點做了小壞事不被發現的沾沾自喜，把哈倫格打算留到特別日子才開的酒，拿出來爲對方倒上。這點讓他覺得很有意思。

「你讓普麗查對你另眼相看啦，老小子，」他喊，「能讓她拿出這種酒的可沒幾個人。」

普麗查成了名人，很快就以完美女僕的稱號聞名遐邇。人們嫉妒哈倫格擁有這樣的女僕，彷彿他的其他東西都不值一提。她是個無價之寶，比紅寶石還珍貴。人們誇獎她時，理查・哈倫格臉上總是充滿自豪之色。

「好僕人，也得有好主人造就才行哪！」他開心地說。

有天傍晚，他們一群人坐著喝波爾多紅酒，她正好離開飯廳，他們便開始談論起她。

「要是她哪天離開你，這打擊可大了。」

「她爲什麼要離開我?有一兩個人曾經想挖她,她都回絕了。她很清楚,哪裡才能給她衣食無缺的生活。」

「她總有一天要結婚的。」

「我覺得她不是那種人。」

「她可是個漂亮的女人。」

「是啊,她確實長得很不錯。」

「你在說什麼啊?她已經算是大美人了,要是生在另一個社會階層,絕對會是眾所皆知的社交名媛,每家報紙都會登她的照片。」

此時,普麗查端著咖啡進來,理查・哈倫格看著她——這四年來,每天看她走進走出(我的天,時光飛逝啊),眞忘了她到底長什麼樣子。從第一次看見她到現在,她似乎沒怎麼變,沒有發胖,氣色也依然那麼好,端正的五官永遠帶著相同的表情,既專注又空洞;黑色的制服還是很適合她。送完咖啡,她又離開了飯廳。

「她完美無缺,這點毋庸置疑。」

「我知道,」哈倫格回答,「她簡直無可挑剔。要是沒有她,眞不知道該怎麼辦。但奇怪的是,我並不是很喜歡她。」

「爲什麼?」

「我想是因爲她讓我覺得有點無聊。你知道，她不太說話，我也經常想跟她聊聊，但總是我說一句她才答一句，除此之外就沒別的了。這四年來，她從未主動提自己的事，我對她一無所知，甚至不知道她喜歡我，還是完全不在乎我。她像部機器一樣，我尊敬她、欣賞她、信任她，世上所有優秀的特質她都具備了，但我還是常常納悶，爲什麼她對我如此漠不關心。我覺得，一定是因爲她根本就缺乏魅力。」

他們的話題到此爲止。

這之後大約兩、三天，那天普麗查休假，理查・哈倫格也沒有約會，他便去了俱樂部吃飯。有個小男僕過來告訴他，剛才家裡來電，說他出門時忘了鑰匙，需不需要派人搭計程車幫他送來？他伸手摸了一下口袋，果然沒錯。出門吃晚餐前換了件藍色斜紋布西裝，很罕見地忘了拿出鑰匙。他一心想打橋牌，但今天俱樂部沒什麼人，看來好好打場牌的機會很小。他突然冒出一個想法，聽人談論過一部新片，也許今天就是去看的好時機，於是他讓小男僕給家裡回了話，說半小時內回家拿鑰匙。

他按了公寓的門鈴，開門的居然是普麗查，手上還拿著他的鑰匙。

「你在這裡做什麼，普麗查？」他問，「今晚你休假啊，不是嗎？」

「是的，先生。但我不怎麼想出門，所以跟潔蒂太太說了，換她休息。」

「你若有機會就該多出去走走，」他以一貫親切的口吻說，「整天關在這兒對你沒好處。」
「我偶爾也會出門辦事，但已經大約一個月不曾晚上休假出去了。」
「到底爲什麼不出門呢？」
「呃，自己出門沒什麼意思，況且目前也沒有特別喜歡的對象可以一起出門。」
「你偶爾也該讓自己輕鬆一下，這樣對你比較好。」
「不知道爲什麼，我已經不太習慣出門了。」
「那這樣吧，我正好要出門看電影，你願意跟我一起去嗎？」他親切地說——其實，說這話是一時衝動，而且在話說出口當下就已經有點後悔。
「好的，先生，我願意去。」普麗查說。
「快去準備一下，戴頂帽子。」
「我馬上就來。」
她離開了。他走進起居室點了一根菸。對於自己做的事，他覺得有點好笑，但也覺得很高興，沒費太大功夫就讓一個人感到幸福，是件很不錯的事。她沒什麼驚訝的反應，也沒有遲疑，這就是普麗查的個性。她讓他等了大約五分鐘，回來時，他發現她換了衣服——穿了件藍色連衣裙（他猜質料是人造絲），戴著一頂黑色小帽，帽子上有一只藍色別針，脖子上圍著一條銀狐皮。她的裝扮既不寒酸也不招搖，他稍微放下點心，無論是誰碰巧看見他們，都看不出這是一位帶著家中女僕出門看電影的內政部官員。

「抱歉讓您久等了，先生。」

「沒有關係。」他很有風度地回答。

他爲她開了前門，她在他前面走了出去。他想起路易十四[7]和女侍之間也有類似軼事，很欣賞她毫不猶豫地走在前面。他們要去的那間戲院離哈倫格的公寓不遠，因此步行前往。他們一路談著天氣、路況和希特勒，普麗查的應對非常得體。他們到達時，戲院正在播《米老鼠》，讓他們心情突然變得很好。普麗查幫傭這四年來，理查・哈倫格幾乎連她的微笑都很少見到，現在卻聽見她一陣又一陣開懷的笑聲，讓人彷彿也感染了她的快樂。接著正片上場，這是部好片，兩人都被刺激的劇情弄得屏氣凝神。他一邊看電影，一邊打開菸盒拿菸，然後不假思索地把菸盒遞給普麗查。

「謝謝你，先生。」她說，然後拿了一支菸。

他爲她點了菸，她的眼睛一直盯著銀幕，好像根本沒意識到他的動作。電影結束後，他們隨人潮走到街上，朝返回公寓的方向走。那是個天清氣朗、繁星點點的夜晚。

「你喜歡這部電影嗎？」他說。

「非常喜歡，先生。這眞是難得的享受。」

他心裡突然出現一個想法。

「說起來，你晚上吃過東西了嗎？」

「沒有，先生，我還沒時間吃。」

「你不餓嗎？」

「我回去後可以吃點麵包和起司，再幫自己做杯熱可可。」

「聽起來也太淒涼了。」空氣中充滿歡樂的感覺，人潮從四面八方流過他們身邊，好像個個都興高采烈。他心裡暗想，就一不做二不休吧。「我說，你願意跟我一起隨便找個地方吃晚餐嗎？」

「悉聽尊便，先生。」

「那就走吧。」

他們攔了一部計程車。他覺得自己好像在做善事，但並非完全不喜歡這種感覺。他要司機去一家位在牛津街的餐廳，那裡很熱鬧，有把握在那兒不會碰到熟人。那家餐廳有樂隊，可以跳舞，看到這些普麗查應該會很高興。他們進了餐廳坐下，侍者便過來了。

「他們這兒有套餐，」他一邊說，一邊想著她會喜歡什麼，「我建議我們點這道。你想喝什麼？來點白酒？」

「其實我眞正喜歡的是薑汁啤酒。」她說。

理查・哈倫格爲自己點了一杯威士忌加蘇打。她晚餐胃口很好，哈倫格儘管不餓，爲了讓她放

---

7 路易十四（Louis XIV, 1638~1715）：波旁王朝的法國國王和納瓦拉國王。

鬆，也跟著吃了不少。剛才看的電影，讓他們有了些話題可聊。那天大家說的確實沒錯，普麗查長得不難看，就算有人看見他們走在一起他也不會放在心上。改天要是跟朋友說，如何帶了這位天下無雙的普麗查去看電影，之後還共進晚餐，一定會是個精采絕倫的故事。普麗查看著跳舞的人們，唇上有一抹隱約的笑意。

「你喜歡跳舞嗎？」他說。

「我年輕時跳得很好的，結婚後就不太跳了。先夫個子比我矮一點兒，總覺得男士不稍微高一些跳起舞來不好看，您懂我的意思。我想，我很快就要老得跳不動了。」

理查確實比她高一些，站在一起很相配。他喜歡跳舞，也跳得不錯，但有點猶豫，他不希望因邀舞而讓她尷尬，說不定適可而止就好了。但，邀個舞又會怎麼樣呢？她的生活一直那麼單調乏味，若覺得有什麼不妥，憑她的機智，他確信她一定能找出四平八穩的理由回絕。

「想跳一曲嗎，普麗查？」樂隊奏起另一首曲子時，他開口問。

「我好久沒跳了，很生疏的，先生。」

「那有什麼關係。」

「如果您不介意的話，先生。」她冷靜地回答，然後從座位上站了起來。

她一點也沒有羞怯的神色，只擔心跟不上他的舞步。他們進了舞池，他發現她舞跳得很好。

「哇，你舞跳得眞不錯，普麗查。」他說。

「跳著跳著，感覺就回來了。」

儘管身材高大，腳步卻很輕盈，且天生擁有節奏感，是個令人愉快的舞伴。他瞄了瞄牆上成排的鏡子，也不禁想著，其實他們看起來眞的很配。他們的視線在鏡子裡相接，他想，這時她會不會也想著一樣的事呢？他們又跳了兩支舞，理查・哈倫格覺得該回家了，於是付了帳走出餐廳。他注意到她自在地從人群中擠出路來，沒有一絲扭捏害羞。他們搭上計程車，十分鐘內便到家。

「我從後門上樓吧，先生。」普麗查說。

「不需要這樣，跟我一起搭電梯上去。」

他帶著她一起上樓，給了夜班門房一個冰冷的眼神，這樣便不會讓人覺得這麼晚帶著女僕回來有什麼奇怪。然後，他掏出鑰匙讓她進了公寓。

「嗯，晚安，先生，」她說，「眞的非常謝謝您，我今晚眞的很愉快。」

「是我該謝你，普麗查。要是今晚只有我一個人一定很無聊，希望你喜歡今天的休假。」

「非常非常喜歡，先生，言語無法形容。」

一切都很成功，理查・哈倫格對自己很滿意；對他而言，他做了件善事，無論讓誰得到如此眞實的幸福，感覺都很愉快。他做的善事連自己都覺得溫暖，有好一陣子，他感到內心充盈著對全人類崇高的愛。

「晚安，普麗查。」他說。由於太快樂、太美好，他的手環住了她的腰，吻上了她的唇。

她的嘴唇非常柔軟，在他唇上流連不去，回應著他的吻。那是個風華正茂的健康女人的擁抱，溫暖而熱情。他發現她的擁抱讓他非常舒服愉快，情不自禁又摟緊了點，她的雙臂抱住他的脖子。

按照平常的習慣，要到普麗查把信送進來時他才會醒，但隔天早上他七點半就醒了。他有種自己也不明白是什麼的奇怪感覺——睡覺時，他一向習慣用兩個枕頭，但突然發現自己只枕著一個。接著他想起來了，大驚起身，看了看四周，另一個枕頭就在他枕頭旁。感謝上帝，枕頭上沒人，但顯然曾有個人在枕頭上睡過。他的心沉了下去，冒出一身冷汗。

「我的天，我到底做了什麼蠢事！」他大喊。

他怎麼能做出這種傻事？他到底怎麼了？他再怎麼樣也不願沾惹女僕的啊！這是件多麼不光彩的事！他這種年紀、這種地位，居然幹出這種事。他沒聽見普麗查悄悄離開房間的聲音，那時他一定還在睡。他甚至不怎麼喜歡她，她不是他喜歡的類型，而且就像他們那天晚上說的，她讓他覺得很乏味。就算到了現在，他也只知道她姓普麗查，連名字都不知道。這太瘋狂了！接下來會發生什麼事？讓她留在這個職位是不可能的了，很明顯，他不能留她，但就這樣要她走實在太不公平，這件事他也得負一半責任。就因爲一個小時的愚蠢，現在得失去他最好的女僕，簡直愚不可及！

「都是因爲我那該死的善心！」他呻吟著說。

他再也找不到另一個能把他服裝打理得這麼完美、把銀器擦得這麼乾淨的人了。她知道他每個朋友的電話號碼，而且還懂酒。但當然，她非走不可，她也必須明白，事情發生之後，一切都再也不一樣了。他會爲她準備一份厚禮，給她一封最好的介紹信。現在，她隨時可能進來，她會變得淘氣調皮？還是變得親暱放肆？還是說，她會開始裝腔作勢，擺起架子？搞不好，連送信進來都嫌麻煩，不肯做了。假如到最後他必須按鈴找人，而進來的是潔蒂太太，還說：「普麗查還沒起來呢，先生，她從昨晚一直睡到現在。」那可就太糟糕了。

「我眞傻！我眞是個卑劣的無賴！」

這時傳來敲門聲，他簡直焦慮得快吐了。

「請進。」

理查．哈倫格是個非常不幸的人。

普麗查就在時鐘敲響時走了進來，身上還是穿著早晨一向會穿的那件印花連身裙。

「早安，先生。」她說。

「早安。」

她拉開窗簾，然後把信件和報紙遞給他，臉上沒有一絲表情，和平常一模一樣，動作也依然幹練從容。對於理查的視線，她絲毫不躲避，也不探尋。

「要穿那件灰西裝嗎，先生？昨天已經從裁縫那兒送回來了。」

「好。」

他假裝讀信，卻暗自從眼皮底下偷看她。她背對著他，拿起他的內衣褲摺好放在椅子上，把襯衫上前一天別的領扣拿下來，換上一只乾淨的。然後拿出一雙乾淨的襪子和一副相配的吊褲帶，一起放在椅子上。接著拿出他的灰西裝，把長褲後面的背扣扣好。開他的衣櫥，考慮一會兒後，選了條合適的領帶。然後把他前一天換下的衣服，收了披在手臂上，把地上亂丟的鞋擺整齊。

「先生，您要現在就用早餐，還是先洗澡？」

「我現在吃早餐好了。」他說。

「好的，先生。」

她的動作平緩安靜，從容不迫地離開了房間，臉上還是那麼嚴肅、恭敬，帶著一貫空洞的表情。曾經發生的事，說不定都是一場夢。從普麗查的舉止態度，看不出她對前一晚的事有任何記憶。他長舒一口氣，一切都沒問題了，她不需要走，完全不需要走。普麗查是個完美女僕，他知道，未來無論言行舉止，她都不會透露曾有那麼一小段時間他們的關係超越了主僕。理查・哈倫格是個非常幸福的人。

——原刊於一九三四年五月號《柯夢波丹》（Cosmopolitan）雜誌

人性的因素

我去羅馬好像都在淡季。八、九月時，因為要去某個地方途經此地，花了幾天重訪那些過往記憶中喜愛的地點或名畫。此時的羅馬非常炎熱，城裡居民整天漫無目的地在柯爾索大道晃蕩。國家咖啡館擠滿了人，個個在小桌子前朝著空了的咖啡杯和一杯水，一坐就坐很久。在西斯汀大教堂，你可以看見金髮德國人皮膚被太陽曬得紅紅的，穿著燈籠褲和敞著領口的襯衫，肩上揹著大背包，沿著塵土飛揚的街道往前走去。在聖彼得大教堂，你可以看見從某個遙遠國家前來朝聖的一小群一小群虔誠信徒（旅行團吃住全包一口價），由一位操持陌生語言的神職人員帶領，他們的表情疲憊，卻充滿熱情。此時，廣場飯店卻一派涼爽悠閒，各公共區域又暗又靜，空蕩蕩的。下午茶時段，整間交誼廳只有一個年輕英俊的軍官，和一個有著美麗眼睛的女人一起喝著冰檸檬汁，一邊親暱地以自己的母語低聲暢聊。你回到房間讀點書、寫幾封信，兩個小時後再下樓，他們還在那兒聊。酒吧只有近晚餐時段才會有人逛進去，除此之外幾乎一整天都是空的，酒保閒到可以跟你聊他在瑞士的媽媽、他在紐約的生活經驗，你也跟他討論起人生、愛情，還有貴死人的烈酒價格。

這次情況也很類似，我發現飯店裡好像只有我一個旅客。飯店接待員帶我去房間時，跟我說房間都滿了；但洗澡更衣後再度下樓到大廳，管電梯那位是我認識的熟人，他說飯店眼下所有住客不過十來個。來義大利的這段旅程，漫長又炎熱，我早已累壞，打算在飯店安安靜靜吃完晚餐，早早上床睡覺。走進餐廳，天色已黑，餐廳很寬敞，燈火通明，僅三、四桌有人。我環顧四周，感到很滿意——獨自一人待在一個不算陌生的城市，還住進一間又大又空的飯店，眞是萬分愉快。這給人一種自由的舒暢感，靈魂的雙翼正歡欣地振動。我點了杯不甜的馬丁尼，在酒吧待了十分鐘，後來又點了瓶上好紅酒。四肢累得痠軟無力，卻因美食佳釀而心情大好，心靈奇異地輕鬆起來。我喝湯、吃魚，滿腦子都是愉快的想法。想起正在進行的小說，人物的對話和所設想的場景，正從腦子裡歡樂地跳出來——品味著裡頭的絕妙好句，覺得滋味比口中的紅酒更美妙。我在想，要把小說裡的人物形貌描寫得讓讀者一看如見本人，眞的非常不容易；對我來說，這一直是小說創作最困難的幾件事之一。你照著眞人描摹，一個五官一個五官地寫，讀者眞能領會你所描繪的人長什麼樣嗎？我想這是不可能的。有些作家採取突顯人物特徵的寫法，像是鎖定一個不自然的微笑或一對狡詐的眼睛，然後全力強調它們；這種寫法雖有用，但仍是規避，未眞正解決人物的描寫問題。我看著身邊的人，心想，若要描寫旁邊這幾桌人該怎麼寫。有個男人坐在正對面，我拿他練習，看看該用什麼方式描寫。此人又高又瘦，我想應該是所謂「手腳靈活」那種人。他穿著一件小禮服，襯衫漿燙得很挺，臉很長，雙眼無神，髮質還不錯，微微的波浪鬈，但略見稀疏，兩邊太陽穴附近已沒什麼頭髮，倒讓寬闊的額頭顯出些許貴族氣派。五官長得普普通通，沒什麼特色，嘴和鼻子跟一般人沒兩樣。鬍子刮得很乾淨，皮膚呈現出自然的蒼白，但眼下有點曬傷。此人的外表讓我想起知識分子，又略顯平庸，看起來像個高爾夫球打得很好的律師或教授。我覺得他品味不錯，看起來讀過不少書，在切爾西區那些雅痞午餐派對上，應該會是受歡迎的客人。我所能描述的也就這樣，實在沒法想像，究竟誰能簡單幾筆賦予此人鮮明有趣又精確的形象。也許比較好的作法是，只專注在他讓我印象最深之處，也就是他所透露出的疲憊特質，而把其他部分都拋開。我盯著他沉思，突然，他朝我這方向欠了欠身，行了個恭敬但略顯僵硬的禮。我有個可笑的習慣，要是突然嚇一跳，當下反應就是臉紅，此時已感到自己的臉頰要燒起來了——我真的嚇到了。我拿人家當櫥窗假人看了好幾分鐘，他一定覺得我很沒禮貌。於是萬分尷尬地朝他點了點頭，便移開視線，幸好侍者此時上菜，才化解了這個場面。就我記憶所及，以前應該沒見過此人，我在想，他對我彎腰行禮，究竟是我一直盯著他看、讓他以爲曾在哪兒見過我，還是以前我眞見過他、而完全忘記了呢？我記別人長相的能力本來就很糟，況且今天這個例子我還有個藉口，那就是——他眞的長著一張大眾臉；天氣好的星期天，去到倫敦周邊任何一處高爾夫球場，都能看見十幾個跟他一樣的人。

他比我早吃完，然後站起身往外走，到了我桌前卻停下腳步，伸出手來。

「您好，」他說，「剛才您進來時我沒能認出，並非刻意不跟您打招呼。」

他的聲音很悅耳，腔調是在牛津練來的（很多人根本沒去過那兒也會模仿）。他顯然認識我，也顯然不知道我不認識他。我站起身。他個子比我高出許多，於是俯視著我，有點無精打采；略微彎腰，讓人覺得他隱隱表達著歉意；舉止有點紆尊降貴意味，同時又有點不好意思。

「請問您願意跟我喝杯咖啡嗎？」他說，「我只有一個人。」

「好的，樂意之至。」

他離開餐廳後，我還是想不起他是誰，或在哪裡見過他。不過倒注意到一件奇怪的事，無論是在我們短暫的交談、握手，或他點頭致意離開時，臉上都無一絲笑容。如此近距離地看他，才發現他其實算得上英俊，五官端正，有對帥氣的灰眼睛，身材修長，但這些都引不起我的興趣。愚蠢的女人可能會說他這種外表的人看起來好浪漫，讓人想起伯恩．瓊斯畫筆下的騎士——只不過，他的尺寸要比畫大上許多，也沒有任何跡象顯示他跟畫中那些不幸人物一樣飽受慢性結腸炎折磨。他是那種你以爲穿起華服會很好看的人，然而眞的穿上，卻覺得模樣荒唐可笑至極。

沒多久吃完了晚餐，我便往交誼廳走去。他坐在一張大大的扶手椅上，見我進來，招手叫了侍者。才坐下，侍者也來了，他點了咖啡和烈酒。他的義大利語說得很好，我還在想要用什麼方法，才能在不冒犯的情況下搞清楚他究竟是誰——人都是這樣，一旦知道你當眞不認得他總會有點尷尬，因爲對他而言，他個人的存在如此重要，沒想到在別人心中竟無足輕重，這點很令人震驚。那口流利的義大利語勾出了我的記憶，不但想起他是誰，還想起我不喜歡這個人。他叫韓福瑞．卡魯瑟斯，以前在外交部任職，位階不低，但究竟負責哪個部門我不清楚。他待過好幾個大使館，我想旅居羅馬這段時間應該造就了他一口流利的義大利語。我真笨，居然沒立刻看出他跟駐外工作有關係，這份工作的每項特徵他都具備——有種經過精心計算、帶著高傲氣息的彬彬有禮，而此種態度經常惹惱一般民眾；還有種置身事外的冷淡，那是出於意識到外交官身分不同於一般人，再加上擔心別人無法理解這一切所生出的羞怯感。我認識卡魯瑟斯多年，但不常見到他，也就只是午餐派對上我說聲你好、聽歌劇時他對我淡淡點個頭那種程度的交情。他的聰明是大家公認的，也是個有教養的人，說起話來十分得體，近年更在短篇小說創作上贏得相當大的讚譽，而我居然記不起他，眞是不可饒恕。他的作品先是在一些雜誌上發表（有些善心人士會不時辦一些類似的雜誌，為聰明的讀者介紹一些值得關注的作品；作為出資的老闆，錢燒到他們覺得夠了，雜誌也就自然消亡。那些以謹慎精緻作工印製出來的雜誌頁面，所引起的迴響，就跟它們極有限的印量差不多），接著這些發表過的作品集結成書，造成了轟動。週刊上那種一面倒的讚譽文字我很少看，倒是知道大部分報刊都為這本書寫了報導，《泰晤士報文學增刊》甚至沒把它放在一般小說欄位，而將此書提升到與另一本偉大政治家的回憶錄同等位階。書評家視卡魯瑟斯為文壇新星，讚其筆力出眾，文字精妙，反諷運用熟練，見識非凡，不僅風格特殊，美感與氣氛的描寫也令人讚嘆。能把英語系國家短篇小說界從慘澹深淵拯救出來的作家終於出現了，讓英國人拍胸自豪的作品問世了；這本出色的書，完

---

1 愛德華・伯恩・瓊斯爵士（Sir Edward Burne Jones, 1833～1898）：英國浪漫主義派畫家。

全可以和芬蘭、俄國、捷克斯洛伐克等國的最佳作品平起平坐。

三年後，卡魯瑟斯出版了第二本書，書評家對他間隔好一段時間才出書給予高度讚賞，這表示他絕不因金錢誘惑而濫用才華。但書評家這段時間也多少冷靜了些，因此這本書得到的讚譽比第一本少了點，但好評的分量以足夠讓一般搖筆桿爲生的作家振奮不已；至少，他在文學界的地位已榮耀而穩固地確立下來，這點毫無疑問。他作品中最膾炙人口的一篇爲〈刮鬍泡毛刷〉，每位知名書評家都說他在三、四頁的篇幅中，淋漓盡致呈現出一名理髮師助手的悲慘靈魂，手法堪稱完美。

他最著名、也最長的一篇小說叫做〈週末〉，這個篇名同時也是他第一本書的書名，描述一群人在週六下午從帕丁頓車站離開，和朋友一起待在塔普洛，又在下個週一早上回到倫敦的一段奇遇故事。這篇小說實在太微妙，有點難弄清究竟發生了什麼事——有個年輕人，身分是內閣大臣的國會祕書，差點就要向一位從男爵的女兒求婚，最後卻沒這麼做。另有兩、三人在河上撐著小船，說著大量拐彎抹角、飽含隱喻的對話，但沒有一句是完整的，而精巧地以刪節號與破折號表達人物角色的意思。還有許多關於花園中花朵、雨中泰晤士河的細膩景致描寫。整個故事從一位德國女家庭教師的視角敘述，評論家一致認爲，卡魯瑟斯以絕妙幽默感傳達了女教師對周遭事物的看法。

卡魯瑟斯這兩本書我都讀過；我覺得，注意和自己同時代的人都寫了些什麼，也是身爲作家的工作。我很願意學習，也覺得說不定能從中找到一些對我有用的東西，卻失望了。我喜歡的故事必須有開頭、有展開，也有收尾，我偏愛言之有物的作品。我覺得描寫情境很好，但除了情境描寫之外什麼都沒有，就像一幅畫只有畫框卻沒有畫，那就沒什麼意義了。我看不出韓福瑞・卡魯瑟斯的優點，也許正因為那是我的缺點——倘若我毫無熱情描述他這兩本著作的偉大，說不定是由於我受傷的虛榮心在作祟。因為我完全可以意識到，在他眼中，我這種作家是不入流的，我相信他從沒讀過我寫的任何一個字。我喜歡流行通俗這一點，就足以讓他相信沒必要多看我的作品一眼。那陣子，他的作品掀起了巨大風潮，看來他也即將面對成為流行作家的恥辱；但很快地，事實證明，他精雕細琢的作品完全超出一般大眾理解的範圍。文化界究竟有多大，儘管無人能明確界定，這當中，真準備出錢資助自己所珍愛藝術的人卻數得出來。質感太好的戲，商業劇場的贊助人不會有興趣投資，因為頂多只能吸引一萬名觀眾；而要求讀者得比平庸大眾具備更強理解力才能讀懂的書，也只能賣個一千兩百本。畢竟，文化圈的人即便對美特別敏感，相較之下還是更愛看免錢戲，也更愛去圖書館借書而不買書。

但我確定這對卡魯瑟斯來說不算什麼困擾，他是個藝術家，也是個外交部官員。他在寫作方面已聲名大噪，對通俗作品自然不屑一顧——書賣得好，說不定反而有損他前途。我想不出為什麼他要邀我喝咖啡。他確實是孤身一人，但我覺得他有自己出色的思想相伴也絕不孤單；我不相信他邀我，是覺得我會說出什麼讓他感興趣的事。儘管如此，仍看得出他一臉陰鬱、卻努力表現出和藹的模樣；他這模樣讓我想起上回在倫敦見面的情景，當時僅略談了幾句有關共同朋友的話題。他問我，怎會在此時來羅馬，我回答了。他主動告訴我，那天早上他剛從布林迪西抵達羅馬。我們對話的氣氛不算好，我暗自決定要在不失禮的情況下盡快起身告辭。但沒多久就有種奇怪的感覺，不知爲何，他似乎也意識到我想走人，所以非常焦急，不讓我有機會離開。我很吃驚。於是先讓自己鎮定下來，然後發現無論何時停下來，他都會立刻插進一個新話題，努力找出讓我感興趣的東西，這樣我就會繼續待著。總之，他竭盡全力表現得輕鬆愉快。我覺得他不太可能眞的沒有伴，以他的外交人脈，一定可以找到很多跟他一起消磨這個傍晚的人。我實在很好奇他爲何不在大使館吃晚飯，就算現在是炎熱夏季，那裡一定還是有他認識的人。我也注意到他一直沒有笑容，說話時因爲太急切，聲音都有點啞了，好像非常害怕冷場，那聲音聽起來彷彿正奮力抵擋心裡某個折磨他的東西。這太奇怪了，儘管不喜歡他，於我此人也無足輕重，跟他在一起甚至讓我有點惱火，但我仍盡量克制自己，擺出一副感興趣的樣子。我打量了他一眼，不知道是否出於錯覺，總覺得他那對黯淡的眼睛活像受盡驚嚇的喪家犬；即便端正的五官與表情仍顯得自制有禮，但隱約的愁悶之情還是透露了他內心的痛苦。我不知道這究竟怎麼回事，許多荒唐的想法在腦子裡一個個閃逝。我本非特別有同情心的人，此時更像匹退役老戰馬似的，嗅到一點戰爭氣味便躍躍欲試。本來已經很累，此時卻振奮起來，情感知覺伸出了敏銳的觸角，開始注意起他每個表情與動作。本以爲他可能寫了個劇本想徵求意見，現在這想法也丟到一邊去了（文人雅士總奇特地難以抗拒舞臺的魅力，儘管始終對專業工匠抱持高傲的鄙視，卻不反對從他們那兒學點小訣竅）——不，不是爲了劇本。一個單身漢在羅馬，尤其又是個有藝術家傾向的人，是很容易陷入麻煩的。我在想，卡魯瑟斯會不會碰到了什麼困難，真要走投無路才會向大使館求救（我發現，理想主義者在處理肉體關係上有時考慮欠周，偶爾會去些不太合法的地點尋芳；我心裡竊笑，一個道貌岸然的人在這種曖昧情況下被逮到，可是連神靈都忍俊不禁的事）。

突然，卡魯瑟斯說了句話，嚇我一跳。

「我好慘……好慘。」他喃喃地說。

他毫無預警冒出這句話，顯然是認真的，聲音聽起來有點喘，簡直跟抽泣沒兩樣。我沒法形容聽到這句話有多震驚，感覺就像轉過街角時突然遇上強風，讓人瞬間屏息，人也差點被颳倒。這太意外了。畢竟我不了解他，我們不算朋友，我不喜歡他，他也不喜歡我，我甚至從沒把他當有血有肉的人看。一個這麼自制、文雅、熟悉上流社會習氣的人，突然對陌生人如此告解，實在太令人驚奇。我生性含蓄，總覺得無論受了什麼罪，向別人嚷嚷自己的痛苦很丟臉；我氣得發抖，他的軟弱惹火了我，我怒氣沖天——他怎能這樣把痛苦硬塞給我？我幾乎要對他大叫：「他媽的這干我屁事？」但終究沒說出口。

他整個人蜷縮在一張大大的扶手椅裡。五官原本散發莊嚴的貴族氣息（讓人聯想到維多利亞時代的政治家雕像），眼下卻奇怪地洩了氣，連臉都垮了，看上去簡直快哭了。我猶豫了，想法也有點動搖。剛才他跟我說話時我臉紅，現在大概已經臉色蒼白。這是個可憐兮兮的傢伙。

「我非常遺憾。」我說。

「你願意聽我說嗎？」

「好。」

現在不是多說話的時候。我猜，卡魯瑟斯大約四十歲出頭，體格健美結實，態度自信，現在卻像突然老了二十歲，整個人奇異地癟掉。他讓我想起大戰時陣亡的士兵，他們死時，軀體會縮小到難以想像的地步。眼下這個場面很窘，我移開了視線，又感覺到乞求的眼光一直盯著我，只好又把視線轉回來。

「你認識貝蒂・威爾頓伯恩斯嗎？」他問我。

「幾年前在倫敦見過幾次，最近有好一陣沒見到她了。」

「她現在住羅得島。你知道，我剛從那兒回來，前陣子一直待在她那兒。」

「哦？」

他遲疑了一下。

「我也擔心，你會覺得我說這些話很奇怪，但我已經到極限了，要是不找個人講出來，一定會發瘋。」

他剛才已經點了雙份白蘭地配咖啡，現在又叫來侍者再點一份。整個交誼廳只有我們，兩人之間隔著一盞小小的桌燈，又因置身公共場所，他低著聲說話，這地方於是給人一種怪異的親密感。

我沒法把卡魯瑟斯所說的原原本本一字不漏寫出來，我不可能全都記得，用我自己的方式講還是比較方便。偶爾有些話他說不出口，我只能自己猜；有時某些方面他自己不明白，我反倒看得比較清楚——貝蒂·威爾頓伯恩斯是個很幽默的人，他則一點也沒有，他沒意識到的那些幽默，我能理解的還比他多。

我見過貝蒂·威爾頓伯恩斯很多次，但對她的了解主要都來自傳聞。她年輕時曾在倫敦這個小圈子引領一時風騷，親眼見到她之前早已久聞大名——那是戰後不久在波特蘭廣場舉辦的一場舞會上，當時她早已聲名遠播。隨便翻開一份有插圖的報紙，一定會看見她的照片，她驚世駭俗的舉動也成了人們談論的話題。那時她芳齡二十四，母親已過世，父親聖厄斯公爵上了年紀，也不算有錢，大部分時間都待在康沃爾郡的城堡，她則和寡居的姨母一塊兒住在倫敦。大戰爆發時，她去了法國，當時年方十八，在一個基地的醫院擔任護士；後來還擔任過駕駛，在勞軍巡迴演出中當演員；為了慈善募款在家裡當過靜態場景模特兒，為了各種緣由辦過拍賣會，還在皮卡迪利圓環賣過小旗子。無論參加什麼活動，媒體都大肆宣傳；無論扮演什麼角色，都有大量照片上報。我猜她參與這一切，不過為了好玩，現在大戰結束，她更是復仇般地大玩特玩。那時，每個人都有點昏頭，年輕人擺脫了五年來壓在身上的桎梏，沉迷在一樁又一樁脫序的行為裡；那些事，貝蒂一件也沒錯過。偶爾不知為何，他們幹的那些事上了報，她的名字總被擺在頭條。那時，夜總會剛流行，每天晚上都能看見她的身影。她過著紙醉金迷的生活（只能用這種老套的詞形容，畢竟行為本身就很老套），卻莫名其妙贏得英國人民的心；在英倫三島，只要提到貝蒂小姐，真是無人不知無人不曉。

她出席婚禮，女士會將她團團圍住；她參加新戲首演，觀眾對她熱烈鼓掌，彷彿她才是受歡迎的女演員；女孩模仿她的髮型，連肥皂和面霜公司都花錢買她照片，替自己的產品打廣告。

當然，那些遲鈍、古板、念念不忘舊秩序的人都反對她，看不起她老愛引人注目。他們說她狂熱地自我宣傳，說她放蕩，說她酒喝太多菸也抽太多。我得承認，我所聽到的傳聞沒一件讓人有好感。我瞧不起把大戰當享樂理由或談論話題的女人，也覺得只會刊登社會名流在坎城散步、或在聖安德魯打高爾夫球照片的報紙，讓人厭煩透頂。我一直認爲「光彩一代[2]」的年輕人根本乏味而令人生厭；對旁觀者來說，他們那種歡樂的生活看起來既無聊又愚蠢，但若要像道學家那樣嚴厲評斷他們其實也不太明智。對過著這種生活的年輕人發火，就像對一窩沒有方向、四處亂竄的小狗生氣一樣，完全沒意義。如果這窩會在其他同類身上亂滾、追尾巴的小狗，把花壇弄得一團亂、把瓷器摔成碎片，你最好忍住氣耐住性子。畢竟這窩小狗裡頭，有一部分會因資質無法達標而被淘汰，而其他小狗會長成行爲中規中矩的大狗，牠們之所以無法無天，不過是年輕活力的表現罷了。

而活力正是貝蒂身上最耀眼的特質。對生活的熱情衝勁在她身體裡翻湧，讓她神采飛揚，也令所有人目眩。我永遠忘不了第一次在舞會上看見她的印象。她就像酒神的女信徒，跳舞時，沉醉在舞蹈裡的模樣讓人想笑，顯然很享受音樂，也享受自己青春肢體的舞動感。棕色的髮絲因大幅擺動顯得有些凌亂；擁有一對湛藍的眼睛，肌膚豐潤如牛奶，粉嫩透紅如玫瑰。是個絕世美女，卻沒有絕世美女那種冷漠。總是開懷大笑，即便沒在大笑也還是帶著笑意，眼睛裡跳躍著生命的喜悅。她像個在神靈農場中擠牛奶的女子，擁有和平民一樣的力量與強健的體魄，卻又那麼獨立自主，有著貴族的大方氣度，讓人想起名門貴婦。我不知該如何確切描寫她給人的感覺，儘管心思單純、不矯揉造作，對自己的身分卻並非毫無所覺。我想如果真有機會，她一定能飛黃騰達，成爲非常偉大的人物。每個人都覺得她很迷人，那是因爲——在她內心深處，除了自己以外的整個世界全都微不足道（這點她或許沒能那麼清楚意識到）。我可以理解倫敦東區的年輕女工爲什麼崇拜她；爲什麼有五十萬人從未眞的見過她，只因爲看了照片，就把她當成最親密的朋友。別人介紹我跟她認識時，她花了幾分鐘跟我說話，看見她對你表現出感興趣的樣子，就已是莫大榮寵；你也知道，她未必像看上去那樣高興見到你，或者眞被你的話逗樂，然而，跟她見面仍然很吸引人。她有種特別的天賦，能跳過人與人初識的尷尬階段，認識她不到五分鐘，會覺得彷彿認識了她一輩子。後來，有個想跟她跳舞的人過來，把她從我這兒拖走，她挽著那人的臂彎自在地起舞，熱情的表情和剛才坐在我身旁時一模一樣。兩個星期後，我在一場午餐會上遇見她，對於先前曾在喧鬧舞會背景下的十分鐘談話，內容她記的一清二楚，讓我非常驚訝。這位年輕女子的社交禮儀，簡直臻至完美。

我跟卡魯瑟斯提了這個小插曲。

---

2 一九二〇年代，第一次世界大戰後的倫敦，出現了「光彩青年」（Bright Young People），一群文青喝酒嗑藥，舉行華服晚宴，蔚為風尚。

「她一點都不笨，」他說，「很少人知道她有多聰明。她有幾首詩寫得非常好。只因她追求享樂，無所顧忌，完全不在乎別人看法，人們就當她是無腦的女人，這就大錯特錯了。她精得跟猴兒一樣，你絕對想不到她花時間把所有能弄到手的東西都讀遍了。我想這方面沒人比我更了解。我們常在週末去鄉下散心，在倫敦時就開車去里奇蒙公園，在那兒邊散步邊聊天。她酷愛各種花草樹木，對什麼都感興趣，腦子裡裝滿各種知識，說話也很有見地，什麼話題都能聊上一點。有時我們下午散過步，晚上又在夜總會遇見她，那時她已喝了好幾杯香檳，完全醉了，你知道，她是整個派對的靈魂人物；我忍不住想，如果這些人知道，不過數小時前我跟她還在談論嚴肅的話題，不知道這些人會有多驚奇。對比實在太鮮明，簡直就像她身體裡住了兩個完全不同的人。」

卡魯瑟斯說這些話時臉上完全沒有笑容，一臉憂鬱，彷彿談的是一位英年早逝的朋友。他深深嘆了口氣。

「我非常非常愛她，跟她求過好多次婚。當然，我也知道自己沒什麼機會，我只是個外交部的資淺專員，但就是忍不住。她沒有答應，可是一直都處理得很漂亮，從來沒讓這件事影響友誼。你看，她確實還是喜歡我的。我給了她別人沒法給的東西，我一直覺得，比起別人，她眞的比較喜歡我。我整個人爲她瘋狂。」

「我想你不是唯一瘋狂的人。」我必須搭點話。

「當然不是。她收過幾十封根本沒見過面、甚至連聽都沒聽過的人寫來的情書，有非洲的農夫，還有加拿大的礦工和警察，各式各樣的人都跟她求婚，她盡可以在裡頭挑一個喜歡的嫁。」

「據說連皇室的人都有。」

「是啊，她說她受不了了，後來就嫁給吉米・威爾頓伯恩斯。」

「那時候人們都覺得很意外，是嗎？」

「你認識這個人嗎？」

「不，我想我不認識，說不定見過，但對他沒印象。」

「你沒印象很自然，這世上很難找到像他這麼不起眼的人。他父親是個大製造商，在北方起家，大戰期間賺了一大筆錢，買了個從男爵爵位。我想他始終也沒學會『H』音怎麼發[3]。吉米跟我在伊頓公學一起唸過書，他們拚命地想把他教成一個紳士。大戰結束後，在倫敦到處閒晃，一直很愛參加派對，但從來也沒人注意他，不過是那個付錢的人。他讓人討厭到了極點，你知道，就是那種超級一本正經、客套得要命的人，整天神經兮兮，唯恐自己做了什麼不對的事，光看就不舒服。身上的衣服，老像全新剛上身似的，而且也總是太緊。」

3 英格蘭北方的發展程度普遍不如南方，工業革命時期以工人階級為主，發音較粗糙，經常省音不發，尤其是字母「T」和「H」的發音。而上流階級的英語，「H」音必定要發得清楚，這也成了判斷說話者出身的一個根據。

有天早上，卡魯瑟斯閒閒翻開《泰晤士報》，視線落在當天的時尚新聞，他看見——聖厄斯公爵的獨生女伊莉莎白，即將與約翰．威爾頓伯恩斯從男爵的長子詹姆斯成婚的消息，整個人愣住了。他立刻撥電話給貝蒂[4]，問這件事是不是眞的。

「當然是眞的。」她說。

他太震驚了，一時半刻無話可說。

她又繼續往下說：「他今天要帶家人跟我爸爸一起吃午餐，我想氣氛會有點僵。你可以到克拉里奇酒店請我喝杯雞尾酒壯壯膽嗎？你能不能來？」

「幾點鐘？」他問。

「一點。」

「好吧，我會到。」

她走進飯店時，他已經等在那兒了。她跳躍似的腳步，彷彿熱情的雙腳正蠢蠢欲動，等不及要跳起舞來。她微笑著，活力十足，這個世界如此美妙，她眼睛滿溢著喜悅的光芒。進來時，人們認出了她，彼此交頭接耳起來。她彷彿爲克拉里奇酒店嚴肅而富麗堂皇的大廳，帶進了陽光與花香，卡魯瑟斯確實感覺到了。他見到她，連「你好」都沒講，劈頭就說：

「貝蒂，你不能這麼做，」他說，「這事簡直不可能。」

「爲什麼？」

「他爛透了。」

「我不這麼覺得。我覺得他很不錯。」

有位侍者過來接受他們的點單，此時，貝蒂用她那對美麗的藍眼睛望著卡魯瑟斯，眼神愉快且溫柔。

「他粗俗得要命啊，貝蒂。」

「噢，別說傻話了，韓福瑞。他一點也不比其他人差，我才覺得你自以爲高人一等。」

「他悶得要死。」

「不，他很穩重。我不想嫁一個太張揚的丈夫，我覺得他能成爲我背後非常好的支柱，而且長得帥，又很有禮貌。」

「我的天哪，貝蒂。」

「噢，別傻了，韓福瑞。」

「你打算假裝自己愛他？」

「我覺得這是明智的選擇，你不覺得嗎？」

「你爲什麼要嫁給他？」

---

4 貝蒂是伊莉莎白的暱稱，吉米是詹姆斯的暱稱。

她冷冷地看著他。

「他很有錢，而且我也快要二十六了。」

事已至此，沒什麼好說的了，他開車送她回姨母家。她的婚禮排場盛大，西敏寺區通往聖瑪格麗特教堂的路邊塞滿了圍觀人群，幾乎所有皇親國戚都送了禮；他們的蜜月旅行，在她公公出借的遊艇上度過。之後，卡魯瑟斯申請出國工作，接著被派駐羅馬（我猜對了，他就是這樣學會一口道地義大利語），不久又去了斯德哥爾摩，在那裡當上參事，也在那兒寫出第一本小說。

也許貝蒂結婚這件事，讓預期她還會做出更多大事的英國人民失望了；也許就只是因爲成了已婚少婦，對渴望浪漫的大眾感官從此失去吸引力；總之很快地，公眾的眼光便不再青睞她。她的消息變少了。婚後不久，有傳言說她懷孕，沒多久又聽說流產。她並未退出社交圈，我想她還是繼續與朋友往來，但行爲已不再引人注目。她當然可以繼續參加那些聲名狼藉的聚會，但事實上，那些地方幾乎見不到她的身影（一些聲名不佳的貴族與奉承的藝術家食客，總在那些場合親密交遊，以吹噓自己的聰明與教養）。人們說她終於安分了，開始猜測她跟丈夫相處得如何，猜沒多久便下結論，說她日子過得並不好。又過了一陣子，傳言吉米酗酒；再過一兩年，有人聽說吉米患了肺結核，威爾頓伯恩斯家在瑞士度過好幾個冬天；接下來就是他們離婚的新聞，貝蒂搬到了羅得島，一個誰也不會選的怪地方。

「那地方一定糟透了。」她的朋友都這麼說。

偶爾也有幾個朋友前去拜訪，回來時總說那是個非常美麗的島，生活悠閒迷人。孤單是一定的，以貝蒂的才華與活力，居然能滿足地定居在那兒似乎有點奇怪。她在當地買了棟房子，除了幾個義大利官員之外誰也不認識（那裡確實也沒有誰需要認識），但她看起來非常快樂，前去拜訪的人總不知緣由何在。倫敦的生活很繁忙，人的記憶也短暫，漸漸地，大家也就不再關心她，她就此被遺忘。接下來，在我於羅馬遇見韓福瑞·卡魯瑟斯的幾個星期前，《泰晤士報》刊登了二代從男爵詹姆斯·威爾頓伯恩斯的死訊，頭銜由弟弟繼承（因爲貝蒂沒生孩子）。

貝蒂結婚後，卡魯瑟斯還是會去看她。無論何時，只要他回倫敦，他們一定一起吃午飯。就算很久沒見，她也有辦法讓兩人友誼一如既往，見面時從沒有陌生感。有時她會問他，什麼時候才要結婚。

「你知道，你也老大不小了，韓福瑞，再不趕快結婚，都要成老光棍了。」

「你眞覺得結婚好嗎？」

這話說出來並不厚道，因爲他跟其他人一樣，都聽說她和丈夫相處得不好，但她的回答還是讓他有點生氣。

「大致說來，我想有個不太滿意的婚姻，說不定還是比沒結婚好。」

「你很清楚，再也沒有什麼能讓我想結婚了，理由你明白。」

「噢，親愛的，你不打算再繼續假裝愛我了嗎？」

「我確實愛你。」

「你眞是個徹頭徹尾的大笨蛋。」

「我不在乎。」

她看著他，笑了。她看他的眼神總是這樣，帶點嘲弄，又帶著溫柔，就是這個眼神，讓他心裡充滿了喜悅的疼痛。眞有趣，他幾乎要克制不住了。

「你很體貼，韓福瑞。你知道我也深愛著你，但就算我現在單身，也絕不會嫁給你。」

她離開丈夫搬去羅得島後，卡魯瑟斯就沒見過她。她再沒回英國，但他們一直維持書信往來。他提議想去羅得島住幾天，她覺得最好還是不要。他明白爲什麼。每個人都知道他瘋狂愛過她，也都知道他這份心思一直沒斷。他不清楚他們夫妻在什麼情況下分手，也許當中有很多不滿吧。貝蒂說不定覺得他若出現在島上，會給她的名譽帶來損害。

「我出第一本書時，她寫了封很動人的信給我。你知道，我在序言說要把這書獻給她。她很驚訝我寫得這麼好，每個人都稱讚這本書，她很爲此高興，而我覺得，能讓她這麼高興才是我最快樂的一件事。你知道，我畢竟不是專業作家，文學上的成功我也不怎麼重視。」

這是個笨蛋，我想，而且還是個騙子。他眞以爲他的書大受歡迎時，他那副得意的樣子我都沒注意到？有那種自豪其實也沒什麼好苛責的，畢竟情有可原，但這樣否認又何苦。千眞萬確的是，爲了貝蒂，他渴望出名，而這兩本書爲他達成了目的。他有了可以獻給她的實在成就，如今他能奉獻在她面前的東西不僅僅是他的愛，還有他傲人的聲譽。貝蒂已不再年輕，這時她也三十六歲了，她的婚姻、旅居國外，改變了許多事。她身邊不再有簇擁的追求者，也失去了讓公眾欣羨的光環。他們之間的距離不再那麼不可逾越。這麼多年來，只有他一人始終忠貞不渝。倘若她繼續在這個地中海小島上埋沒美貌、才智、社交禮儀，那就太荒唐了。他知道，她是喜歡他的，他深愛她這麼多年，她很難完全不被打動。現在，他必須給她一種能吸引她的生活。他決定再向她求一次婚，七月底前可以動身。他寫了封信，說打算去希臘群島度假，若她願意見他，他會在羅得島待個一兩天，因爲他聽說義大利人在島上開了一家很不錯的飯店。話說得輕描淡寫、毫不敏感，在外交部工作的訓練讓他學會不莽撞行事，他向來不願讓自己落入無法圓滑脫身的境地。貝蒂回了他一封電報，說他願意來羅得島真是太好了，要他務必陪她住一陣子，至少也得待兩個星期。他發電報，告知了船期。

他搭的船終於從布林迪西啓航，天亮後不久，便進入羅得島整潔美麗的港口。他一路上都處於狂喜，幾乎整夜沒闔眼，早早就起身，看著小島的輪廓在晨曦中越來越大，陽光漸漸灑滿夏天的海面。船下錨時有幾艘小船出來，舷梯放下了，韓福瑞倚著圍欄上，看著醫生、港口官員和旅館服務人員一擁而上。他是船上唯一的英國人，別人一看便知他的國籍。有個人走上甲板，立刻朝他走來。

「你是卡魯瑟斯先生嗎？」

「是的。」

他正準備微笑伸出手，卻在一瞬間注意到這個喊出他名字的人，儘管也是英國人，卻非有身分地位的人。他仍然彬彬有禮，但舉止本能地變得有點不自然（當然，卡魯瑟斯沒告訴我這些，但這一幕我可是看得很清楚，因此毫不猶豫地寫了下來）。

「夫人不能親自迎接，希望你別介意，畢竟船這麼早就進港。接著，要到我們住的地方還有一小時車程。」

「噢，當然不介意。夫人好嗎？」

「很好，謝謝你的關心。行李都打理好了嗎？」

「都好了。」

「請讓我知道一下行李在哪兒，我會叫人搬到小船上。你過海關不會有什麼麻煩的，我都打點好了，然後我們就出發。吃過早餐了嗎？」

「吃過了，謝謝你。」

這個人的「H」音發得不清不楚，卡魯瑟斯一直在想他是誰。不能說他粗魯，但他實在有點不禮貌。卡魯瑟斯知道貝蒂有座很大的宅邸，也許他是她的代理人吧。他看起來很能幹，操著一口流利的希臘語指揮搬運工，他們上船後他付了錢，但船工還想要更多，他開口說了句什麼，所有人聽了都笑開了，於是聳聳肩，還算滿意這個結果。他的行李沒檢查便過了海關，來接韓福瑞的那個人和官員握了手。接著，他們走到陽光下，有部黃色大車停在那兒。

「是你要開車送我嗎？」卡魯瑟斯問。

「我是夫人的司機。」

「噢，原來如此。我之前不知道。」

他的打扮一點也不像司機——穿著一條白色帆布長褲、一雙帆布便鞋，沒穿襪子，上身一件白色網球衫，沒打領帶，敞著領口，還戴了一頂草帽。卡魯瑟斯皺起眉頭，貝蒂實在不該讓司機穿成這樣來接他。這司機確實天還沒亮就必須起身，而且開車到別墅的這段路看起來也很熱，或許他平常都會穿制服吧。卡魯瑟斯若不穿鞋有一百八十五公分高，此人雖沒他高，卻也不算矮，而且肩膀很寬，虎背熊腰，看起來相當粗壯結實。他不算胖，但也有相當的福態，看起來胃口不錯，也吃得很好。人還年輕，三十或三十一歲吧，已經頗有分量，將來一定會變成一個大塊頭，不過現在的他就是個壯漢。他有張曬得焦黃的大臉，短而厚實的鼻子，不知爲何看起來面有慍色，此外還蓄著短短的淺色鬍子。奇怪的是，卡魯瑟斯隱約覺得，他以前曾見過這個人。

「你跟著夫人很久了嗎？」他問。

「嗯，是的，可以這麼說。」

卡魯瑟斯開始有點不自在。他不太喜歡這個司機說話的方式，他在想爲什麼司機不稱呼他「先生」。他擔心貝蒂有點放任這個人驕傲過頭了，不太在意這種事確實很像她的作風，但這樣不對，要是找到機會他會提醒她一下的。他們的視線相接了一會兒，他敢發誓，那個司機的眼裡閃現了一絲笑意。卡魯瑟斯想不透爲什麼，他不覺得自己有哪裡讓他覺得好笑。

「那個……我想是古代的騎士城吧。」卡魯瑟斯指著一些有城垛的牆，淡淡地說。

「沒錯。夫人會帶你過來看看的。這個季節，這裡觀光客意外的多。」

卡魯瑟斯希望表現得平易近人些，他想，坐在司機旁邊應該比坐後座好。他才剛想提，主導權就被搶走——司機告訴搬運工，把卡魯瑟斯的行李放到後座，然後自己坐上了駕駛座，說：

「上車吧，我們要走了。」

卡魯瑟斯在他身邊坐下。車子沿著一條濱海的白色公路開去，幾分鐘後便開進一片開闊的鄉野。車子靜靜地往前開。卡魯瑟斯有點端著架子，感覺司機想和他變熟，但他不想給這個機會。他在心裡暗自唸叨，憑自己的一言一行，就能讓替他做事的下等人有自知之明。他嘲諷而冷酷地想，用不了多久，那個司機就要稱呼他「先生」了。但這個早晨實在太美好，這條白色公路時而經過橄欖樹林，時而在具有誘人東方風情的白牆平頂農舍間穿行，而貝蒂正在等待他。心中滿溢的愛讓他對所有人都親切了起來，他給自己點了一根菸，他想，要是也給司機一根，一定會顯得很慷慨。畢竟羅得島離英國這麼遠，現在也已經是民主時代了。司機收下他的大禮，停了車，點起菸來。

「你帶菸絲來了嗎？」司機突然開口問。

「帶什麼？」

司機的臉瞬間垮了。

「夫人打了電報給你，要你帶兩磅『玩家海軍細切菸絲』來，所以我才跟海關打了招呼，叫他們不要開你的行李啊。」

「我沒收到電報。」

「眞是該死！」

「到底爲什麼夫人會需要兩磅『玩家海軍細切菸絲』？」

卡魯瑟斯口氣高傲地反問。司機的那聲驚叫讓人很反感。那人斜斜瞟了他一眼，他從這一眼當中讀出了某種侮辱。

「我們在這兒弄不到那種菸絲。」司機簡單地說。

他扔了卡魯瑟斯給的那支埃及菸，看起來忿忿不平。他們繼續上路，司機看起來一肚子悶氣，一句話也沒再多說。卡魯瑟斯覺得剛才的社交努力大概是錯了，接下來的旅程也就不再理這個司機。他換上在大使館當祕書時非常有效的冷漠態度來對付他，有英國僑民來大使館尋求協助時，他就是這種態度。車子開始爬坡，一段時間之後，他們來到一列長長的矮牆前，大門開了，司機把車開了進去。

「我們到了嗎？」卡魯瑟斯喊。

「六十五公里，五十七分鐘跑完，」司機微笑著說，露出一口整齊的白牙。「以這種路況來說，已經不錯了。」

他尖銳地按著喇叭，卡魯瑟斯因爲興奮，呼吸也急促起來。他們開進一條兩旁都是橄欖樹林的窄路，最後抵達一棟白色、低矮、格局不太規則的房子，貝蒂站在門口迎接他們。他跳下車，親吻她的雙頰，好一陣子說不出話來。但是他下意識地注意到門邊站著一個穿著白色帆布褲的老管家，還有幾個穿著希臘傳統白短裙服飾的男僕，個個都聰明帥氣。不管貝蒂有多順著那個司機，顯然這座宅邸運作得當，很適合她在此生活。她帶著他穿過大廳，那是個四壁刷白的大房間，他隱約注意到裡面的家具十分富麗堂皇。接著他們走進了客廳，這個房間也是又寬又矮，同樣有四面白粉牆，一進去就立刻給人一種舒適而奢華的印象。

「你第一件要做的事，就是好好看看我這兒的景色。」她說。

「我第一件要做的事，就是好好看看你。」

她一身淨白，而她的手臂、臉、脖子都被太陽曬得紅通通的，她的眼睛比他之前見到的時候更藍了，牙齒白得發亮，整個人看上去完美無瑕。她打理得整齊乾淨，頭髮精心捲成波浪，指甲也修剪過了，卡魯瑟斯突然感到一陣焦慮，她在這麼浪漫的島上過著這麼悠閒的生活，必然樂不思蜀吧？

「說眞的，你看起來根本像十八歲，貝蒂。你是怎麼做到的？」

「就是快樂啊！」她微笑著說。

聽到她這麼說，卡魯瑟斯心裡一陣刺痛。他其實不希望她過得太快樂，他希望她的快樂是自己給她的。然而這時她沒有發現他的心情轉折，正堅持要帶他去露臺欣賞風景。這個客廳有五扇長長的窗戶，每一扇都通往露臺，可以看見種滿橄欖樹的山頭蜿蜒陡峭地往大海延伸而去。小小的海灣裡泊著一艘白色小船，船影倒映在平靜的水面上。更遠些的山坳處，可以看見一座希臘村莊，白色的房子背後是灰色的巨大岩塊，頂上聳立著中世紀城堡的城垛。

「那兒以前是騎士的要塞，」她說，「今天傍晚我會帶你去看看。」

這兒的景色確實非常美，令人悠然神往。它很寧靜，卻帶有一股奇特的生命氣息，並不是讓人陷入冥想，而是激勵精神，讓人充滿活力。

「我想你把菸絲帶來了吧。」

他聽到這話大吃一驚。

「沒有。我沒收到電報。」

「可是我發電報給大使館了啊，連威斯汀精品酒店那兒也發了。」

「我住在廣場飯店。」

「這下麻煩了！亞伯特要發火了。」

「亞伯特是誰？」

「就是開車去接你的那個人。他只喜歡玩家牌菸絲，但是這裡弄不到。」

「噢，是那個司機。」他指著底下那艘閃閃發光的小船。「那就是我聽說過的那艘遊艇嗎？」

「是的。」

那是貝蒂買的一艘大型土耳其式長帆船，船上裝了備用發動機，裝修得非常漂亮。她乘著這艘船遊遍了希臘諸島，最北到過雅典，最南到過亞歷山卓港。

「如果你能待久一點，我們也可以來趟旅行，」她說，「你應該趁在這裡這段時間去看看科斯島。」

「誰幫你開船啊？」

「我手下當然有船員，但主要還是靠亞伯特，不管是發動機和其他事他都很在行。」

聽到貝蒂又提起那個司機，不知道爲什麼讓他隱隱覺得不舒服。卡魯瑟斯想，她會不會給了他太大的權限，給一個僕人這麼多自由空間絕對是錯了。

「你知道，我一直在想我是不是以前在哪兒見過亞伯特，但是想不出來倒底是哪裡。」

她快樂地笑了，眼睛閃閃發亮，因爲這突來的一陣喜悅，臉上出現了令人愉快的坦率表情。

「你應該記得他的，他以前是露意絲阿姨家的二等男僕，少說也幫你開過幾百次門了。」

貝蒂在婚前就是和露意絲阿姨同住的。

「噢，就是他啊？我就想我一定在哪個沒注意到他的地方見過他。他怎麼會在這兒？」

「他是從我們家過來的。我結婚的時候，因爲他想跟著我，所以我就帶著他出嫁了。有段時間他是吉米的貼身男僕，之後我送他去上了一些發動機課程，他熱愛汽車，最後我就讓他當了我的司機。現在要是沒有他，我還眞不知道該怎麼辦好。」

「你不覺得依賴一個僕人太過頭不是件好事嗎？」

「我不知道，這個問題我沒想過。」

貝蒂帶他去看了給他準備好的房間，他換過衣服之後，兩個人就漫步走下海灘，那兒已經備好小艇，他們划著小艇到了遊艇停泊處，在那兒泡了一陣水。海水很暖，之後他們就在甲板上曬日光浴。遊艇很寬敞、舒適、也很豪華。貝蒂帶他參觀完，兩人就走到亞伯特修發動機的地方，他全身髒兮兮的，一雙手全黑了，臉上也抹得到處都是油污。

「機器出了什麼問題啊，亞伯特？」貝蒂說。

他站起來，十分恭敬地面對著她。

「沒出問題，夫人。我只是檢查一下。」

「這世界上亞伯特最愛的就只有兩樣，一樣是汽車，另一樣就是遊艇。我說對了嗎，亞伯特？」

她對他愉快地一笑，亞伯特那張面無表情的臉也亮了起來，笑出了一口漂亮的白牙。

「完全正確，夫人。」

「你知道，他就睡在船上。我們在船尾給他布置了一間很棒的艙房。」

卡魯瑟斯很容易就適應了那裡的生活。貝蒂是從一位被阿卜杜勒・哈米德[5]流放到羅得島的土耳其帕夏[6]手裡買下這座宅邸的，之後又替這棟別緻的房子增建了廂房。她在房子周圍開闢了一塊種滿橄欖樹的野生植物園，種了迷迭香、薰衣草、從英國帶來的日光蘭，還有這個島上出名的玫瑰。她還告訴他，春天的時候，這裡遍地都開滿了銀蓮花。但是當她細數著這一切，興致勃勃地談著她接下來的計畫和更動時，卡魯瑟斯總是覺得有點不舒坦。

「聽你說話的口氣，好像你就打算老死在這兒似的。」他說。

「說不定眞的會啊！」她微笑著說。

「胡說八道！你還這麼年輕。」

「我都快四十啦，老兄。」她輕快地回答。

他很愉快地發現，貝蒂有個好廚師，而他也很滿意和貝蒂用餐時，那種合於禮節的體面感，因爲他們所在的飯廳一派富麗堂皇，擺放著義大利式家具，還有一位神態莊重的希臘管家和兩個穿著火紅制服的英俊男僕隨侍在側。這座宅邸布置得十分有品味，沒有放任何不必要的東西，但樣樣都是精品。貝蒂在這裡相當有地位。他抵達這兒隔天，總督就帶了一些隨從來吃晚餐，貝蒂使出渾身解數，熱情款待。總督走進豪宅時，僕人們穿著漿燙得挺挺的短裙、繡花上衣、頭戴天鵝絨帽，分站兩排恭迎總督光臨，場面之盛大，簡直就像一支護衛隊，卡魯瑟斯很喜歡這種豪華的排場。晚宴派對氣氛非常歡樂，貝蒂的義大利語很流利，卡魯瑟斯的義大利語更是完美。總督隨從中有幾個年輕人，穿上制服格外帥氣，他們對貝蒂表現得十分殷勤，貝蒂也毫不拘束地熱誠對待他們，跟他們有說有笑。晚餐後，留聲機開始放出音樂，這些隨從就輪流和貝蒂共舞。

曲終人散之後，卡魯瑟斯問她：「他們不會都愛上你了吧？」

「這我就不知道了。偶爾他們會有一些求婚或其他事情的暗示，但我婉拒的時候，他們也都能善意地理解。」

因爲他們不是認眞的，這些年輕人根本還乳臭未乾，不那麼年輕的都已經又肥又禿。不管他們對她有什麼感覺，卡魯瑟斯絕不相信貝蒂會笨到嫁給一個中產階級的義大利人。但一兩天後，發生了一件奇怪的事。他正在房間裡爲了晚餐更衣，聽到外面走廊有男人說話的聲音，他聽不清楚他說了什麼或者說的是哪國話，但突然間貝蒂的笑聲如銀鈴般響起，那笑聲如此迷人，漣漪般層層漾開，飽含歡欣，就像年輕少女似的笑聲，那種放縱的歡樂充滿了感染力。但是她會對誰這麼笑呢？這不是對僕人會有的笑法，那笑聲裡有種奇特的親暱。卡魯瑟斯從一陣笑聲裡讀出了這麼多訊息看

5阿卜杜勒・哈米德二世（Abdul Hamid II, 1842～1918）：鄂圖曼帝國的蘇丹和哈里發（1876～1909在位）。

6帕夏（Pasha）：鄂圖曼帝國行政系統裡的高級官員，通常是總督、將軍及高官。帕夏是敬語，相當於英國的「勛爵」，是埃及前共和時期地位最高的官銜。

起來似乎有點奇怪，但是要記得，卡魯瑟斯本來就是個非常敏感的人，他的小說裡像這樣的描寫手法運用得出色極了。

過了一會兒，他們在露臺上見了面。他一面搖晃著手裡的雞尾酒，一面好奇地問了她。

「剛才是什麼事讓你笑成那樣？那裡有誰在嗎？」

「沒有啊。」

她看著他，表情十分驚訝。

「我還以爲是哪個你認識的義大利官員過來打招呼呢。」

「沒有。」

當然歲月還是改變了貝蒂。她仍然是個美人，但她現在的美是成熟的美。她始終都自信滿滿，但現在多了份寧靜。寧靜成了她的特點，就像她湛藍的眼睛和自然的眉毛一樣，都是她美的一部分。她好像已經與世無爭，待在她身邊，就像躺臥在一片看得見酒紅色大海的橄欖樹林裡。雖然她還是跟從前一樣活潑慧黠，但過去只有他知道的那認眞的一面，現在所有人都知道了。再也沒人能說她是個無腦的女人，她美好的個性令人難以忽視，幾乎稱得上是高貴。這種特點在現代女性身上並不常見，卡魯瑟斯心想，她就像過去的那些女性，因爲她讓他想起十八世紀那些偉大的名門貴婦。她一向喜歡文學，少女時代的詩作用詞優美而有旋律性，當她告訴卡魯瑟斯自己投入了一項紮實的歷史研究工作時，他的反應是感興趣多於驚訝。她正在蒐集羅得島上關於聖約翰騎士團的資料，那是個充滿了浪漫事件的故事。她帶卡魯瑟斯去了古城，讓他看那些壯觀的城垛，兩人一起在樸實而雄偉的建築間漫遊，他們在寂靜的騎士大街上信步而行，路旁美麗的石刻建築門面和巨大的盾形紋章讓人緬懷逝去的騎士風範。她在那兒又讓他吃驚了一次，原來她還買下了一座古屋，極盡用心地讓它回復當年舊觀。只要沿著雕花石階走進那小小的庭院，就彷彿走回了中世紀。庭院裡有座圍著矮牆的小花園，種著無花果樹和玫瑰，小巧、神祕而寧靜。古代的騎士團長年和東方接觸，也養成了東方清幽度日的觀念。

「我要是在別墅住煩了，就會到這裡住兩三天，弄個野餐。偶爾來這裡可以放鬆一下，不會老是身邊滿滿都是人。」

「但你在這裡也不是一個人吧？」

「幾乎是了。」

7羅得島（Rhodes）是愛琴海上的一個島嶼，也是愛琴地區文明的起源地之一。鼎盛時期的太陽神雕塑，為古代世界七大奇蹟之一。傳說中，海神波塞頓是島的保護神，而他不在時，則由女兒海仙女羅得照管，這也是島名的由來。十字軍東征期間，該島由醫院騎士團統治。醫院騎士團（Knights Hospitaller），又名聖約翰騎士團，是歷史上著名的三大騎士團之一，後來演變成馬爾他騎士團，現今為聯合國觀察員的「準國家」。十字軍東征期間，聖約翰騎士團一直扮演著對抗拜占庭帝國的重要角色，自一三〇九年開始奪取該島，直到一五二二年撤退，一共堅守了兩百多年。

屋裡有個小客廳，擺設樸實無華。

「這是什麼？」卡魯瑟斯微笑地指著一本放在桌上的《體育時代》。

「噢，那是亞伯特的，我想是他去接你的時候留在這裡的。他每星期都會收到《體育時代》和《世界新聞》，那是他了解世界大勢的方式。」

她寬容地笑著說。客廳隔壁是一間臥房，除了一張大床之外什麼也沒有。

「這棟房子以前的主人是個英國人，我買下它有一部分是因爲這個。他是吉爾斯・昆恩爵士，是我們的先祖，娶了他的表親瑪麗・昆恩。他們都是康沃爾人。」

貝蒂發現，要是不學會拉丁文，就沒有辦法輕鬆閱讀中世紀的文件資料，也就沒有辦法繼續研究這段歷史，於是她開始學習這門古典語言。她花了許多功夫熟悉基本文法，之後就開始閱讀她感興趣的作者寫的作品，方法是把譯本放在手邊對照著讀。這是個學習語言的好方法，我常常在想爲什麼學校裡不用，這樣就不需要沒完沒了地翻字典，笨手笨腳地摸索詞義。九個月之後，貝蒂就能像我們一般人閱讀法文那樣流利地閱讀拉丁文了。這個可愛又才華橫溢的人居然對自己的工作這麼認真，卡魯瑟斯覺得似乎有點好笑，但是卻又深受感動，他好想就這樣把她摟在懷裡，親吻她，但這時的感覺並不當她是個女人，而是把她當成一個聰明得令人驚豔的寶貝孩子。但之後他也開始深思她說過的一切。當然他是個非常聰明的人，不然也沒辦法在外交部爬到那樣的位置，再說，他還寫了兩本造成大轟動的書，要說這人一無是處也太不明事理。如果我說他看起來有點傻氣，只不過是因爲我碰巧不喜歡他，要是我取笑他的小說，也只是因爲那種類型的小說對我而言很蠢而已。其實他行事得體，也很有洞察力，他確信現在只有一個方法能贏得她的芳心，她生活一成不變，卻樂在其中，她對未來的計畫很明確，但她在羅得島的日子實在太井然有序，太完備，也太滿足，因此必須從這些讓她離不開的原因下手，只要能撩起她心底深處對英國的情緒騷動，他就有機會了。所以他跟貝蒂談英國，談倫敦，談他們共同的朋友，以及他在文學界成名之後結識的那些畫家、作家和音樂家。他還跟她聊到切爾西區的波希米亞派對，聊歌劇，聊起一夥人去巴黎參加化裝舞會，去柏林看剛上演的戲劇。他讓她回想起這種豐富、輕鬆、多采多姿、富有文化氣息、有智慧又具有高度文明色彩的生活，想讓她感覺到自己其實停滯在一潭死水中，世界正在快速前進，不斷地從一個新奇有趣的階段奔向下個階段，而她卻始終在原地不動，他們活在一個令人激動的時代，她卻正和這個時代失之交臂。當然他並沒有這麼說，只是暗示，讓她自己推出這樣的結論而已。他這人很有意思，精力充沛，擁有能夠寫出好小說的超群記憶力，腦子裡裝滿了異想天開的點子和放肆的歡樂。我知道我並沒有把韓福瑞．卡魯瑟斯描寫得像貝蒂夫人那樣有智慧有才華，但是讀者們請相信我，他們其實都是非常聰明的人。大致說來，卡魯瑟斯算是個有趣的伴侶，這就讓他先成功了一半；他的如珠妙語人人都愛聽，大家也都能跟你保證，只要是他說出來的東西一定讓人拍案叫絕。當然他的機智是社交性的，必須有個懂得他的暗喩、能分享他特有幽默感的特殊同伴才能發揮出來。但就算是社交界最機智的一群人，在報社雲集的艦隊街，就有二十幾個記者有辦法輕鬆打垮他們，聰明是這些人的職業要求，才華是他們的日常工作所需。社交界的美女們即便照片老是上報，但也沒幾個能在每週只賺三塊英鎊的歌舞團找到工作。對於業餘的人，我們評斷他們的時候要多點寬容。卡魯瑟斯知道貝蒂很喜歡他的社交性，他們在一起總是歡笑不斷，但這樣的日子轉眼間就過去了。

「你走了以後，我會很想你的，」她以她一貫的坦率口氣說，「有你在這兒，我眞的好快樂。你眞溫柔，韓福瑞。」

「難道你現在才發現？」

他有點得意，他的策略是對的。看著一個簡單的計畫運作得這麼成功眞是件有趣的事，好像魔法一樣。平庸的俗人也許會嘲笑外交部，但那裡確實教會了你怎麼跟難搞的人打交道。現在他要做的，就只剩下選擇適當的機會，他覺得貝蒂現在正是最依戀他的時候，他要等到離開那一刻才行動。貝蒂是個容易動感情的人，他要走了，她一定很難過，羅得島少了他，就會變得死氣沉沉。他要是走了，誰來陪她說話呢？晚餐後，他們通常會坐在露臺上，望著滿天的熠熠星光，空氣溫暖宜人，隱約泛著花香，他要在這個時候向她求婚，就在他離開的前夕。他萬分確定，她一定會答應的。

卡魯瑟斯來到羅得島一個多星期後的某個早晨，他上樓時碰巧在走廊碰到貝蒂。

「你還沒讓我看過你的房間呢，貝蒂。」他說。

「我沒讓你看過嗎？現在就來看看吧，很不錯的喔。」

她轉身往前走，他跟在她身後進去。她的臥室就在客廳正上方，幾乎和客廳一樣大。布置是義大利風，說是臥房，其實更像起居室一點，這也是時下流行的方式。牆上掛著潘尼尼[8]的精品油畫，還放著一兩只漂亮的櫥櫃，床是威尼斯風格，漆得非常美。

「這張床的尺寸，對一個孀居的夫人來說可是相當氣派啊！」他毒舌地說。

「很大，對吧？但是這張床太漂亮了，我不買不行，花了我好大一筆錢呢。」

他的眼光落在床邊的桌子上，那上頭有兩三本書，一包菸，菸灰缸上架著一根石南木菸斗。眞有趣！到底爲什麼貝蒂要在床邊放菸斗？

「好好看看這只卡索奈大木箱[9]，這漆工眞是絕妙，對吧？我找到這只箱子的時候簡直高興得快哭了。」

「我想這也花了你好大一筆錢。」

「我還眞不敢告訴你價格。」

---

8 潘尼尼（Giovanni Paolo Panini or Pannini, 1691～1765）：義大利畫家、建築師。

9 卡索奈大木箱（Cassone）：一種裝飾精美的義大利風格大型木箱。義大利文中，「Cassone」的原意即為「大木箱」，主要用來裝新娘的個人衣物床單等，也稱為「陪嫁箱」（Marriage Box）。

他們離開房間的時候，卡魯瑟斯又朝床邊桌上瞥了一眼，那支菸斗不見了。貝蒂居然會在自己的臥房裡放菸斗，眞怪。她自己應該是不抽菸的，如果她抽，照說不會遮遮掩掩，但是當然這件事可以有非常多合理的解釋。那說不定是她準備送人的禮物，送給某個義大利人，甚至是亞伯特。他沒能看清楚那支菸斗是新的還是舊的，也可能那是個樣本，她打算叫卡魯瑟斯帶回家去，照著買幾支一樣的給她寄來。他覺得困惑，又覺得有點好笑，但沒過多久就把這事拋到腦後去了。那天他們正打算去野餐，兩人帶著午飯，貝蒂親自開車。他們安排好，在他離開之前要做一次爲時幾天的旅行，這樣他就能好好地看看帕特莫斯島和科斯島的風光，而這時亞伯特正忙著弄遊艇的發動機。他們度過了美妙的一天。他們參觀了傾圮的城堡，爬上開滿了日光蘭、風信子和水仙的山坡，回來時兩人都累壞了。晚餐後不久兩人互道晚安，卡魯瑟斯便上床休息。他讀了一會兒書，熄了燈，但是卻睡不著，蚊帳裡很熱，讓他輾轉反側。這樣耗了一陣子之後，他覺得想去山腳下那個小海灣泡泡水，走到那裡花不了三分鐘時間。他套上帆布便鞋，帶了條浴巾就去了。現在正是滿月，透過橄欖樹，他看見這輪皓月明亮地映在海面上。但在這個燦爛的夏夜裡，想來舒服地泡泡海水的人可不只他一個，他還沒踏上海灘，就聽見有人說話的聲音。他惱火地暗罵了幾句髒話，貝蒂的僕人們捷足先登了，這時候他也不好去打擾他們。橄欖樹林幾乎延伸到水邊，他站在樹叢裡舉棋不定。這時候他聽到一句說話聲，讓他突然吃了一驚。

「我的浴巾呢？」

是英語。有個女人從水裡站起來，還在水邊停了一會兒，一個男人從黑暗中走上前，沒穿衣服，只在腰間圍了一條浴巾。那女人是貝蒂，她一絲不掛，男人先拿浴袍包住她，接著開始努力爲她擦乾身體。她穿第一隻鞋的時候身子靠在他身上，穿第二隻鞋的時候，他用手臂環著她的肩膀撐著她。那男人是亞伯特。

卡魯瑟斯轉身奔下山坡，一路跌跌撞撞，還差點跌倒，像頭受傷的野獸一樣喘著氣。他衝進自己的房間撲倒在床上，拳頭握得死緊，先是撕心裂肺的乾嚎，然後是痛哭失聲。他顯然陷入了瘋狂的歇斯底里，對他來說，一切都明白了，就像暴風雨夜突然從天劈下的那道閃電，把飽受蹂躪的山頭照得清清楚楚，清楚得不能再清楚。那男人爲她擦乾身體的手法，還有她靠在他身上的姿態，都顯示他們之間不是一時激情，而是已經延續了很長時間的親密關係。還有床邊那支菸斗，那菸斗有醜陋的夫妻床第氛圍，讓人想起男人睡前躺在床上的時候，也許就是一邊抽著那支菸斗一邊讀東西的，那本《運動時代》！這就是她在騎士街買下那棟小房子的理由，因爲這樣他們才能像眞的組了家庭一樣親暱的在那兒過兩三天。他們就像一對結婚多年的夫妻，韓福瑞尋思著，這件可恨的事究竟維持多久了，他立刻知道了答案：好多年了。十年，十二年，十四年，應該從那個年輕的男僕剛到倫敦的時候就開始了，那時他還是個男孩，所以顯然不是他先進攻的。那些年，貝蒂是英國大眾心中的偶像，那段人人都愛慕她的時期，她想跟誰結婚都行，而她卻和一個二等男僕在她阿姨家裡同居，結婚還要帶他一起走。爲什麼她要結那個跌破眾人眼鏡的婚呢？還有那個提前出世、沒能保住的孩子，這自然就是她嫁給吉米．威爾頓伯恩斯的原因了，因爲她很快就要生下亞伯特的孩子了啊。噢，眞無恥，眞是太無恥了！接下來，吉米的健康出問題，她還讓亞伯特去當他的貼身男僕。吉米究竟知道些什麼，又懷疑過什麼呢？他酗酒，身體喝壞了，得了肺結核，但他爲什麼開始酗酒呢？是不是因爲眞相太醜惡，吉米無法面對才借酒澆愁，也許至今仍然難以斷言。爲了和亞伯特在一起，她跟吉米離婚；爲了和亞伯特在一起，她到羅得島定居。這個亞伯特，他那雙因爲弄發動機，指甲老是裂，也老是髒兮兮的手粗糙而結實，加上紅通通的膚色和笨拙的蠻力，看起來更像個屠夫，亞伯特甚至已經不算年輕，也開始發胖了，沒教養，粗俗，不懂什麼叫談吐得體。亞伯特啊亞伯特，她怎麼就看上了你呢？

卡魯瑟斯下床喝了一點水，又癱在椅子上。他沒有辦法待在床上，菸一根接一根地抽，到了早上，他已經筋疲力盡。他整夜沒有睡，僕人們把他的早餐送來，他只喝了咖啡，其他什麼也沒碰。沒過多久，傳來一陣輕快的敲門聲。

「下樓洗澡吧，韓福瑞？」

那歡快的聲音讓他感覺一股血液衝上腦門，腦袋裡嗡嗡叫。他強打精神開了門。

「我今天不想洗了，覺得不太舒服。」她看了他一眼。

「噢，親愛的，你看起來好累，怎麼啦？」

「不知道。我想一定是中暑了。」

他聲音有氣無力，眼神滿是悲傷。她更仔細地端詳了他，接著好一陣子沒說話。他覺得她的臉色瞬間變得蒼白，沒錯，他知道了。一絲嘲弄的微笑從她眼中掠過，她覺得現在這個場面實在很滑稽。

「可憐的老兄，去躺一下吧，我會給你送一點阿斯匹靈來，說不定等到午餐時間你就會覺得好多了。」

他躺在昏暗的房間裡，他願意不計一切代價，只求離開這裡，這樣他就不需要再看見她，但是這不可能，能送他回布林迪西港的船要到週末才會抵達羅得島。他成了一個囚徒，而且隔天他們還要去那兩個島遊覽，在那兒他根本躲不開她，在遊艇上還得面對面一整天。他受不了，覺得好難爲情，但是她卻絲毫不覺羞恥。在顯然祕密已經曝光，他什麼都知道了的那一刻，她笑了，她絕對能把事情鉅細靡遺地都告訴他，這他沒有辦法承受，太過分了。但說到底，她也沒有辦法確定他知道了，最多就是懷疑而已，如果他舉止如常，像是什麼都沒發生過，如果他等會兒吃午餐和接下來幾天都能像原來一樣輕鬆快活，她一定會覺得是自己弄錯了。知道他目前知道的這些已經夠了，他一點也不想聽她親口說那些不光彩的故事，去承受最頂級的羞辱。但到了午餐時間，她一開口就說：

「眞糟糕，亞伯特說發動機出了一點問題，我們沒辦法繼續旅行了。這個時節光靠帆我可不太有信心，我們說不定會因爲沒有風，在海上一停就一個星期。」

她說得輕輕鬆鬆，他也用同樣的隨意口吻回應。

「噢，我很遺憾，但去不去那兩個島我其實一點都不在乎。這裡已經很棒了，我真的沒那麼想出遊。」

他跟她說阿斯匹靈很有用，他現在覺得好多了。在希臘管家和兩個穿短裙的僕人眼中，他們聊得跟平常一樣愉快。那晚英國領事來吃晚飯，隔天晚上，則是來了幾個義大利官員。卡魯瑟斯算著還有幾天、還有幾小時要熬，噢，等到他登上船，等到他從這些天無時無刻糾纏著他的恐怖中解脫，那一刻降臨的時候該有多好啊！他累極了，但是貝蒂舉止還是那麼沉著冷靜，偶爾他會想，貝蒂真的知道他已經曉得她的祕密了嗎？她說遊艇出問題是真話，還是只是個藉口，就像她過去曾經對他做的一樣？訪客突然絡繹不絕，讓他們再也沒有獨處的時間，真的只是偶然嗎？最糟的是，在那麼多機智圓滑的應對之後，你也搞不清楚別人的行爲究竟是自然合理，還是跟你一樣在耍花槍了。他看著她，那樣輕鬆沉靜、明明白白的快樂神情，他簡直沒有辦法相信那個令人作嘔的事實，然而那是他親眼看見的。再說到未來，她的未來會變成什麼樣子呢？他光想就覺得可怕。這件事遲早會傳得人盡皆知，而且想想，貝蒂一定會被蔑視，被摒棄，她被控制在一個粗俗的平凡男人手裡，漸漸老去，美貌不再，這個男人可比她小五歲，哪天他一定會再找個情人，說不定就是她手下的女僕，和這個新歡在一起，他會感覺到和夫人完全不同的，一種家的感覺。那麼接下來，她還能怎麼辦？她必須承受的是什麼樣的羞辱啊！他說不定會對她很殘忍，說不定還會打她。貝蒂啊，貝蒂。

卡魯瑟斯不安地絞著自己的雙手，但突然，一個想法在他腦子裡冒出來，讓他整個人充滿了痛苦的興奮。他把這個想法拋開，但是它又回來，縈繞不去。他必須拯救她，他愛她愛得這麼深，這麼久，他沒有辦法眼睜睜看著她沉淪下去，彷彿她正沉入水底。一股自我犧牲的激情從他心裡翻湧而出，儘管發生了這麼多事，就算他的愛情如今已經如槁木死灰，對她也出現了一股生理性的厭惡，他還是會娶她。他陰鬱地笑了。他的生活會變成什麼樣子呢？未來他無能為力，也不在乎，這就是他唯一要做的事。因為對人的神聖精神所能達到的高超思想境界感到深深地敬畏，他覺得整個人都奇妙地振奮起來，但同時又覺得自己非常渺小。

他的船週六要啓程，週四晚上，和他們一起用餐的賓客都走了之後，他說：

「我希望明天我們能獨處一下。」

「其實我已經約了幾個到這裡過夏天的埃及人，有一個是前任埃及總督的妹妹，很聰明的一個人，我確定你一定會喜歡她的。」

「呃，都已經是我在這裡的最後一晚了，不能只有我們兩個人嗎？」

她瞥了他一眼，眼睛裡隱約掠過一絲好笑的神色，但他的眼神十分嚴肅。

「如果你希望這樣，我可以把這個約回絕掉。」

「就這麼辦吧。」

他一大早就得啓程，行李都已經整理好。貝蒂告訴他不要穿得太正式，但是他說他比較喜歡這樣。這是最後一次他們面對面坐著吃晚餐，飯廳在帶遮罩的燈光下顯得空曠而正式，但夏季的夜色從大開的窗戶流洩進來，又給人一種素澹的渾厚感，就像女修道院裡的私人餐廳，專爲一位退隱貴婦準備，好讓她度過虔誠又不過分苦修的餘生。他們在露臺上喝過咖啡，卡魯瑟斯又喝了幾杯烈酒，他很緊張。

「親愛的貝蒂，我有話要跟你說。」他開口了。

「有話要說？如果我是你，我是不會說的。」

她口氣溫柔，態度依然沉著鎭定，目光敏銳地看著他，但湛藍的眼睛裡閃現著笑意。

「我非說不可。」

她聳了聳肩，沒再作聲。他覺得自己的聲音有點發抖，對這樣不中用的自己很火大。

「你知道，我瘋狂地愛了你這麼多年，也不知道跟你求過幾次婚了。但畢竟，一切都會變，人也會變，不是嗎？我們都不像以前那麼年輕了，現在，你願意嫁給我了嗎，貝蒂？」

她對她微微一笑，這笑容始終深深吸引他，這麼溫和，這麼坦率，而且一直、一直這麼天眞無邪。

「你很溫柔，韓福瑞，你又跟我求了一次婚，對我眞是太好了，我眞的沒有辦法形容我有多感動。但是你知道，我是個按習慣做事的人，現在我還是要照慣例拒絕你，這點是不會變的。」

「爲什麼不能變？」

他口氣有點咄咄逼人，幾乎是不祥的預示，讓她飛快地掃了他一眼。她的臉色因爲突來的怒氣變得有點蒼白，但是她立刻控制住了。

「因爲我不想變。」她微笑著說。

「你打算嫁給別人嗎？」

「我？不，當然不會。」

有好一陣子她似乎在竭力克制自己，彷彿她祖先的尊嚴正在她全身洶湧流淌，接著她開始大笑。她是在笑剛才自己腦子裡的想法，還是覺得韓福瑞的求婚太可笑，除了她自己，誰也說不準。

「貝蒂，求求你嫁給我。」

「不可能。」

「你不能這樣過一輩子。」

他的聲音裡傾注了他內心所有的痛苦，臉色憔悴，像是受盡了折磨。她含情脈脈地笑了。

「爲什麼不能？別傻了。你知道我愛你的，韓福瑞，但是你實在太婆婆媽媽了。」

「貝蒂，貝蒂。」

她難道看不出來，他是爲了她才要這麼做的嗎？讓他說出這些話的理由並不是愛，而是人類的憐憫和羞恥心啊。這時她站了起來。

「別累著了，韓福瑞。你最好早點上床休息，你知道，明天一大早你就得起床。早上我就不送你了，先跟你說再見，上帝保佑你，你能來這裡眞是太好了。」

她吻了他的雙頰。

隔天早上，因爲卡魯瑟斯八點鐘就要登船，一大清早，他才踏出大門，就發現亞伯特已經在車裡等著他了。他穿著一件無袖背心、帆布長褲、還戴著一頂巴斯克貝雷帽。卡魯瑟斯的行李放在後座，他轉身對管家說：

「把我的行李放到司機旁邊去，」他說，「我坐後座。」

亞伯特沒有說話，卡魯瑟斯坐定之後他們就出發了。抵達港口的時候，一群搬運工湧上來，亞伯特下了車，卡魯瑟斯憑恃自己高他一截的身材，居高臨下地看著他。

「你不需要看著我登船，我自己搞得定。這是給你的小費。」

他給了他一張五英鎊鈔票，亞伯特的臉刷一下紅了。他嚇了一跳，本來想拒絕，但是一方面不知道該怎麼做才好，一方面多年來的卑躬屈膝也讓他慣於順從。也許其實他根本就不懂他的用意。

「謝謝你，先生。」

卡魯瑟斯簡單而敷衍地對他點了個頭，就走了。他成功地逼貝蒂的情夫稱呼他「先生」了，這就像在她微笑著的嘴上狠狠地揮了一拳，朝她臉上啐了一句髒話，讓他整個人充滿了痛苦的滿足。

他聳了聳肩，我看得出來，即便是這樣小小的勝利，現在似乎也讓他很得意。有一小陣子我們都沒說話，我實在找不到話可說，接著他又開口。

「我敢說，我跟你說這些，你一定覺得很奇怪。我不在乎。你知道，現在我好像什麼都無所謂了，我覺得這世界上好像再也沒有『規矩』這種事。天曉得，我不是嫉妒，因爲只有愛才會有嫉妒，但是我的愛已經死了，持續了這麼多年的愛瞬間幻滅，現在我想到她，就只覺得恐怖。一想到她那些難以形容的墮落行爲，就簡直要把我打垮，讓我陷入可怕的痛苦之中。」

所以一直有人說，奧賽羅之所以殺了苔絲迪蒙娜，並不是因爲嫉妒，而是因爲他一直相信的那個純潔如天使的人居然如此骯髒卑賤，他殺她是因爲痛苦。道德竟能淪落至此，這才是毀掉他高尚心靈的最大原因。

「我曾經認爲沒有人比得上她，我那麼欣賞她，欣賞她的勇氣，她的坦率，她的聰明，還有她對美的摯愛。但她不過是個騙子，自始至終都是個騙子！」

「我很懷疑事情是不是眞是這樣。你覺得我們每個人都是表裡一致、毫無矛盾的嗎？你知道這個故事讓我感覺到什麼？我敢說，亞伯特只不過是一個工具，可以說，也是她和這個塵世保持聯繫要付出的代價，這樣才能讓她的靈魂在太虛中自由遨翔。也許很單純的事實就是，他的身分遠遠不及她，所以她在他們的關係中得到了充分的自由，這是她和同階層的男人交往時得不到的。精神這件事是非常奇特的，要是身體陷在陰溝的爛泥裡，過了一段時間之後，就算想飛也飛不高了。」

「噢，你少胡說八道了。」他生氣地說。

「我不覺得這是胡說八道。也許表達不是很精準，但想法是沒錯的。」

「幹得好啊，我眞被這話徹底打垮了，我完了。」

「噢，別說這種蠢話。何不拿這件事寫篇小說呢？」

「我？」

「你知道，這就是作家超越常人的地方啊。當他承受著可怕的痛苦，當他受盡折磨，悲慘至極，他可以把這一切都寫進小說裡，這是多麼令人吃驚的慰藉和抒發方式啊！」

「這樣做太可惡了。在這個世界上，貝蒂就是我的一切，我不能做這麼下流的事。」

他停了一下，我看見他在思索。我看得出來，雖然我的提議讓他覺得可怕，但是有那麼一分鐘的時間，他確實以一個作家的立場考慮了這件事。最後他搖了搖頭。

「不是爲了她，而是爲了我自己，我畢竟還有那麼一點自尊。再說，這裡面其實也沒什麼故事好寫。」

——原刊於一九三〇年十二月號《柯夢波丹》（Cosmopolitan）雜誌

教堂司事

那天下午，涅維爾廣場的聖彼得教堂剛舉辦過一場洗禮，亞伯特・愛德華・佛爾曼身上的司事禮袍還沒脫下來。他沒穿另外一件新禮袍，那件新的總是摺得整整齊齊，方正硬挺，好像它不是羊駝毛絨做的，而是永不磨損的青銅鑄的一樣。新禮袍是葬禮和婚禮專用（時髦的有錢人很喜歡在涅維爾廣場的聖彼得教堂辦這些典禮），所以今天他就只穿次一等的上場。他穿著禮袍的時候總帶著一股得意，因爲這代表了他的職責，是一個莊嚴的象徵。要是身上沒有禮袍（像是脫了袍子回家的時候）他就莫名地會有種衣不蔽體的窘迫感。他在這些禮袍上下了很大功夫，熨燙壓平什麼的都親自來。擔任這間教堂的司事十六年來，他有過好多件這樣的禮袍，禮袍破損的時候他一件也沒丟掉過，總是整整齊齊地用牛皮紙包好，一件一件珍重地收在他臥室衣櫃的抽屜底下。

他靜靜地忙碌著，更換大理石洗禮盆上的彩繪木蓋，搬開爲一位衰弱的老太太準備的椅子，接著等牧師在法衣室裡換完衣服，他就能把教堂整理整理，然後回家了。沒多久他看見牧師走過聖壇，在高高的祭壇前面屈膝行了一禮，又從通道走下來，但身上還是穿著法衣。

「他到底在晃蕩個什麼勁啊？」司事心裡暗自唸叨著。「不知道我想回家喝茶了嗎？」這個牧師剛被指派到這間教堂沒多久，四十出頭，臉色紅潤而且精力充沛，但亞伯特．愛德華還是很懷念前任牧師，那是個老派的教士，佈道的時候總是不疾不徐，聲音悅耳，而且常常到一些比較「上流」的信徒家裡吃飯。他喜歡讓教堂裡的一切都依循舊規，就算不合舊規，他也從來不大驚小怪，不像這個新牧師，什麼事情都要插手管。但是亞伯特．愛德華一直忍著。聖彼得教堂座落的位置是個非常好的區，教區的居民都是高階層的人，而這個新任牧師來自倫敦東區，也不能期望他立刻就跟上這些體面教徒謹慎持重的行事風格。

「淨是瞎忙，」亞伯特．愛德華說，「但是，給他點時間吧，他會明白的。」

牧師直到和司事進入不需要高聲說話也能交談的距離才在走道上停下來，在敬拜的場所不適合喧嘩。

「佛爾曼，你可以來法衣室一下嗎？我有話跟你說。」

「完全沒問題，先生。」

牧師等著他走過來，兩人一起往禮拜堂走去。

「我覺得今天這場洗禮很棒啊，先生。你一抱那個嬰兒，他立刻就不哭了，真有意思。」

「我有注意到，小嬰兒常常會這樣，」牧師微笑著說，「畢竟這種事我經驗豐富。」

他只靠抱嬰兒的手法就能讓小娃娃們停止哭泣，幾乎屢試不爽，這事他心裡一直暗自得意，而且對於母親和保姆看著嬰兒在他穿著白色法袍的臂彎裡安靜下來時，那種愉快而欽佩的眼光，他也不是毫無所覺。拿這件事恭維他會讓他很高興，這點司事很清楚。

牧師在亞伯特・愛德華之前走進了法衣室，亞伯特・愛德華發現裡頭有兩個教會委員在，有點吃驚，因爲他沒看見他們走進來。那兩人對他友善地點了點頭。

「午安，公爵大人。午安，先生。」他依序向他們打了招呼。

這兩個人年紀都很大了，也都幾乎是從亞伯特・愛德華當司事開始就擔任教會委員。他們現在正坐在多年前老牧師從義大利帶來的一張漂亮的長桌旁邊，牧師在他們之間的一張空椅子上坐下，亞伯特・愛德華隔著桌子面對他們，覺得有點不安，心裡嘀咕著，不知道發生了什麼事。他還記得以前管風琴師曾經捲入一場風波，那件麻煩事他們每個人都得努力隱瞞。在湼維爾廣場的聖彼得教堂這樣的地方，是承受不起醜聞的。這時牧師紅潤的臉上表情慈祥而堅定，但是另外兩位的表情卻顯得有些焦慮。

「他跟他們囉唆了什麼，一定是的，」司事心裡暗想。「他打算慫恿他們做一件事，但是他們

1倫敦東區（East End of London）：當地簡稱東區（East End），是英國倫敦一個非正式認定的區域，位於中世紀倫敦市的東部、泰晤士河以北。此用語源起於十九世紀末，帶有貶意，意指倫敦東部聚集了大量貧民與外來移民。

不願意，就這麼回事，等著看吧。」

但這些想法從他打理整潔、輪廓鮮明的臉上一點也看不出來。他態度恭敬不卑不亢地站著。他進教會工作之前曾經當過僕人，但待過的都是體面的有錢人家，所以他的舉止禮儀也被訓練得無可挑剔。他從一位富商家的應門小童做起，從四等男僕一步一步地爬到一等男僕，接著獨力爲一位寡居的女爵當了一年管家，然後又替一位退休大使當管家，這次手底下多了兩個幫手，然後才接下了聖彼得教堂的工作。他外表高瘦，嚴肅而有貴氣，看起來就算不像公爵，至少也像個專門演公爵的老派演員。他很能幹，意志堅定而且很有自信，人品也是無懈可擊。

牧師開了口，語氣輕鬆。

「佛爾曼，我們有件不太愉快的事要跟你說。你在這裡也待了好多年了，工作一直都認眞負責，每個人都對你很滿意，這點我想公爵和將軍都同意。」

兩位教會委員點了點頭。

「但是最近我得知了一個極不尋常的事情，我覺得我有責任把這件事告訴教會委員。我非常驚訝地發現，你居然不會讀也不會寫。」

司事不動聲色的臉上出現了一絲困窘。

「前任牧師也知道的，先生，」他回答。「他說這沒什麼關係，他總是說，這個世界上讀書讀過頭的人太多了，他不喜歡。」

「這是我聽過最讓人吃驚的事了，」將軍激動地說，「你的意思是說，你在這個教堂當司事當了十六年，一直沒學會怎麼讀跟寫？」

「我十二歲就開始當僕人了，先生。我待的第一個地方，那個廚子曾經想教我，但是我一直抓不到要領，後來因爲有各式各樣的事，我就再也沒有學的時間了。我從來也沒眞的覺得自己需要讀寫，我覺得現在太多年輕人把時間浪費在讀東西上頭，他們本來說不定能拿這些時間做點有用的事的。」

「但是你不想知道新聞寫了些什麼嗎？」另一位教會委員說，「你從來沒想過要寫信嗎？」

「不，公爵大人，我好像沒這些東西也能把事情處理得很好。最近幾年，報紙上都會登照片，我看照片就知道發生什麼事了。內人可是了不起的有學問，如果我想寫信，她就會幫我寫。如果我愛賭，需要看懂馬票，就不會是這樣了，但我又不愛賭。」

兩個教會委員擔憂地看了牧師一眼，便低頭看著桌子。

「呃，佛爾曼，我跟兩位先生談過這件事，他們都很認同我的想法，這種情況是不容許發生的。在涅維爾廣場的聖彼得教堂這種地方，我們的司事不能是個不會讀寫的人。」

亞伯特．愛德華那張瘦削蠟黃的臉突然漲紅了，一雙腿也像灌了鉛似的動不了，但是他並沒有回話。

「請你理解我的用意，佛爾曼，我對你沒有任何不滿，你的工作都做得非常令人滿意，對你的人品、你的才能，我評價都是很高的。但是我們不能因爲你不識字這件令人遺憾的事，就讓教堂處於可能發生意外的風險中，我們沒有這個權利。這是謹慎的問題，也是原則。」

「但是，你不能學嗎？佛爾曼？」將軍問。

「不，先生，恐怕是沒辦法，至少現在是不行了。你看，我也不年輕了，如果我還是個小孩子的時候就沒辦法把那些字裝進腦子裡，現在機會就更小啦！」

「我們也不想太苛求你，佛爾曼，」牧師說，「但是教會委員和我都已經決定了。我們會給你三個月時間，如果到了那個時候你還是沒有辦法讀寫，恐怕你就得走路了。」

亞伯特・愛德華從來沒喜歡過這個新牧師，他從一開始就說教會委員派這個人來聖彼得教堂是個錯誤。而他們認爲他這樣的人並不適合這個高雅尊貴的教區。現在他又把身子站挺了些，他明白自己的價值，他才不會讓這些人看輕他。

「我很抱歉，先生，這恐怕不妥。我是隻老狗，學不會新把戲了。不會讀寫我也過了這麼多年好日子，我不想自誇，自誇也不可取，但我可以說，在慈悲的上帝要我待的位置上，我始終盡力完成自己的責任，足以讓上帝滿意了。現在就算我還學得會，我也不想學了。」

「如果是那樣的話，佛爾曼，恐怕你必須離開。」

「好的，先生，我完全了解。只要你們找到替代我的人，我很樂意立刻辭職。」

但是，當亞伯特・愛德華像平常一樣在牧師和教會委員身後禮貌地關上禮拜堂大門的時候，他再也沒有辦法撐住那故做平靜的尊嚴姿態，雙唇顫抖，這個打擊對他實在太大了。他慢慢地走回法衣室，把他的禮袍掛回該放的位置，想到這件禮袍經歷過的盛大葬禮和華麗婚禮，他深深地嘆了一口氣。他把法衣室整理好，披上外套，戴好帽子，沿著通道走出來，鎖上身後的教堂大門。他踱著步穿過廣場，但是因爲心裡太難過了，他並沒有走上回家那條路，即便家裡有杯上好的濃茶正等著他，他還是往另一個方向轉了彎。他慢慢地一路走著，心情沉重，不知道自己該做什麼。他不想再回頭當別人家的僕人，獨立自主做事這麼多年，不管牧師跟教會委員們愛怎麼說，涅維爾廣場的聖彼得教堂事實上就是由他一手打理的，他絕對不能再接受屈居人下的生活，自貶身分。他有一小筆積蓄，但是不找個工作做的話，這筆錢是不夠過日子的，而且生活花費還一年比一年貴。他沒想到自己居然會需要爲這些問題煩心，聖彼得教堂的司事職位，就跟羅馬教宗一樣是終身職。他常常心情愉悅地想著，在他死後的某個主日，牧師在晚禱上佈道的時候，會提到前任司事亞伯特．愛德華長年忠誠服事，人品堪爲楷模。他又嘆了一口長氣。亞伯特．愛德華不抽菸，也完全戒酒了，但是這當中還是有靈活空間的，比如說他喜歡在吃晚餐的時候配一杯啤酒，覺得累的時候來根菸享受一下。現在他就想安慰一下自己，但是因爲沒帶菸，他到處找商店想買盒「金雪片」香菸，但一時之間卻一家店也找不到，還走了一小段路。這是一條很長的街，街上有各式各樣的店鋪，但就是找不到一家賣菸的店。

「太奇怪了！」亞伯特．愛德華說。

爲了確認，他又重新走了這條街一遍。一家菸店也沒有，確實沒錯。他停下腳步，一面深思著前後看著這條街。

「走在這條街上想來根菸的人，我不會是唯一一個。」他說，「如果有人在這裡開家小店，賣點香菸糖果，就那類的東西，會經營得好我是絕對不驚訝的。」

他突然整個人抖了一下。

「這是個好點子啊，」他說，「眞奇怪，越是不經意的時候，越會有好主意冒出來。」

於是他轉彎走回家，去享受他的茶。

「你今天下午很安靜啊，亞伯特。」他太太說。

「我在想事情。」他說。

他把這件事的每個方面都考慮透徹，隔天又去了那條街，幸運地發現有間小店面在招租，看起來正適合他的需求。二十四小時之後，他就把它租下來了，一個月之後，他就永遠離開了涅維爾廣場的聖彼得教堂，亞伯特·愛德華·佛爾曼成了一個賣香菸和報紙的生意人。他太太說，當過聖彼得教堂的司事之後再來做這行，簡直是可怕的屈辱，但是他回答，人必須要審時度勢，與時俱進，教堂已經不像從前，他也打算凱撒的歸凱撒，上主的歸上主，從此兩不相干。亞伯特·愛德華把店經營得有聲有色，大約一年左右，他冒出一個想法，覺得也許可以開第二家店，然後請個經理去管。他想找另一條沒有香菸店的長街，他又找到了，而且也有店鋪出租，於是他又租了下來，擺滿貨物開賣。這家店也成功了。接著他想，既然他能經營兩家店，那麼六家店也不是問題吧？於是他開始在倫敦四處閒逛，只要找到一條長街上沒有菸舖，又恰好有店面出租，他就會租下來。這樣過了十年，他手上有了不下十家店，大把大把地賺著錢。他每週一會把所有的店都跑上一圈，把上週賺的錢收齊了，再把錢送進銀行存起來。

有天早上，他正要在銀行存進一疊紙鈔和一袋沉沉的銀幣，銀行櫃檯對他說經理想見見他。他被請進了一間辦公室，經理上前和他握手。

「佛爾曼先生，我想跟您談談關於您存在我們這裡的錢。您知道確切的數字是多少嗎？」

「也許會有一兩鎊的出入，先生，但我大致有個概念。」

「不計入您今天早上剛存進來的錢，數字已經超過三萬鎊了。這是一筆相當大的存款，我覺得您最好做一些投資。」

「我也不是不願意擔風險，先生。錢存在銀行裡，至少我知道很安全。」

「您一點都不需要擔心，我們會爲您把安全的金邊證券列一張表，比起我們所能提供的，它們會給你更好的利率。」

佛爾曼先生尊貴的臉上出現了爲難的神情。

「我從來沒碰過股票和股份這些東西，我覺得還是全交給你們就好了。」他說。

經理笑了。「一切我們都會處理，您只要在下次來這裡的時候，在一份移轉同意書上頭簽個名就行了。」

「簽名我沒問題，」亞伯特猶豫不安地說，「但怎麼知道我簽了什麼？」
「我想您認得字的。」經理口氣帶了點慍意。
佛爾曼先生對經理笑了笑，想讓他消消氣。
「呃，先生，正是如此。我不認識字。我知道這聽起來很好笑，但事實就是我不會讀，也不會寫，唯一會的就是自己的名字，那還是我開始做生意的時候才學的。」
經理整個人從椅子上跳起來，他眞的太驚訝了。
「這是我聽過最不尋常的事了。」
「你看，事情是這樣的，先生，我一直沒有機會學，等到有機會，又已經太晚了，然後我也不怎麼想學了。我有點頑固。」
經理一直盯著他看，好像他是頭史前怪獸。
「您的意思是說，您不會讀，不會寫，卻創下了這麼大一番事業，積存了三萬英鎊的財富？天哪，如果您能讀能寫，現在會是什麼樣的人物啊？」
「這我可以告訴你，先生，」佛爾曼先生說，他那張富有貴族氣派的臉上露出一絲微笑。「我現在會是涅維爾廣場聖彼得教堂的司事。」

——原刊於一九二九年六月號《柯夢波丹》（Cosmopolitan）雜誌

蒙德拉戈勛爵

奧德林醫生看了看桌上的鐘，現在是五點四十分。他很驚訝他的病人竟然遲到了，因爲蒙德拉戈勛爵[1]最自豪的就是準時。他說話時有種說教式的語氣，即便是再平常不過的談論，他一開口，便有了格言警句的味道。他總愛說，準時是對智者的敬意，也是對愚者的斥責。蒙德拉戈勛爵約的時間是五點半。

奧德林醫生的外表沒有什麼太引人注目的地方。他身材高瘦，肩膀窄窄的，還有點兒駝背；頭髮花白稀疏，蠟黃的長臉上刻著深深的皺紋。他年紀不超過五十歲，然而看上去比這個歲數老得多。他的眼睛相當大，只是淺藍色的眼睛裡透著深深的疲倦，只要跟他在一起一會兒，就會注意到那對眼珠幾乎不太動；他的視線會一直停在你臉上，但是眼神中毫無情緒，也因此不會給人什麼不舒服的感覺。這對眼睛難得有閃亮的時候，讓人摸不清他的想法，也看不出他說話時眼神有什麼改

1 勛爵（Lord）：一種敬稱，主要用於翻譯英語中對有爵位貴族的泛稱，也是對男性貴族的稱呼。

變。如果你觀察力夠敏銳，也許會驚訝地發現，他連眨眼的次數都比我們大多數人少得多。他的手算是大的，手指修長纖細，手掌柔軟卻很結實，冰涼而不濕黏。除非你仔細端詳，否則絕對說不出奧德林醫生穿的是什麼樣的衣服。他的服裝都是暗色系，繫著黑領帶，他的衣著讓他蒼黃、滿是皺紋的臉顯得氣色更差，淡藍眼珠也更黯淡了。他給人的印象，就像個重病纏身的人。

奧德林醫生是精神科醫師，他是意外踏進這一行的，給人看診時總是緊張兮兮。他剛拿到執照不久，大戰就爆發了，他輾轉服務過許多不同的醫院，也累積了不少經驗。他主動報名從軍，不久便被派往法國，就在那段時間，他發現自己擁有非凡的天賦，他只要用那雙冰冷、結實的手碰觸病人，就能相當程度地緩解他們的疼痛；只要跟失眠的人說話，常常就能讓他們酣然入夢。他講話很慢，聲音沒有特色，語調也不會隨說話內容起伏，然而聽起來悅耳、溫柔、鎮靜催眠。他告訴這些人必須休息，不要擔憂，要睡覺，他這麼一說，歇息便悄悄地潛入他們疲憊不堪的骨頭，寧靜趕走了焦慮，就像個在擁擠的長凳上擠開別人給自己找位置的人。睡意落在他們疲倦的眼皮，就像春天的微雨灑在新翻的泥土上。奧德林醫生發現，只要用自己低沉單調的聲音對這些人說話，用他黯淡平靜的眼睛注視他們，用他修長結實的雙手輕撫他們困乏的前額，就能舒緩這些人的不安，解決他們煩惱不已的內心衝突，消除那股讓生活成爲折磨的恐懼。有時他的治療效果彷彿奇蹟降臨。有人因一顆炸彈爆炸整個人被埋進土裡，驚嚇之下成了啞巴，結果他讓這人重新開口說話；還有一個人因爲飛機失事而癱瘓，他也讓他的四肢恢復了功能。他對自己的能力百思不解，他是個對所有事物都抱持懷疑態度的人，儘管人們都說，在這種情況下，你首先要做的就是相信你自己，但他始終對自己能在這方面成功沒什麼自信。只因爲他的治療成果連疑心病最重的的觀察家都心悅誠服，才讓他不得不承認，自己確實擁有某種他也不知道從何而來、搞不清楚究竟是什麼的能力，讓他能做出自己也無法解釋的事。戰爭結束之後，他去了維也納進修，然後又去了蘇黎世，最後在倫敦安頓下來，繼續磨練這門他莫名其妙學會的技藝。他做這行至今已經十五年，也在從事的這個專門領域獲得了傑出的聲譽。他的神奇事蹟在眾人口中流傳，雖然收費高昂，他的病人仍然多得塞滿了他所有看診的時間。奧德林醫生也知道自己達成了不少令人刮目相看的成果，他把一些人從自殺的險境裡救出來，還讓一些人不必送進瘋人院；前途光明的人所受的傷痛因他而減輕，怨懟的夫妻因他而幸福美滿；他根除了反常的稟性，幫不少人卸下了可怕的負擔，還讓內心生了病的人重獲健康。雖然他做了這麼多，然而在內心深處他總是充滿懷疑，覺得自己不過比江湖郎中強一點而已。

運用一種連自己都不明白是什麼的力量，這種事違背他的原則；而在自己都不信任自己的狀況下利用人們對他的信任，更是觸犯了他的誠實底線。現在他已經富裕到不需要靠工作餬口，這個工作讓他精疲力盡，他冒出放棄這個職業的念頭有十幾次了。佛洛伊德、榮格，以及他們的所有著作他都很熟悉，但是那些理論都不能說服他。他深深覺得他們的理論都是騙人的伎倆，然而卻成效卓著，令人難以理解。十五年來，病人絡繹不絕地走進他位於溫坡街那個陰暗幽深的小房間，還有什麼樣的人性他沒見過呢？各式各樣的內幕湧進他耳裡，有人一說就欲罷不能，也有人羞於開口、言詞保留，甚至講得怒氣沖天，但不管是什麼情況，他都早就不覺得訝異了。再也沒有什麼事會讓他震驚。現在他知道，人是會說謊的動物，也知道他們個個都虛榮過頭，這些人的壞，他知道的遠遠超過他們自己，然而他也明白，評斷或譴責並不是他的工作。但是年復一年地聽著這些可怕的私密話，讓他的臉色越來越灰敗，皺紋添了幾條，淺藍的眼睛也更疲倦了。他很少笑，但是偶爾為了放鬆而讀小說時，會微微揚起嘴角。這些小說的作者眞以為他們筆下的男女就是那個樣子嗎？世間男女比他們描繪的更複雜，更難捉摸，靈魂裡並存著哪些互斥的成分，有什麼黑暗而邪惡的爭論在折磨他們，眞希望這些作者能了解啊！

五點四十五分。在奧德林醫生治療過的所有古怪病例中，他想不出有哪件比蒙德拉戈勛爵的病例更奇特的了。首先，這個病人的身分就讓這個病例不尋常。蒙德拉戈勛爵是個能幹的名人，四十歲不到就被任命為外交大臣，擔任這個職位三年之後的現在，也見到了政策施行的成果。大家公認他是保守黨裡最有能力的政治家，唯一的問題是，他父親是個貴族，一旦他父親過世，他就得繼承爵位，不能再待在下議院，首相大位也自此無望。但即便在現在這個英國首相不可能從上議院產生的民主時代，讓蒙德拉戈勛爵繼續在保守黨執政下擔任外交大臣，長期指導國家的外交政策，也應該不會有什麼阻礙。

蒙德拉戈勛爵有許多優點，他聰明勤勞、遊歷廣闊，還能流利地運用多種語言。從年輕的時候就專研外交領域，認眞地了解其他國家的政治和經濟環境。他有勇氣，有見識，有決心，是個出色的演說家，不管在演講臺上或是議會裡，都言詞清晰、精確，還經常語帶詼諧，他也是個厲害的辯士，以擅長機智應答著名。他儀表堂堂，身材高大，外貌十分俊帥，儘管童山濯濯，也有些過胖，卻爲他增添了可靠的感覺和成熟的味道，反而爲他加分。年輕的時候，他頗有運動天分，曾經是牛津大學划船隊一員，也曾經是英國數一數二的神射手，並以此聞名。他二十四歲時結了婚，對象是個十八歲的少女，她的父親是公爵，母親是個富裕美國人的女繼承人，所以她既有地位又有財富，他和她生了兩個兒子。兩人其實已私下分居多年，但在公開場合總是一起出現，一方面保全面子，一方面雙方都沒有外遇，不會讓愛八卦的人拿來蜚短流長。蒙德拉戈勛爵確實野心太大，工作也太努力，再加上愛國心熾烈，任何享樂只要有可能影響工作，便引誘不了他。總之，他擁有許多能讓他受歡迎、成爲成功人物的特質，不幸的是，他也有許多缺點。

他是個勢利至極的人。如果說第一個獲得貴族封號的人是他父親，那還不太讓人意外，畢竟一個律師、製造商或釀酒商突然成了貴族，他們的兒子對自己的頭銜過度重視，還算可以理解。然而，蒙德拉戈勛爵的父親所繼承的伯爵稱號，是查理二世封的，而最初獲爵位封號的年代更可追溯到玫瑰戰爭時期[2]。三百年來，這個封號的繼承者和英國最尊貴的各個家族結盟聯姻，但蒙德拉

2查理二世（Charles II, 1630～1685）。玫瑰戰爭（Wars of the Roses），又稱薔薇戰爭，一四五五年至一四八五年。

戈勛爵在意自己出身的程度，就像個在意自己財富的暴發戶，只要有機會能讓人對他的頭銜留下印象，他絕對不會放過。只要他願意，他展現出來的禮節儀態堪稱完美大方，但也只對他認爲身分相當的人這麼做，對於他覺得階級比他低的人，態度便冷酷傲慢。他粗暴地對待僕人、侮辱祕書，政府單位的下級官員對於必須一直在他手下工作又怕又恨。他氣焰囂張，簡直到了可怕的程度。他知道自己比絕大多數他必須打交道的人都聰明得多，而他也毫不猶豫地告訴他們這個事實。他對人性的軟弱毫無耐性，他覺得自己生來就是要指揮人的，要是人們期待他能聽聽他們的論點，或者希望他說說自己做這個決定的理由，都會讓他覺得惱火。他極度自私，所有爲他提供的服務，他都覺得那是來自其身分和才智的應享權利，所以也就不需要表示感謝。「爲別人做點什麼」的想法從來沒在他腦子裡出現過。他仇敵很多，他打心底藐視這些人。也看不出有誰值得他的幫助、同情或憐憫。他沒有朋友，連上司也不信任他，因爲對他的忠誠度有所懷疑。他在自己的政黨內也沒什麼人緣，因爲他太傲慢，也太沒禮貌，但他功績顯赫，愛國心強，有眞才實學，事務管理能力又出色，所以才不得不忍受他。而讓人容忍他的另一個可能原因，是他偶爾也有討人喜歡的時候，當他和一個他覺得身分相當的人在一起，或者在同行的外國貴賓或名門女性當中有什麼他想引誘的對象，他就會表現得非常愉快、自信、風流倜儻，讓你想起他的血管裡也流著和查斯特菲爾德勛爵[3]相同的血液。他可以說非常精彩的故事，態度自然不做作，通情達理，學識淵博，讓你對他深厚的學養和敏銳的品味感到驚訝。你會覺得他是世界上最好的伙伴，忘了他其實前一天才羞辱過你，而且明天也能完全當作沒看見你。

蒙德拉戈勛爵差點當不成奧德林醫生的病人。一個祕書打電話給醫生，說爵爺大人想請他來看病，如果醫生方便的話，希望他能在隔天早上十點到伯爵宅邸來。奧德林醫生說他不能去蒙德拉戈勛爵家，但是很樂意爲他約後天下午五點鐘在他的診療室看診。祕書傳達了他的意思，沒多久回電又來了，說蒙德拉戈勛爵堅持要在自宅見奧德林醫生，要多高的診療費都隨他開。奧德林醫生回覆說，他只在自己的診療室看診，要是蒙德拉戈勛爵不準備過來看診，他也就無法對他提供任何照料，只能對此表示遺憾。十五分鐘後，一個簡短的訊息送到：爵爺大人後天五點鐘不會赴約，明天來。

蒙德拉戈勛爵出現的時候，並沒有直接走進來，而是站在診療室門口，態度高傲地對醫生上下打量。奧德林醫生知道他正在生氣，他用淡漠的眼神靜靜看了他一眼，看見一個魁梧壯碩的男人，有些花白的頭髮服貼地朝後梳，露出前額，更顯出眉宇間的尊貴，胖胖的臉上五官清晰端正，表情倨傲，看起來就像個十八世紀的波旁君王。

「要見您簡直跟見首相一樣難啊，奧德林醫生。我可是個超級大忙人。」

「請坐。」醫生說。

從他臉上的表情，看不出對蒙德拉戈勛爵的話有任何反應。奧德林醫生在桌邊的椅子上坐下，

3查斯特菲爾德伯爵（Lord Chesterfield, 1694～1773）：英國著名政治家、外交家及文學家。

蒙德拉戈勛爵依然一臉陰鬱地站在原處。

「我想我應該告訴你一聲，我可是國王陛下的外交大臣。」他口氣很酸。

「請坐。」醫生重複了一次。

蒙德拉戈勛爵做了個手勢，彷彿他打算就此轉身，不屑地大步走出這個房間。如果他本來是這樣想的，顯然考慮之後又改變了決定，在椅子上坐下。奧德林醫生打開一本大本子，拿起筆，開始寫東西，對他的病人看都不看一眼。

「你幾歲？」

「四十二。」

「結婚了嗎？」

「結婚了。」

「結婚多久了？」

「十八年。」

「有小孩嗎？」

「兩個兒子。」

奧德林醫生把蒙德拉戈勛爵口氣粗魯的回答一個個記在本子上，接著他背往椅子上一靠，定定地看著他。他一句話也沒說，就只是看著，那對無神的淺藍色眼珠動也不動。

「爲什麼來找我呢?」最後他問。

「我聽過你的名字，知道卡努特夫人是你的病人，她告訴我，經過你的治療，她的情況大有改善。」

奧德林醫生沒有應聲，眼睛還是盯著對方的臉，但是眼裡一點情緒也沒有，你幾乎要想，他是不是根本沒有看見他。

「我沒辦法創造奇蹟，」他終於說。臉上沒有笑容，眼中卻隱隱閃過一絲笑意。「而且就算我做到了，皇家精神學院也不會承認的。」

蒙德拉戈勛爵輕輕地笑了，似乎減輕了一點敵意，口氣也和緩許多。

「你非常有名啊，大家好像都很信任你。」

「你爲什麼來找我呢?」奧德林醫生又重複了一次。

現在輪到蒙德拉戈勛爵沉默了，好像這是個很難回答的問題。奧德林醫生等待著，最後蒙德拉戈勛爵像是下了決心，終於開了口。

「我身體狀況很好。只是前陣子按照往例，讓我的私人醫生奧古斯都·費茲赫伯先生做了一次身體檢查，我敢說你一定聽過他的名字，他說我的身體狀態就像三十歲的人。我工作非常努力，但我一點也不覺得累，我樂在工作。菸抽得很少，喝酒也非常節制，運動量充足，生活規律。我全身上下完好無缺，是個正常健康的人。我早就料到這次來請教你，會讓你覺得我又傻又幼稚。」

奧德林醫生看得出來，他必須幫助他。

「我不知道我是不是幫得上忙，我會盡力。你覺得心煩嗎？」

蒙德拉戈勛爵皺起了眉頭。

「我擔任的工作非常重要。我奉命制訂的政策很輕易就能影響國家福利甚至世界和平，我的判斷不能有偏差，我的腦子必須保持清醒，這是最基本的事。任何可能干擾我心智運作的煩惱，我覺得我都有責任把它清除掉。」

奧德林醫生的眼光一直沒有從他身上移開，他看出了許多問題，在這位病人浮誇的舉止和驕傲的自尊背後，他看見了難以排遣的焦慮。

「我希望您親自過來這兒，是因爲依照我的經驗，一個人在醫生診療室這種陰暗的環境裡，比起在他自己熟悉的地方更容易暢所欲言。」

「還眞夠暗的。」蒙德拉戈勛爵尖酸地說。接著他停住了。這個向來自信滿滿、腦筋轉得快、下決定又果斷的人從來沒有這麼不知所措過，這一刻卻明顯侷促不安。他露出微笑，希望讓醫生覺得他很自在，但眼睛卻暴露了他的憂慮。他把話繼續接了下去，口氣異常親切。

「整件事眞的太微不足道，小得我都不好意思用它來打擾你了。我擔心你會只跟我說別傻了沒問題，白白浪費你的寶貴時間。」

「事情就算看起來再微不足道，都有它的重要性。它們可能是某種根深蒂固的精神錯亂徵兆。

我接下來這段時間完全任您使用。」

奧德林醫生的聲音低沉而嚴肅，但這單調的聲音卻奇特地具有安撫人心的效果。蒙德拉戈勛爵最後終於決定坦白。

「其實，我最近一直在作討厭的夢，我知道在意這些夢很蠢，但是，這個嘛，說實話，恐怕這些夢眞的是把我弄得整個人都不安穩了。」

「你可以隨便描述一個夢境讓我聽聽嗎？」

蒙德拉戈勛爵露出微笑，本來想笑得不在意，卻只笑出了悲哀。

「那些夢都太荒謬了，我簡直說不出口。」

「放心說吧。」

「好吧。第一個夢是大約一個月以前作的，我夢到我在康涅瑪拉宅邸的一個派對現場，那是個官方派對，國王和皇后都出席了，這種場合當然要佩戴徽章之類的飾品，我戴了綬帶和星形勳章。我走進一個像是衣帽間的地方，讓人把我的外套脫下來。有個矮小的傢伙也在那兒，他叫做歐文・格里菲斯，是個威爾斯的國會議員，說實話，看見他我有點驚訝，這人平庸粗俗到了極點。我心裡嘀咕：『麗迪雅・康涅瑪拉眞是太不知體統了，接下來她打算請什麼人來啊？』我想他應該是很好奇地看著我，但我完全沒有理睬他，事實上，我是直接從那個矮個子粗人的身邊穿過去，走上了樓。我想你從來沒去過那邊吧？」

「從來沒有。」

「是吧，那樣的宅邸你也不太可能去。那是棟很俗氣的房子，但倒是有座非常精緻的大理石樓梯，康涅瑪拉夫婦就在樓梯頂端迎接客人。我跟康涅瑪拉夫人握手的時候，她驚訝地看了我一眼，然後笑出聲來。我當下也沒有太在意，她是個愚蠢、沒教養的女人，行為舉止也比不上她被查理二世冊封為女公爵的祖先們。說實話，康涅瑪拉宅邸那幾間會客廳算是富麗堂皇，我穿過會客廳，跟一些人點頭握手致意，接著我看見了德國大使，他正在和一位奧地利大公聊天。我特別想和他攀談，於是就走過去，伸出手來準備跟他握手。這時候大公看見我，突然爆出一陣大笑，我覺得受到了嚴重的侮辱，所以我板起臉上下打量他，但是他卻笑得更厲害了。我正想說幾句尖銳的話反擊他，卻突然意識到國王和皇后到場了。我轉身背向大公，邁步往前走去，就在這個時候，我突然注意到自己沒有穿長褲，只穿著一條短短的絲內褲，還有一副鮮紅的吊褲帶。難怪康涅瑪拉夫人會笑出聲，難怪大公會笑成那個樣子！我沒辦法跟你形容那一刻我是什麼感覺，簡直羞恥到極點了。然後我突然驚醒，一身冷汗，天啊，當我發現這只是夢的時候，你不知道當下我有多輕鬆。」

「這類型的夢並不少見。」奧德林醫生說。

「我想也是。但是隔天發生了一件怪事。我正在下議院大廳裡，格里菲斯那傢伙慢慢地從我身邊走過，他故意眼光往下瞥了我大腿一眼，接著就直盯著我的臉，我幾乎可以確定他還對我眨了眨眼。我腦子裡突然冒出一個荒謬的想法：前一天晚上他在場，我那些可怕的丟人場面他全看見了，而且他被那個笑話逗得很樂。但是，我當然知道根本不可能，這只是一場夢而已。我冷冷地瞪了他一眼，他就走開了，但是他笑得停不下來。」

蒙德拉戈勛爵從口袋裡掏出手帕擦了擦汗濕的掌心，現在他已經不再打算掩蓋自己的不安。奧德林醫生的眼光一直沒有離開他。

「再講講別的夢吧。」

「再來是隔天晚上，那晚的夢比前一天的更荒唐了。我夢到我在議會裡，那裡有場關於外交事務的辯論，不只是國內而已，全世界都在密切關注著這場辯論。政府決定改變政策，這將嚴重影響帝國的未來。這是個歷史性的場面，議會裡自然是擠得水泄不通，各國大使都出席了，連樓上的旁聽席都擠滿了人。那天傍晚的重要演說由我負責，我也慎重地做好準備。像我這樣的人總是容易樹敵，許多人對我年紀輕輕就站上這個位置忿忿不平，就算是我同輩中最聰明的人，在這個歲數時有個沒什麼人知道的職位也就滿足了，所以我決定我的演說不只要配得起這個場面，更要讓那些詆毀我的人閉嘴。想到全世界都在留神細聽我說的話，就讓我興奮得不得了。我站了起來。如果你到過議會，就會知道在辯論過程中，議員是怎麼樣彼此私下交談、掀紙、翻報告，弄出各種窸窸窣窣的聲音，但當我一開始演說，全場立刻鴉雀無聲，靜得像個墳場。這時候我突然看見了那個噁心的小矮子，威爾斯議員格里菲斯，就坐在我對面的一個位置上，還對我吐舌頭。我不知道你有沒有聽過一首出自歌舞雜耍劇院的低俗歌曲，叫〈雙人腳踏車〉，這首歌很多年以前非常流行。為了表示我徹底看不起格里菲斯，我開始唱起這首歌，第一段唱得很順利，場內的人都愣住了，我唱完第一段的時候他們都在對面座位上喊：「聽啊，快聽啊，」我舉起手，示意他們安靜，然後繼續唱第二段。整個議會的人聽著我唱歌，一片死寂。我覺得第二段結尾唱得不太好，有點惱火，因爲我有一副很棒的男中音歌喉，我決定要讓他們對我做出公正的評斷。當我開始唱第三段的時候，議員們開始笑了，笑聲瞬間蔓延全場，各國大使、貴賓席上的旁聽者、婦女席上的女士們、還有來採訪的記者群，全都搖晃起身體，大吼大叫，他們捧腹大笑，在座位上翻滾，每個人都笑到控制不住，只有坐在我身後第一排的大臣們沒有笑。在那不可思議，史無前例的喧鬧中，他們驚愕地呆坐當場。我看了他們一眼，突然意識到自己犯下了滔天大錯，我讓自己成了全世界的笑柄，在羞慚的痛苦中我明白自己應該要辭職下臺。然後我醒了，才知道這只是個夢。」

蒙德拉戈勛爵敘述這個故事時，已經沒有辦法保持他不可一世的儀態，故事說完，他整個人臉色蒼白，全身發抖。但是他竭力讓自己定神，用顫抖的嘴唇擠出一絲微笑。

「這整件事實在太古怪了，我忍不住覺得好笑，也沒想太多。隔天下午，我心情愉快地走進議會，辯論實在太枯燥沉悶，但是我必須待在那兒，於是我翻閱著一些我必須過目的文件。不知道爲什麼，我偶然抬頭，就看見格里菲斯正在發言。他有一口讓人不舒服的威爾斯口音和其貌不揚的外表，我想像不出他說的東西有什麼值得我花時間聽。正要把注意力轉回手上的文件，突然聽見他引用了〈雙人腳踏車〉裡的兩句歌詞，我忍不住看了他一眼，發現他正盯著我，臉上帶著嘲弄的笑容。我微微地聳了聳肩，一個粗鄙的矮個子威爾斯議員居然那樣看我，簡直太滑稽了。我在夢裡唱了那首造成了大災難的歌，他居然也引了兩句出來，這眞是古怪的巧合。我繼續看我的文件，但不瞞你說，我根本沒有辦法專心。我有點搞糊塗了，歐文・格里菲斯在我第一個夢裡出現，就是康涅瑪拉宅邸那個夢，之後我非常肯定他知道我在夢裡大出洋相，難道他剛才引用那兩句歌詞也是純屬巧合嗎？我問自己，當我作夢的時候，會不會他也在做一樣的夢呢？當然這個想法很荒謬，我決定把這個念頭丟到一邊去。」

接下來是一陣靜默。奧德林醫生看著蒙德拉戈勛爵，蒙德拉戈勛爵也看著他。

「別人的夢都很無聊的。內人有時也會作夢，隔天她就會堅持把夢鉅細靡遺地講給我聽，簡直讓人煩得發瘋。」

奧德林醫生露出淡淡的微笑。

「我並不覺得你的夢無聊。」

「我再跟你說一個前幾天做的夢吧。我夢到去了一家在萊姆豪斯的小酒館，我這輩子從來沒去過萊姆豪斯那區，自從上了牛津之後也從來沒進過小酒館，但是看到那條街、那個地方，我熟門熟路地就進去了，好像我以前住在那兒一樣。我走進一個房間，我不確定他們叫它沙龍酒吧還是私人酒吧，房裡有一個壁爐，房間一側有張大大的皮扶手椅，另外一邊有張小沙發，長長的吧檯橫越整個房間，從吧檯看過去，就能看見公共酒吧間。近門處有張大理石面圓桌，旁邊放著兩張扶手椅。現在是週末夜，整個酒吧塞滿了人，光線明亮，但是煙霧彌漫，燻得我眼睛刺痛。我穿得像個小混混，頭上戴著圓帽，脖子上還繫著一條手帕。我覺得那裡大部分的人好像都醉了，感覺還滿有意思的。有架留聲機播著音樂，也可能是收音機，我不知道到底是哪一種，壁爐前面有兩個女人跳著怪異的舞步，她們身邊圍了一小群人，跟著又笑又叫又唱。我走過去想看看，有個男人跟我說：『要來一杯嗎？比爾。』桌上有幾杯滿滿的黑色液體，我知道那叫棕啤酒[4]。他遞給我一杯，我不想表現得太格格不入，所以我喝了那杯酒。剛才跳舞的那兩個女人其中之一甩開了舞伴，過來抓住了那只杯子。『嘿，你這什麼意思？』她說。『你在喝我的啤酒。』『噢，我很抱歉，』我說，『是這位先生給我的，所以我很自然地以爲是他敬大家的酒。』『沒關係，伙伴，』她說，『我不介意。過來跟我跳支舞吧。』在我開口拒絕之前她就摟住我了，於是我們就一起跳起舞來。接著我發現自己坐在一張扶手椅上，那個女人坐在我腿上，我們正在共飲一杯啤酒。我得告訴你，性在我的人生裡從來都不是重要的部分。我婚結得很早，那是因爲對我這種地位的人來說，婚姻除了是種值得擁有的東西之外，還能一勞永逸地解決性的問題。我決定要生兩個兒子，也生了，之後我就把這檔事整個扔到一邊去了。我忙得沒精神想那檔事，而且身爲一個公眾人物，要是做出什麼可能成爲醜聞的事那簡直是瘋了。一個政治家最珍貴的資產，就是不沾惹女色的無瑕記錄。爲了女人毀掉自己前程的人我完全無法容忍，對這種人我就只有鄙視而已。坐在我膝頭上這個女人已經醉了，她一點都不漂亮，也不年輕了，事實上，她就是個邋遢的老婊子。她讓我覺得噁心，但是當她把嘴貼到我嘴上親吻我的時候，雖然她嘴裡充滿了啤酒的酒臭，牙齒也爛光了，雖然我徹底厭惡這一刻的自己，但是我想要她，全心全意地想要她。突然，我聽到一個聲音說：『這就對了，老小子，盡情享受吧。』我一抬頭，就看見歐文・格里菲斯，我想從椅子上起身，但是那個可怕的女人不讓我起來。『別理他，』她說。『不過是個愛管閒事的人而已。』『你加油啊，』他說。『我認識茉兒，她會讓你值回票價的。』你知道，讓他看見我這種荒唐的樣子我倒不怎麼生氣，但是他叫我『老小子』，這就讓我火冒三丈了。我一把推開那個女人站起來，對著他說：『我一點都不認識你，也不想認識你，』『但是我認識你，』他說。『而且茉莉，我要提醒你，一定要確定你收到錢了，他可是個能賴帳就賴帳的人。』我旁邊桌上正好有一只啤酒瓶，我二話不說，抓起那只瓶子，用盡全身的力氣往他頭上敲下去，結果因爲用力過猛，我驚醒了。」

「這個夢也不難理解，」奧德林醫生說，「這是人類本能對個性完美無瑕的人進行的反撲。」

「這個故事太蠢了。我還沒告訴你爲什麼我要說這個故事，我之所以要告訴你是因爲隔天發生的事。我急著要查一些東西，所以我去了議會圖書館。我拿了一本書開始讀，沒注意到我坐下的

---

4 棕啤酒（Brown Ale）：一種有著深琥珀色或棕色的啤酒，十七世紀末由倫敦啤酒釀造商首次用以描述啤酒。十八世紀的棕啤酒，是以少許的啤酒花，並以百分之百的焦黃麥芽釀造而成。時至今日，許多國家都有不同濃淡口味的棕啤酒。

時候格里菲斯也坐在離我不遠的地方。有個工黨議員進了圖書館走向他：『哈囉，歐文，』他對他說，『你今天看起來好虛弱。』『我頭痛得要死，』他回答。『我覺得好像被人用酒瓶狠狠敲了一記。』」

蒙德拉戈勛爵痛苦得臉色灰敗。

「有個過去一度被我認爲太荒謬而駁回的想法，現在我知道那確實是對的。我知道格里菲斯跟我作著相同的夢，而且醒來之後也跟我記得一樣清楚。」

「這說不定還是個巧合。」

「他說話的時候並不是對著他朋友說，而是故意對著我說的，他看著我，一肚子悶氣的樣子。」

「爲什麼你的夢裡出現的都是同一個人，你可以給我一些線索嗎？」

「沒辦法。」

奧德林醫生的眼睛始終沒有離開病人的臉，他看得出他在說謊。他用手裡的筆在吸墨紙上畫了幾條彎來彎去的線，讓人說實話常常需要花很長的時間，他們其實也明白，除非說出實情，否則醫生也是無能爲力。

「你跟我描述的那個夢是在三週前出現的，後來還繼續作嗎？」

「每天晚上都作。」

「那個叫格里菲斯的人每個夢都出現嗎？」

「是的。」

醫生又在吸墨紙上畫了幾條線。他希望這間小小的診療室裡的寂靜、單調、和昏暗的光線能降低蒙德拉戈勛爵的敏感度。蒙德拉戈勛爵把背往椅子上一靠，別過頭去，避開醫生嚴肅的眼光。

「奧德林醫生，你一定得幫我，我已經到極限了，如果情況繼續下去，我會發瘋的。我害怕睡覺，已經兩三個晚上沒睡了。我一直坐著看書，一覺得想睡就披上外套去散步，弄得我精疲力盡。但我還是得睡覺，我需要做的每件事都必須讓自己維持在最精準的狀態，我必須完美掌控自己的每一項能力。我需要休息，卻沒辦法從睡眠得到休息，我只要一睡著，那些夢就來了，而那個人，那個低俗矮小的無賴，總是會出現在夢裡，笑嘻嘻地看著我，嘲弄我，藐視我，這根本是暴虐至極的迫害。我告訴你，醫生，我並不是我夢中那種人，用夢裡的形象來評斷我太不公平。你可以隨便找個人問，我是個誠實、規矩、正派的人，不管是私生活或公眾事務方面，都沒有人能對我的品德操守說出一句不是。我畢生的抱負，就是為國家服務，讓它繼續偉大下去。我有錢，有地位，對多數次等人算是誘惑的東西根本動不了我，所以廉潔正直對我也不算什麼稱讚。但我可以說，不管是榮譽、個人利益、自私的想法，都不可能讓我偏離自己的責任一絲一毫。我犧牲了一切才成為今天這個我，我的目標是成為一個偉大的人，現在它已經近在咫尺，我卻正在失去勇氣。我並不是那個可厭的小矮子眼中那種殘忍、卑鄙、懦弱又好色的人，我跟你說了三個夢，那些夢根本毫無意義，在那些夢裡，那個人看見我做了那麼噁心、那麼可怕、那麼令人羞恥的事，那些夢是就算要我的命我都不會說出來的。但他記得那些夢，我簡直沒有辦法直視他眼裡透出來的嘲笑和厭惡，我甚至連說話都有點猶豫了，因爲我知道我說的話對他來說一文不値，全是謊話。他看見我做的那些事，是稍微有點自尊心的人都不會做的事，是做了就會被趕出社交圈、被判長期監禁的事。他聽見我說的那些卑鄙的話，看見我做的那些不只是荒唐、而是根本已經令人作嘔的行爲，他看不起我，也不打算再掩飾了。我跟你說，如果你沒辦法幫我，我要不是自殺，就是殺了他。」

「如果我是你，我不會殺他，」奧德林醫生用他舒緩人心的聲音冷靜地說，「在這個國家，殺人的後果是很麻煩的。」

「我不會因爲殺他被吊死的，如果你指的是這個的話。誰會知道是我殺他的呢？我的夢已經告訴我該怎麼做了。我跟你說了，前一天我拿啤酒瓶敲了他的頭，隔天他的頭就痛得連看東西都看不清楚，他自己這麼說的。這表示他的身體在醒著的時候可以感覺到夢裡發生的事。下次打他的時候，我就不用酒瓶了，哪天晚上我作夢的時候，我應該找把刀拿在手上，或是往口袋裡放支左輪手槍，我一定要這麼做，因爲我眞的迫不及待，然後我就會抓住機會，我會像宰一頭豬一樣宰他，像射殺一條狗一樣射殺他，把刀刃或子彈送進他的心臟。然後我就可以從這場殘忍的迫害中解脫了。」

有些人可能會覺得蒙德拉戈勛爵瘋了。治療人心的疾患這麼多年下來，奧德林醫生很清楚，正常和不正常之間僅僅是一線之隔。他知道有些人從外表看來完全健康正常，看起來沒有什麼怪想法，日常生活盡本分，不僅爲自己贏得讚譽，身邊的人也跟著受惠。但是當你得到他們的信任，撕下他們面對這個世界的面具時，你就會發現，他們不但變態得令人驚駭，而且脾氣古怪、腦子裡的妄念荒誕至極，從這方面來說，你也可以稱他們瘋子。如果你把他們關進瘋人院，那全世界的瘋人院都裝不下。不管怎樣，一個人不能因爲做了奇怪的夢，被那些夢弄得精神錯亂就被判定爲瘋子。這個病例很不尋常，但就奧德林醫生的觀察，也不過是其他病例的誇大版本而已。然而過去通常很有效的治療方式在這個病例上能不能起作用，他其實也有點懷疑。

「你諮詢過別的醫生嗎？」他問。

「就只有奧古斯都醫生。我只跟他說我作惡夢，他說我工作太勞累了，建議我去旅行。這主意太荒唐了，在目前這個需要密切注意的國際局勢之下，我根本不能離開外交部，這裡缺了我不行，我很明白。我整個前途都取決於我在這一刻的表現。他給我開了鎮靜劑，那些藥一點用都沒有，他又給我開了補藥，不但沒用，情況反而更糟。他根本是個無能的老笨蛋。」

「關於你的夢裡始終都有個特定的人出現這件事，你能提供什麼線索嗎？」

「這個問題你之前就問了，我也答過了。」

確實如此。但是奧德林醫生對他的答覆並不滿意。

「你剛才提到迫害，歐文．格里菲斯爲什麼要迫害你呢？」

「我不知道。」

蒙德拉戈勛爵的眼光微微地閃躲了一下，奧德林醫生確定他沒有說眞話。

「你做過什麼傷害他的事嗎？」

「從來沒有。」

蒙德拉戈勛爵動也沒動，但是奧德林醫生卻有種奇怪的感覺，覺得皮相下的他整個縮成了一團，在他眼前的勛爵是個高大、傲慢的人，問他這些問題會感覺到很失禮，然而，在那些假象之後，卻藏著某個閃躲和受了驚嚇的東西，讓你聯想到陷阱裡嚇壞了的動物。奧德林醫生身體往前傾，用凌厲的目光逼迫蒙德拉戈勛爵和他對視。

「你眞的確定？」

「非常確定。你似乎不是很了解，我跟他走完全不同的路線。我不打算多費唇舌，但是我必須提醒你，我是王國政府的大臣，而格里菲斯只是工黨裡一個沒什麼名氣的黨員。我們兩人之間自然不可能有什麼社會聯繫：他出身低微，是我不管去哪個名門宅邸都不太可能遇見的那種人。而且在政治方面，因爲我們的地位差距實在太大，更是不可能有任何共通點。」

「除非你把所有的事實都說出來，否則我無能爲力。」

蒙德拉戈勛爵眉毛一揚，用嘶啞的聲音說：

「我不習慣別人質疑我，奧德林醫生。如果你繼續在這上頭花功夫，也只是浪費我的時間。請您聯繫我的祕書告知這次會談的費用，支票會如數奉上。」

從奧德林醫生臉上的每一個表情看來，可能會讓人以為他根本沒聽見蒙德拉戈勛爵的話。他繼續看著他的眼睛，聲音嚴肅低沉。

「你曾經對這個人做過什麼『他』可能會覺得受傷害的事嗎？」

蒙德拉戈勛爵遲疑了一下，眼睛望向別處，接著，彷彿奧德林醫生的眼光擁有不可抗拒的力量，他撐不住了，又把眼光轉回來。他憤怒地說：

「只要他是個骯髒、下流的無賴，我就會攻擊他。」

「但是你描述的他就是這種人。」

蒙德拉戈勛爵嘆了一口氣。他被擊垮了。奧德林醫生知道那聲嘆氣的意思，是他終於要把他忍到現在的話全盤說出來了。他不再堅不吐實，醫生垂下雙眼，又開始在吸墨紙上隨意畫幾何圖形。靜默持續了兩三分鐘。

「我非常希望把對你有用的每件事都告訴你。如果我剛才沒提，只是因為我覺得它微不足道，看不出跟我的病例有什麼關係。格里菲斯在最近這次大選贏得了一個席位，他幾乎瞬間就把自己弄成了一個令人討厭的人。他爸爸是個礦工，他小時候也在礦場工作過，後來又當過寄宿學校的校長和記者。他是個不成熟又自命不凡的知識分子，學識不足，思慮不周，計畫不切實際，就是拜義務教育之賜從工人階級拉上來的那種貨色。他瘦得要命，臉色灰暗，看起來老是在餓肚子，外表也邋遢得不得了，天曉得，現在的議員已經不怎麼注意穿著了，但是他那身衣服簡直有辱議會尊嚴。他的衣服破爛得離譜，領口老是髒一圈，連領帶都沒打對過，看起來就像一個月沒洗澡了，連手都是髒的。工黨的資深議員[5]裡頭還有兩三個有點本事，但剩下的都不怎麼樣。山中無老虎，猴子稱大王嘛，格里菲斯靠著一張油腔滑調的嘴，對某些議題掌握了一大堆一知半解的資料，所以他們的黨鞭開始一有機會就讓他上臺發言。

「看來他還真以爲自己很熟悉外交事務呢，一直質詢我一些愚蠢無聊的問題。不瞞你說，我打定主意完全不理這個人，反正這是他自找的。我從一開始就討厭他說話的方式，聲音哀嚎似的，口音又低俗，他那種神經質的言談舉止我看了就火大。他說起話來扭扭捏捏吞吞吐吐，好像說話對他來講根本是種折磨，可是心裡又有一股激情，逼得他非講不可，最後常常就會說出一些令人尷尬的話。我承認偶爾他也會有慷慨激昂的口才，這對他們黨內原本混亂的想法出現了相當的影響。他們被他的眞摯打動了，而不是跟我一樣，對他那種感情用事的樣子感到噁心，雖然說訴諸感性在政治辯論裡也很平常。國家統治都是從自身利益出發，但他們那群人卻寧願相信他們的目標是無私的利他主義。政治家如果能用漂亮的言詞說服選民，讓他們相信他爲了國家利益正在進行的困難協議是爲了增進人類福祉，那還說得過去。像格里菲斯這些人，他們錯就錯在只利用了這些漂亮言詞的表面價值。他是個怪人，而且是個讓人厭惡至極的怪人。他自稱理想主義者。他老是講一大堆無聊繁瑣的廢話，那些知識分子已經拿那些話煩我們好多年了，什麼不抵抗主義啦，人類的手足情誼啦，盡是些不可能實現的廢話。最糟糕的是這話不只打動了他自己的黨，連我們黨裡一些不明事理、腦子糊塗的黨員都動搖了。我聽到謠言說，工黨一旦執政，格里菲斯很可能會入閣，我甚至還聽說他說不定會執掌外交部，這說法很怪，但並不是不可能。

「有一天，剛好有場針對外交事務的辯論，格里菲斯先開始講，而我負責的是結論，他整整說了一個小時，我覺得這是個把他徹底毀掉的好機會，上帝爲證，先生，我確實毀掉他了。我把他的演說駁得體無完膚，把他的推論錯誤一條條指出來，強調他缺乏知識。在下議院，最具毀滅性的武器就是嘲諷，我諷刺他，逗弄他，我那天狀態非常好，弄得整個議會哄堂大笑。他們的笑聲讓我興奮，我發揮得比平常都好。反對黨議員臉色黯淡地坐在那裡，一言不發，但還是有幾個人忍不住笑了一兩聲。你知道，看到一個同僚被羞辱並不是那麼不能容忍的事，何況這同僚說不定也是對手。想知道怎麼愚弄一個人，看看我怎樣愚弄格里菲斯就知道了。他整個人縮在座位上，我看見他的臉色越來越蒼白，沒多久他就把臉埋到雙手裡。我坐下的時候，我已經毀掉他了，我徹底摧毀了他的聲望，就算將來工黨執政，他入閣的機會也不會比一個看門的警察大。我後來聽說他那個老礦工爸爸、媽媽、還有他選區裡各式各樣的支持者那天都從威爾斯來了，想親眼看見他打出預期中的勝

5 英國議會裡，執政黨議員與在野黨議員採面對面議事方式，資深議員坐前排（front bench），新進議員坐後排（back bench），故又分別稱之為前座議員與後座議員。

仗，結果他們只看見他的奇恥大辱。他在那個選區是以非常細微的差距勝出的，像這樣的事件可能很輕易就讓他丟掉議員席位，不過這就不關我的事了。」

「如果我說，你毀掉了他的前途，這話會太重嗎？」奧德林醫生說。

「我覺得你不應該這麼說。」

「你對他造成了非常嚴重的傷害。」

「那是他自找的。」

「對這件事，你一點都不覺得內疚嗎？」

「如果那天我知道他父母在場，也許下手會輕點吧。」

奧德林醫生已經不需要再多說什麼了，並開始以他覺得可能有效的方法治療病人。他用暗示讓他在清醒時忘記自己做過的夢，或者讓他睡得更沉，不再繼續作夢。他發現自己根本沒有辦法打破蒙德拉戈勛爵的抵抗心理，一個小時之後只好請他離開。後來他又見過蒙德拉戈勛爵好幾次，治療對他沒有任何幫助，可怕的夢境還是繼續夜夜煩擾這個不幸的人，他的身心狀態顯然也大不如前了。他疲憊不堪，怒火難以控制。蒙德拉戈勛爵對治療沒有起色感到非常生氣，但他還是繼續找醫生看診，因爲這不但是他最後的希望，而且有個可以暢所欲言的對象對他來說也是一種紓解。奧德林醫生最後得出結論，要讓蒙德拉戈勛爵解脫的方法只有一個，但是他太了解他了，很確定他絕對、絕對不可能自願那麼做。如果想讓蒙德拉戈勛爵避開精神崩潰的威脅，就必須誘導他採納一個方案，以他對自己出身的驕傲和自負，他對這個方案必定深惡痛絕。奧德林醫生確信，再拖下去，情況便再無轉圜餘地，他用暗示法治療他的病人，幾次下來發現他有了些鬆動。最後他終於讓他進入催眠狀態，然後用他低沉、溫和、單調的聲音安撫他受盡折磨的神經。他一次又一次重複著同樣的話，蒙德拉戈勛爵靜靜地躺著，閉著眼睛，呼吸平順，四肢也放鬆了。接著奧德林醫生用同樣平靜的語調說出了準備好的話。

「你會去找歐文·格里菲斯，爲你對他造成的巨大傷害道歉。你會對他說，你會盡一切力量補償你對他所造成的傷害。」

這幾句話就像在蒙德拉戈勛爵臉上狠很抽了一鞭，他從催眠狀態中驚醒，整個人跳起來，眼睛裡燃燒著怒火，連珠砲似地用他自己都沒聽過的惡毒用詞憤怒地辱罵奧德林醫生。他侮辱他，詛咒他。奧德林醫生聽過各式各樣的髒話，有時那些髒話甚至出自貴婦之口，蒙德拉戈勛爵使用的那些詞句之下流，讓醫生感覺非常驚奇，他居然知道這樣的話。

「跟那個卑劣的威爾斯矮子道歉？我寧願自殺。」

「我相信這是讓你身心重獲平衡的唯一方法。」

奧德林醫生很少看到一個心智大致還算健全的人能失控地暴怒到這種地步。他的臉都漲紅了，眼睛往外凸，而且眞的嘴角都是唾沫。奧德林醫生冷靜地看著他，等待這場風暴自行平息，沒多久，他就看出蒙德拉戈勛爵因爲緊繃了好幾個星期，身體虛弱，這時候已經筋疲力盡。

「坐下。」接著他明確地對他下指令。

蒙德拉戈勛爵整個人軟癱在椅子上。

「天啊，我累壞了。我得休息幾分鐘才能走。」

大約有五分鐘時間，兩個人都沉默無語。蒙德拉戈勛爵是個惡劣、氣勢凌人的惡霸，但也是個紳士。當他再度開口說話的時候，已經恢復了原來的自制。

「我剛才恐怕對你言詞太粗魯了，我自己對剛才跟你說的話也覺得很羞愧，我只能說，你有理由拒絕再治療我。但是我希望你不會這麼做。我覺得跟你會面對我幫助非常大，我想你是我僅剩的機會了。」

「不必再想這些了，不必把剛剛說的話放在心上。」

「但是有一件事你絕對不能要我去做，就是跟格里菲斯道歉。」

「對你這個病例我想了很多，我不會說我真的完全懂，但我相信你從中解脫的唯一機會就是照我的提議做。我的觀念是，我們都不是只有一個自我，而是有好多個，你其中一個自我站出來反對你傷害格里菲斯，在你腦子裡以格里菲斯的形象出現，他正在懲罰你，因爲你做了那種殘忍的事。如果我是個神父，我就會告訴你，那是你的良心用了這個人的外型和面貌，在逼迫你悔改，說服你彌補這一切。」

「我的良心是清白的，如果我毀了那個人的前途，那也不是我的錯。我踩爛他，只不過像踩爛花園裡的一隻蛞蝓，我沒什麼好後悔的。」

那天蒙德拉戈勛爵講完這幾句話就走了。奧德林醫生現在一邊翻著筆記本，一邊等著他來，他思索著，現在他用的常規治療方式在病人身上已經沒用了，到底要怎麼樣讓他接受那個唯一能救他的方法呢？他瞥了一眼時鐘，已經六點了，蒙德拉戈勛爵到這時候還沒來眞是太奇怪了。他知道他是打算來的，因爲早上祕書來過電話，說他會照往常一樣來看診。他一定是因爲工作太繁忙被耽擱了。這個想法讓奧德林醫生想到了另一件事：蒙德拉戈勛爵現在根本不適合工作，他目前的狀態也無法處理國家大事。奧德林醫生在想，是不是應該跟相關單位的人聯繫，像是首相或外交部政務次官之類，告訴他們他判定蒙德拉戈勛爵心智失衡，現在讓他掌管外交事務是很危險的事。但是這種事非常棘手，說不定會引來不必要的麻煩，甚至被嚴厲斥責。他聳了聳肩。

「反正，」他想，「二十五年來，政客已經把這個世界弄得一團糟了，不管他們瘋狂還是正常，我想這個世界也不會有太大差別。」

他按了一下鈴。

「如果蒙德拉戈勛爵來了，請告訴他，我六點十五分有另外一個診，恐怕不能看他了。」

「好的，醫生。」

「晚報還沒來嗎？」

「我去看看。」

沒多久僕人把晚報送來了。頭版的通欄頭條用醒目的字體印著：外交大臣慘死。

「天哪！」奧德林醫生大叫。

就這一次，他突然失去了一貫的鎮靜，他感到震驚，恐怖至極的震驚，然而他又不全然感到意外。蒙德拉戈勛爵可能會自殺這個想法在他腦子裡出現過好幾次了，所以他覺得勛爵的死因無疑是自殺。報上說蒙德拉戈勛爵那時正站在月臺等地鐵，就在列車進站時，被人目擊跌下了鐵軌，一般猜測可能是因爲突發的暈眩所致。報導接著說，蒙德拉戈勛爵幾週以來一直爲工作過勞所苦，但當前的國際局勢正是需要密切關注的時候，他覺得自己不能缺席。現代的政治家在這樣的局勢中擔任的角色越來越吃重，蒙德拉戈勛爵就成了這個重擔下的另一個犧牲者。另有一篇短文細述這位已故政治家的才幹與勤勞，以及愛國心和遠見，接著就是對於首相選擇接任大臣的各種推測。奧德林醫生把報導都細細地讀了。他對蒙德拉戈勛爵並沒有好感，他的死給他的情緒衝擊主要是對自己的不滿，因爲他對他的狀況無能爲力。

也許他錯在沒有和蒙德拉戈勛爵的醫生聯繫，他很沮喪，當他盡心盡力爲病人治療卻遭受挫折的時候，他對自己餬口用的那套江湖郎中醫術的理論和實踐就出現反感。他跟黑暗和神祕力量打交道，這些東西也許是超越人類心智理解範圍之外的，他就像個被蒙住了眼睛的人，想在自己也不知道要往哪去的情況下摸出一條自己的路。他無精打采地翻著報紙，突然嚇了一大跳，再次驚叫出聲。他的眼光落在邊欄底部附近一段短短的文字上，標題是「國會議員猝逝」，他繼續讀，報導寫著：某某委員歐文．格里菲斯先生，下午在弗利特街病倒，被送到查令十字醫院時已經沒有生命跡象。目前認爲應該是自然死亡，但會進行驗屍。奧德林醫生不敢相信自己的眼睛，可不可能是前一天晚上，蒙德拉戈勛爵終於在夢裡發現自己拿著渴望的武器，刀或者槍，就這樣殺了那個讓他痛苦不堪的人，而這次虛幻的謀殺，也正如上次他用酒瓶狠狠一砸，就讓他隔天頭痛難當一樣，在那人醒來之後幾個小時生了效？或者說，是更神祕，也更駭人的另一種情況：當蒙德拉戈勛爵自殺之後，那個曾經被他殘忍地傷害過的對手，對於他以死逃脫覺得不滿足，於是決定追著他到另一個世界繼續折磨他？這件事太奇怪了，最理性的看法，還是把這件事完全當成古怪的巧合吧。奧德林醫生按了一下鈴。

「告訴密爾頓夫人，很抱歉今天傍晚我不能替她看診了，我人不太舒服。」

確實如此。奧德林醫生全身顫抖，像是得了瘧疾。他彷彿用某種精神的感官，望著一片荒涼、可怖的虛空，靈魂的暗夜呑沒了他，他感覺到一股奇特而原始的恐懼，無可名狀。

——原刊於一九三九年二月號《柯夢波丹》（Cosmopolitan）雜誌

療養院

阿申登剛到療養院的前六個星期都躺在床上，除了早晚各來巡房一次的醫生，照料他的護士，和爲他準備飲食的女傭之外誰也沒見到過。他得了肺結核，因爲對他來說，那時去瑞士靜養有諸多困難，他在倫敦看的那位專科醫生便把他送來這家位於北蘇格蘭的療養院。他耐著性子等待的那一天終於來了，醫生告訴他，他可以下床了。到了下午，他的護士幫他換了衣服，用輪椅推他到陽臺去，在他身下放了幾個靠墊，爲他裹上毛毯，讓他在晴朗無雲的天空下享受暖暖的陽光。現在正値隆冬。這家療養院座落在一個小山頂上，從那兒可以看到一大片被皚皚白雪覆蓋的鄉間景色。陽臺上到處是躺在帆布椅上的人，有的在跟隔壁病人閒聊，有的靜靜地讀著書，偶爾會有人爆出一陣猛咳，然後你就會注意到他焦慮地看著自己捂嘴的手帕。護士把阿申登安頓好，離開之前，專業而俐落地轉身對躺在他隔壁的病人說：

「我想跟您介紹一下，這是阿申登先生。」她說。然後她對阿申登說：「這位是麥克羅德先生。他和坎貝爾先生兩位是這兒資歷最老的人了。」

而在阿申登的另一邊，躺著一位美麗的女孩，有著火紅的頭髮和明亮的藍眼睛，她脂粉未施，但唇色灼紅，連兩頰也紅通通的，讓她的膚色看起來白得驚人。即便你明白這種細緻的肌膚質感其實是因爲病，還是讓人覺得非常可愛。她穿著一件毛皮大衣，裹著毯子，看不見她身體的任何一個部分，但是可以看見她的臉，非常瘦，瘦得讓其實並不大的鼻子顯得格外引人注目。她友善地望了望阿申登，但沒有開口，阿申登身處一群陌生人之間覺得很不好意思，也只能等著別人來搭話。

「他們第一次讓你下床，是嗎？」麥克羅德說。

「是的。」

「你住哪間病房？」阿申登告訴了他。

「那間病房小啊！這裡每間病房我都熟，我在這裡住十七年了，已經住到了這裡最好的一間病房，這他媽的本來就是我應得的。坎貝爾那傢伙老是想把我趕出去，他自己想住，但是我才不打算讓步，我有權利住那間，我可比他早來半年。」

麥克羅德躺在那兒，給人一種長得相當高的印象，他的皮膚緊緊地繃在骨頭上，臉頰和太陽穴都是凹的，可以清楚地看見他皮膚底下的頭骨形狀。極度消瘦的臉上長著一個骨節突出的大鼻子，還有一對大得不可思議的眼睛。

「十七年眞的很久啊。」阿申登說。他實在想不出還有什麼別的話可以講。

「時間過得很快的。我喜歡這兒。剛開始那一兩年，我夏天還會離開這裡，後來我就不那麼做了。現在這裡已經是我的家了。我有一個弟弟和兩個妹妹，但是他們都結婚了，各有各的家庭，都不要我了。你在這裡待了幾年之後，再回到一般人的生活裡，會覺得有點格格不入，你知道的。你的朋友都有自己的路要走，你跟他們再也沒有共通點。外面的世界看起來匆忙得要命，人人無事自擾，就是這麼回事，又吵又無聊。不過我覺得，人還是離開這裡比較好，至於我，除非等到裝進棺材抬走那天，否則是不太可能出去了吧。」

專科醫生曾經告訴阿申登，如果他好好照顧自己，一段時間之後就會復原，他用好奇的眼光看著麥克羅德。

「你一整天都做些什麼呢？」他問。

「做什麼？得了肺結核就夠你忙上一整天啦，小兄弟。我量體溫，然後量體重，慢慢地穿衣服，吃早餐，看報紙，散步，然後休息，吃午飯，打橋牌，然後再休息一次，再來就要吃晚飯了，接著再打一小陣橋牌，就上床睡覺。他們的圖書館很不錯，什麼新書都有，但是我沒太多時間看書，我都去跟人聊天。你知道，在這裡你可以看見各式各樣的人，來來去去，有時候這些人離開是因爲覺得自己病好了，但是很多人沒多久又回來了。也有些人走，是因爲死了。我看了好多人離開這裡，在我自己離開之前，我想我還會看見更多。」

坐在阿申登另一邊的女孩突然說話了。

「我得告訴你，像麥克羅德這樣，見到靈車還能開懷大笑的人可沒幾個。」她說。

麥克羅德哈哈地笑。

「是不是這樣我不清楚，不過呢，如果我沒跟自己說：『呃，我只是很高興他們要帶去兜風的人是他不是我。』那還眞違反人性。」

這時他突然想起阿申登還不認識這位美麗的女孩，所以就幫他介紹了一下。

「說起來，我想你還沒見過阿申登先生吧？這位是畢夏普小姐。她是英國人，是個不錯的女孩子喔。」

「您在這兒住多久了？」阿申登問。

「只有兩年，這是我住在這裡的最後一個冬天了。倫諾克斯醫生說，我應該再過幾個月就可以康復，到那時，就沒有理由不讓我回家了。」

「期待這種事就太傻了，」麥克羅德說，「要我說呢，待在一個大家都喜歡你的地方最好。」

就在這時，有個男人拄著一根手杖，慢慢地走到陽臺來。

「噢，你看，坦普雷頓少校來了，」畢夏普小姐說，藍色的眼睛裡揚起笑意。少校走近的時候，她說：「很高興又看見您能起身了。」

「噢，沒什麼事，只是場小感冒，現在已經全好了。」

這幾句話說得有點艱難，因爲他開始猛咳，咳得他全身重量都壓在手杖上。但咳完之後又開心地笑了。

「就是這該死的咳嗽甩不掉，」他說，「我菸抽太多了，倫諾克斯醫生說我應該戒菸，但是沒用，我根本戒不了。」

他是個高個子，長得很好看，帶點演員的味道，臉色黑裡泛黃，有一雙漂亮的黑眼睛，黑色的小鬍子修剪得整整齊齊。他穿著一件羔羊皮領的毛皮大衣，外表看起來十分氣派，甚至可以說有點引人注目。畢夏普小姐介紹了阿申登給他認識，坦普雷頓少校態度輕鬆親切地說了幾句場面話之後，便邀請畢夏普小姐和他一起去散步，醫生要他走到療養院後面樹林裡一個特定的地點，然後再走回來。兩人走開的時候，麥克羅德一直看著他們。

「我猜這兩個人之間一定有點什麼，」他說，「這個坦普雷頓沒生病以前，據說是個專門對付少女的大色魔。」

「到目前爲止，我還看不出來他是這種人。」阿申登說。

「你當然看不出來。我這輩子經歷過的事可多了，要是我想講，我可以跟你講到沒完沒了。」

「你明明就想說，那何不說來聽聽呢？」

麥克羅德笑起來。

「好，那我就給你講一個。三四年前，這裡有個女人眞是風騷得不得了，她丈夫每隔一週的週末都會來看她，他簡直爲她瘋狂，一直都是從倫敦搭飛機飛來的。但是倫諾克斯醫生很確定她在這勾搭上別人了，只是不知道是誰。所以有天晚上我們都睡了以後，他就在她的病房外面薄薄地上了一層油漆，然後隔天早上檢查每個人的拖鞋鞋底。很妙，對吧？結果鞋底有漆的那傢伙就被踢出療養院了。你知道的，倫諾克斯醫生對這種事不挑剔不行，他可不想讓這個地方染上壞名聲。」

「坦普雷頓在這兒多久了？」

「三四個月吧。他大部分時間都躺在床上，覺得這樣最萬無一失。愛薇・畢夏普要是真迷上他，就是個徹頭徹尾的大笨蛋，她是很有機會康復的。你知道，我見過的人多了，我敢打包票。當我看到一個人住進來，我立刻就可以判斷這個人會好還是不會好，如果這個人好不了，我也能精準地猜出他還剩多少日子可活。我很少猜錯的，我判斷坦普雷頓大概還能活兩年。」

麥克羅德帶著思索的眼光看了阿申登一眼，阿申登知道他在想什麼，雖然他打算輕鬆以待，但還是忍不住對自己的情況感到一絲擔憂。麥克羅德的眼睛閃了一下，他很清楚阿申登的心思。

「你會沒事的。這種話我沒有相當把握不會講，我可不想因爲拿這種蒙主寵召的事去嚇倫諾克斯醫生那些蠢病人而被他踹出療養院。」

阿申登的護士來了，要把他送回床上休息。雖然他只在戶外坐了一個小時，卻覺得非常疲累，很高興自己又回到了溫暖的被窩。倫諾克斯醫生傍晚時按例巡房，他看了一下體溫計。

「情況還不錯。」他說。

倫諾克斯醫生身材矮小，但是俐落幹練，態度也和藹可親。他不但是個好醫生，一個出色的生意人，還是個釣魚狂。一旦釣魚季來臨，他就會把照料病人的工作全都丟給他的助手，病人們對此自然不無抱怨，但是吃到他帶回來讓大家換換菜色的幼鮭時又都喜逐顏開。他也喜歡聊天，現在正站在阿申登床邊，用濃重的蘇格蘭腔問他，下午有沒有跟其他病人閒聊。阿申登告訴他，護士介紹他跟麥克羅德認識了。倫諾克斯醫生笑了起來。

「他是這裡最老的住戶了，對這間療養院和裡頭的病人比我還熟，他怎麼弄到那些情報的連我都不知道，但是這個地方不管哪個人的私事他都一清二楚，連我們這兒對醜聞最敏感的老小姐都沒他厲害。他跟你提到坎貝爾了嗎？」

「提過了。」

「他討厭坎貝爾，坎貝爾也討厭他。說起來也真有意思，想想這兩個人，都在這裡住十七年了，都只剩半邊肺是好的，但他們就是看彼此不順眼。他們總是跑來找我抱怨對方的不是，不過我都當作沒聽見。坎貝爾的房間就在麥克羅德的正下方，他拉小提琴，簡直把麥克羅德搞瘋了。麥克羅德說他聽他拉同一首歌聽了整整十五年，但是坎貝爾說那是他根本聽不出不同曲子之間的差別。麥克羅德要我禁止坎貝爾拉琴，但是我不能這麼做，只要他不在應當肅靜的時間拉琴，其他時間，他有權利想拉多久就拉多久。我曾經提過讓麥克羅德換房間，但是他不肯，他說坎貝爾這樣拉琴就是爲了把他逼出那個房間，因爲那是全療養院最好的一間病房，他打死也不肯把那個房間讓出來。這兩個中年男人把彼此的生活弄得烏煙瘴氣，怎麼也不會想想值不值得？眞是怪了，對吧？但是他們又誰也離不開誰，他們同桌吃飯，一起玩牌，偏偏又沒有哪天是不吵架的。有時候我會嚇唬他們，要是不安分點，就要把他們兩個都趕出療養院，這會讓他們安靜一陣子。他們一點也不想走，他們在這裡太久了，他們是死是活也已經沒有人在意，而且其實他們也沒辦法應付外面的生活了。幾年前，坎貝爾曾經離開過這兒，打算去度假幾個月，結果一星期之後他就回來了。他說他受不了那種喧鬧，看到街上那麼多人簡直嚇壞他了。」

隨著阿申登的身體漸有起色，他也有更多時間和其他病人相處，他這才發現自己陷入了一個奇特的世界。有天早上，倫諾克斯醫生告訴他，以後他可以在餐廳吃午餐了，這是個寬敞、低矮的房間，大片大片的窗戶總是大開著，天氣好的時候，陽光會整個照進來。在那裡吃飯的人非常多，阿申登花了好些時間才大略把這些人之間的關係理出了些頭緒，那裡有各式各樣的人，有年輕的，也有中年和老年人。有些人就像麥克羅德和坎貝爾，已經在這裡住了好多年，也打算老死此地。有些只住了幾個月，像有個未婚的中年女人叫阿特金小姐，她每年冬天都會到這裡住很長一段時間，到了夏天就去住朋友和親戚家。她的肺結核其實已經沒什麼大礙，哪天就此不再回療養院也有可能，但是她很喜歡這樣的生活。她在這裡居住的老資歷讓她有了一定的地位，她是圖書館的名譽管理員，跟護士長關係很好。她隨時都準備好跟你聊八卦，但很快就會有人警告你，你說的每件事都已經洩漏出去了。這有助於倫諾克斯醫生了解他的病人們都相處融洽、心情愉快，不會做什麼魯莽和違背他指示的事。很少有什麼事逃得過阿特金小姐銳利的眼睛，事情就從她那兒傳給護士長，再傳給倫諾克斯醫生。因為她算這裡的元老，所以也跟麥克羅德和坎貝爾一樣，固定和一位老將軍同桌吃飯，這位將軍是因爲擁有軍銜才被安置在那一桌。那張桌子其實跟其他桌沒有什麼不一樣，位置上也並不特別方便或舒適，只是因爲資歷最老的那群病人坐在那兒，於是那裡便成了一塊人人欣羨的地方。有些年紀大的女人對阿特金小姐能坐那個位置十分不滿，因爲她每年夏天都有四五個月時間不住在這裡，憑什麼她能坐那桌，而她們這些整年都在的人卻得坐別桌？有個居住資歷僅次於麥克羅德和坎貝爾的老印度公務員，在他風光的時候曾經治理過一整個省，總是按捺不住性子地殷殷期盼麥克羅德或坎貝爾早登極樂，那他就有機會遞補坐上頭等桌。後來阿申登認識了坎貝爾，他是個高高的、骨架很大的人，頂著一顆禿頭，整個人瘦得讓人懷疑他的四肢是怎麼接在身體上的。他軟軟地癱坐在扶手椅上的樣子，就像個木偶戲的人形，讓人毛骨悚然。他個性粗魯、暴躁、脾氣極差。他問阿申登的第一句話是：

「你喜歡音樂嗎？」

「喜歡。」

「這裡根本他媽的沒人在乎音樂。我是拉小提琴的，如果你喜歡，改天到我房裡我拉給你聽。」

「你可千萬別去，」麥克羅德聽到他說的話，接下去說：「聽他拉琴根本就是折磨。」

「你講話怎麼這麼沒禮貌？」阿特金小姐大叫。「坎貝爾先生琴拉得很棒的。」

「這個鬼地方的人，根本連個音符都不會認。」坎貝爾說。

麥克羅德帶著譏嘲的笑聲走開了，阿特金小姐想化解這個尷尬的場面。

「你不要把麥克羅德的話放在心上。」

「噢，我不會在意的，別人對我做的事，我向來都會好好回報的。」

於是那天下午，他就翻來覆去地拉著同一首曲子，麥克羅德煩得蹬地板，但是坎貝爾不為所動。最後他拜託女傭帶話，說他頭痛死了，希望坎貝爾高抬貴手別再拉了。坎貝爾回答，他愛怎麼拉是他的事，他有這個權利，麥克羅德就算不喜歡也只能忍耐。兩人隔天見面又是一陣唇槍舌劍。

阿申登和美麗的畢夏普小姐、坦普雷頓、還有一個名叫亨利・卻斯特的倫敦會計師分在同一桌。卻斯特身材矮矮短短，肩膀寬寬的，是個精壯的小個子，很難想像這種人也會得肺結核。這病突然降臨在他身上，對他是個意外的打擊。他原本生活再平常不過，三十多歲的年紀，結了婚，有兩個孩子，住在環境相當不錯的郊區。他每天讀著早報進市區上班，下午又讀著晚報從市區下班。除了工作和家庭，他對別的事都沒有興趣。他喜歡自己的工作，賺的錢夠他舒適過日子，每年還能存下一筆可觀的存款。他每週六下午和週日都去打高爾夫，每年八月會去東海岸同一個地點度三週的假。等到他的孩子長大成家，他就會把事業移交給他兒子，自己退休，和妻子搬到鄉間的小房子去過清閒的日子，直到垂垂老矣，死神把他帶走為止。他對於生活別無所求，而這也是成千上萬像他這樣的人所滿意的生活。他就是這樣的一個普通公民。然後事情發生了，他打高爾夫受了風寒，後來病情轉向胸腔，他的咳嗽怎麼樣也好不了。他向來是個強壯健康的人，對醫生沒什麼好感，但妻子最後還是說服他去看了醫生。當他知道自己雙肺都有結核，而且活命的唯一機會就是立刻進療養院時，他大爲震驚，簡直是晴天霹靂。之後他看的那位專科醫生告訴他，休養個幾年，說不定他就能重返工作崗位，但是兩年過去，倫諾克斯醫生卻告訴他，至少一年內別去想這件事。他給他看顯微鏡下他痰裡的結核桿菌，以及X光片上他肺裡疾病肆虐的陰影。他只覺心灰意冷，對他來說，這就像是命運在他身上開的一個殘酷不公的玩笑。如果他生活放蕩，如果他酗酒無度，如果他整天跟女人鬼混或者每天熬夜，有這樣的結果他還可以理解，他也會覺得這是他應得的。但是這些事他一件也沒做過，這簡直不公平到了極點。他無計可施，書也看不下去，除了思索自己的健康問題之外什麼也不做。他整天焦慮地盯著體溫計，幾乎成了一種強迫行爲，最後院方不得不沒收他的體溫計，因爲他一天要量幾十次。他深深相信醫生們對他這個病人漠不關心，爲了逼他們注意自己，便想盡各種方法在體溫計上做手腳，讓他們看到溫度時大吃一驚，要是把戲被揭穿了就生悶氣發牢騷。不過他天性樂觀友善，等到他一時忘我，就又開心地有說有笑，而當他突然想起自己是個病人的時候，就會在他眼裡看見對死亡的恐懼。

每逢月底，妻子都會到附近的宿舍來陪他住一兩天。倫諾克斯醫生不是很喜歡親戚來探病，因爲這會讓病人情緒亢奮，整天浮躁不安。亨利・卻斯特期盼妻子來看他的那份熱切，看起來是很令人感動的。但奇怪的是，當妻子眞的來了，他臉上卻又沒有預期中的喜悅。卻斯特太太是個可愛開朗的小女人，不算漂亮，但看上去乾淨有條理，和她丈夫一樣是個平凡人，一看就知道是個好太太好媽媽，一個細心的家庭主婦，一個盡責又不管太多的文靜好女人。他們結婚這麼多年來，在沉悶的家庭生活中，她始終十分樂觀，唯一的消遣是看電影，最興奮的事就是去倫敦的大型商店買東西，從來也不覺得這種生活單調無聊，日子過得很滿足。阿申登很喜歡她，她絮絮叨叨說著自己的小孩、郊區的家、鄰居、和各種瑣碎的小事時，他總是饒富興味地聽著。有一次他在路上碰見她，卻斯特因爲治療必須待在室內，所以她一個人沒有伴。阿申登提議他們可以一起散散步。他們聊了一些無關緊要的事，然後她突然問他，覺得她丈夫怎麼樣。

「我覺得他正慢慢在康復。」

「我眞的好擔心。」

「你要記得，這是一場緩慢的長期抗戰，要有耐心。」

走了一小段路之後，他看見她在哭。

「別再爲他難過了。」阿申登溫柔地說。

「噢，你不知道每次我來這裡得忍受什麼。我知道我不應該說這些，但是我眞的不說不行了。我可以信任你嗎？可以嗎？」

「當然可以。」

「我愛他，全心全意地愛他，爲了他，我什麼事都願意做。我們從來沒有吵過架，甚至連意見不同的時候都沒有過。但是他現在開始恨我了，讓我傷透了心。」

「噢，這太難以置信了，怎麼可能呢？你不在這裡的時候他老是念著你，從他的話聽起來，世上沒有比你更好的妻子了，他也是全心全意愛著你啊。」

「是沒錯，但那是我不在這裡的時候。一旦我來了，他看見我身強體壯的樣子他就受不了。你看，他病著，而我很健康，他對這件事怨恨得要命，他很怕自己就快死了，所以他恨我，因爲我會活下去。我隨時都得小心翼翼，幾乎我提到的每件事都會觸怒他，比如提到孩子，提到未來，他就會說一些非常刻薄傷人的話。像是我說到我們給房子裝了什麼，或者最近換的女傭怎麼樣之類的話題，就會讓他失控暴怒，抱怨我不把他當回事。我們感情一直都很好，而現在，我覺得我們之間好像築起了一道仇恨的高牆。我知道我不應該怪他，他會這樣都是因爲這場病，其實他眞的是個很好的男人，心地也很仁慈，要是沒生病，他可以說是世界上最好相處的人。可是現在我根本想到要來這裡就害怕，離開的時候反而覺得鬆了一口氣。如果得肺結核的人是我，他一定會非常非常傷心，但是我也知道他內心深處會覺得如釋重負。如果是他覺得我快要死了，不管我做什麼他也都能寬恕，不會埋怨命運待他不公。有的時候，他會說一些他死了以後我該做什麼之類的話來折磨我，把我弄得歇斯底里，哭著求他不要說了，他就會說這是他一點小小的樂趣，我不需要連這個都吝於施捨，反正他很快就要死了，而我還會長命百歲快快樂樂地活下去。我們這們多年來對對方的愛就要以這種令人沮喪、悲慘的方式消失了，我想到就怕得要死。」

卻斯特太太在路邊的一塊石頭上坐下，失聲痛哭起來。阿申登同情地看著她，卻也找不到什麼能安慰她的話。剛才她對他說的那些，仔細一想，其實也不那麼令人驚訝。

「給我一根菸吧，」最後她說，「我可不能讓眼睛紅腫得太厲害，不然亨利知道我哭過，就會以爲我又聽到什麼關於他的壞消息了。死眞有這麼可怕嗎？我們都會怕死怕成那樣嗎？」

「我不知道。」阿申登說。

「我媽媽快要死的時候，她看起來一點也不在乎。她很清楚死亡就在眼前，但是她還能拿死亡來開玩笑，不過那時候她已經很老了。」

郤斯特太太平復了自己的情緒，他們再繼續往前走，一陣子都沒有說話。

「你不會因爲我剛剛講了那些話，而覺得亨利有什麼不好吧？」最後她說。

「當然不會。」

「他是個好丈夫，好爸爸，我這輩子沒見過比他更好的男人。要不是因爲這場病，我想他腦子裡從來也沒出現過一點無情或不友善的念頭。」

和郤斯特太太這次對話讓阿申登想了很多。常常聽人說，他對於人性很悲觀，但那只是因爲他不用一般的標準來評斷身邊的人。對於他人內心滿溢的悲傷，他聽的時候常常跟著笑、陪著哭，或者聳聳肩不置可否，但無論是什麼他都能接受。你確實很難想像，那樣一個善良、平凡的矮小男人心裡居然藏著那麼偏激卑劣的念頭，但是誰又能知道人生下一步是會失足或是登天呢？會弄到這個地步，是因爲他的人生已經失去目標了。亨利・郤斯特出生成長的過程很普通，經歷的各種人生興衰變化也並不特別，當無法預期的意外發生在身上，他完全沒有應付它的能力。他就像是從巨大工廠中和其他幾百萬個同伴一起被製造出來的一塊磚，偏偏因爲有了瑕疵而不堪使用。如果這塊磚會思考，說不定也會大喊：我到底做了什麼，連這一點小小的工作都不讓我完成，不讓我盡一點棉薄之力？爲什麼非把我從其他磚塊的支撐中抽出來丟到垃圾堆裡去？亨利・卻斯特不能平心靜氣地承受這場災難並不是他的錯。並不是每個人都能從藝術或思想裡得到慰藉。這就是我們這個時代的悲劇，這些卑微的靈魂失去了對上帝的信心，他們心中不再有希望，期盼能再度幸福的信仰也完全破滅，空蕩的心靈卻找不到另一個能取代上帝的支柱。

有人說苦難會讓人變得高貴，這話並不確實。一般來說，苦難會讓人變得偏狹、愛抱怨、而且自私，但是在療養院這兒，受的苦並不算多。結核病到了某些特定階段，病人會微微發燒，因此反而覺得興奮，而不是憂鬱。這時候他們會覺得思考敏銳，充滿希望，前途一片光明。儘管如此，死亡的念頭仍然在他們的潛意識中縈繞不去，就像一首貫穿整齣輕歌劇的諷刺主題曲。偶爾那歡快、悅耳的詠歎調，那翩翩起舞的段落會怪異地走偏，轉成悲劇氣氛，威脅似地挑動著人的神經。每天生活中那些不起眼的樂趣、小小的嫉妒和瑣碎的煩心事，在它之前都算不得什麼了。惋惜和恐懼的氣氛像是突然掐停了心跳，死亡帶著不可侵犯的感覺，鋪天蓋地籠罩下來，彷彿暴風雨前的寧靜，瀰漫在熱帶叢林裡。阿申登來療養院之後不久，來了一個二十歲的男孩子，他是海軍，是個在潛艇服役的海軍中尉，得的是小說裡稱爲「奔馬癆」那種惡化速度非常快的肺結核。他是個高帥的年輕人，捲捲的棕髮，藍色眼睛，微笑十分迷人。阿申登見過兩三次他躺在露臺上曬太陽，白天也跟他閒聊過。他是個開朗的小伙子，最愛聊音樂劇和電影明星，總是在報上找足球戰績和拳擊新聞。接著他便臥床不起，阿申登再也沒有見過他，他的親人接獲通知來了療養院，兩個月後他就死了，死得毫無怨言，對於發生在他身上的事，就像一頭動物一樣一無所知。那一兩天，療養院裡瀰漫著一股隱隱的不安，就像監獄裡有人被拖去處了絞刑。然後，彷彿普遍共識一般，大家都順從了自己的求生本能，把這個男孩的事拋到腦後去。生活和事情發生之前沒有任何不同：一日三餐，小型高爾夫，例行運動，規定的休息，吵嘴，嫉妒，流言蜚語，和各種瑣碎的小煩惱，都一切如常地繼續。坎貝爾爲了激怒麥克羅德，還是拉著那首招牌名曲〈安妮．蘿莉〉，麥克羅德繼續誇耀自己的牌技，也繼續對其他人的健康和道德問題嚼舌根；阿特金小姐繼續在背後說人壞話，亨利．卻斯特繼續抱怨醫生忽視他，繼續咒罵命運，因爲他一直過的都是模範生活，上天卻在他身上開了這麼卑鄙的玩笑；阿申登則繼續讀他的書，也繼續愉快寬容地看著他身邊這些人上演的人生百態。

後來他和坦普雷頓少校成了好朋友。坦普雷頓年紀大約四十出頭，曾經擔任過皇家御林軍，但是大戰之後就退役了。他相當有錢，也因爲經濟無虞，所以生活全都投入在享樂上頭。他碰上賽馬季就去賭馬，狩獵季就去打獵，季節結束了的話就往賭城蒙地卡羅跑。他跟阿申登說他曾經靠賭百家樂贏過一大筆錢，後來又全都輸回去了。他非常迷戀女人，如果他說的那些話可以相信，那麼這些女人也非常迷戀他。他酷愛美食佳釀，只要在倫敦任何一間能讓你享用美食的餐廳，他都叫得出那間餐廳領班的名字。他加入了六個俱樂部。他的生活無益社會、自私、一點價值也沒有，或許以後也不可能有人能過那樣的生活，但他過了好多年，過得無憂無慮，過得樂在其中。阿申登問過他，如果他的人生能夠重來，他會想怎麼過，他回答，他會照著原樣重新過一遍。他說起話來非常逗趣，氣氛輕鬆，充滿了無傷大雅的諷刺，態度隨意自在，自信滿滿，雖然只能觸及事物的表面，那已經是他所知的全部了。因爲他個性親切，舉止又大方，療養院裡那些俗氣的老小姐說起他總是滿嘴好話，那些嚴肅易怒的老紳士也都認爲他是個有趣搞笑的人。他熟悉手上錢太多沒處花的人所在的那個浮華世界，就像他熟悉梅費爾區的每一條街道。他是個生性愛打賭、愛幫助朋友、會給路邊的流氓塞個十塊英鎊的人，如果說他在這個世界上沒做過什麼好事，其實他也沒做過什麼壞事，兩相抵銷，他的人生就是個零。但是比起許多品格高尚、令人景仰的人，他反而更是個親切友善的同伴。現在他已經病入膏肓，來日無多，他自己也很清楚。他還是把這件事看得很輕鬆，笑得毫不在意，好像他早就接受了一切。他有過精彩萬分的好日子，這一生沒有遺憾了，最糟的霉運也就是得了肺結核，但是去他媽的，又沒有人能長生不死，回頭想想，他要是不死於肺結核，也可能死於大戰，或者因爲定點越野障礙賽馬摔斷脖子而死。他這輩子的原則就是：要是在賭局裡大輸，就把錢付了，然後把這件事忘了就是。他花錢花爽了，自然就收工回家。派對一直開下去當然是棒呆了，但是天下沒有不散的筵席，不管你是徹夜狂歡到清晨才拎著牛奶回家，還是在派對最高潮的時候告辭，到了隔天，其實都無所謂了。

在療養院所有人裡面，要是用道德觀點去看，恐怕他是評價最低的一個，但他卻是唯一眞正能雲淡風輕地接受命運的人。他在死神面前挑釁地彈手指，你要說這叫輕浮也可以，要說這是他對一切都滿不在乎的勇氣，當然也行。

對他來說最不可能發生的事情，就是他在療養院裡深深地墜入了情網，說不定比他這輩子任何一次墜得都深。他戀愛過很多次，但一直都是輕描淡寫，只要有歌舞團女郎那種用錢買來的場面式愛情，和在鄉村別墅招待會上和風騷女子的露水姻緣，他也就覺得滿足了。凡是可能危及他自由生活的戀愛關係，他全都小心翼翼地避開。他生活的唯一目標就是盡可能追求更多樂趣，至於性的部分，他發現不斷換對象的方式對他而言最爲有利，而且也沒什麼不方便。但是他喜歡女人，就算那些女人已經有相當的年紀，他還是能用眼神愛撫她們，用聲音憐惜她們，任何能取悅她們的事他都可以做。這些女人意識到他對她們有興趣，覺得非常快樂，也倍感榮幸，她們以爲自己可以相信他絕不會讓她們傷心，這眞是大錯特錯。他曾經提到過一件事，阿申登覺得很能呈現他心裡的想法：

「你知道，一個男人只要夠努力，沒有哪個女人追不到，這其實沒什麼。可一旦追到手，只要這男人還掛念著溫柔鄉一天，一個女人被甩就不算是羞辱。」

他開始追求愛薇・畢夏普也只是出於慣性。她是療養院裡最漂亮也最年輕的女孩，雖然她的歲數並不像阿申登第一次看見她時想的那麼小，其實她已經二十九歲了，但是拜這八年來在瑞士、英國、蘇格蘭各個療養院精心保護的養病生活所賜，她年輕的外貌很容易讓人覺得她只有二十左右。

她對這個世界的一切都是在這些療養院裡學到的，所以她十分奇特地揉合了極端的天眞和極端的世故。她見過許多愛情故事自然發生，又自然消逝。很多男人追過她，各種國籍都有，她冷靜而愉快地接受這些人獻殷勤，但是一旦他們有了不可收拾的傾向，她就會意志堅定地把事情處理掉。在花朵般的外表之下，她擁有任何人都難以想像的強烈個性，到了需要攤牌的時候，她也知道怎麼用清晰、冷靜、果斷的詞句表達自己的意思。她早就打定主意要挑逗喬治·坦普雷頓，她很清楚這是場遊戲。雖然他覺得她很迷人，她卻認爲這人表現出來的樣子，顯然只是玩玩，因而也沒打算把這件事看得比他認眞。坦普雷頓和阿申登一樣，每天傍晚六點就上床，而且在自己房間裡用餐，所以他只有白天見得到愛薇。他們會去散個小小的步，但是除此之外很少獨處。午餐時間通常是愛薇、坦普雷頓、亨利·卻斯特和阿申登在一起聊天，只是很明顯，坦普雷頓大費周章地讓場面熱絡並不是爲了其他兩位男士。阿申登覺得，他漸漸不再只是用和愛薇調情打發時間而已，他對她的感情越來越深，也越來越認眞，但是他不確定她有沒有意識到這件事，也不確定這件事對她有沒有意義。不管什麼時候坦普雷頓鼓起勇氣說了越界的親暱話，她都會用一句能讓所有人笑出來的嘲諷頂回去，坦普雷頓雖然也笑了，但他的笑是惆悵的，他再也不甘心被她當成花花公子。阿申登跟愛薇越熟就越喜歡她，她近乎透明的可愛肌膚，瘦削的小臉上那對大得驚人、藍得神奇的雙眼，讓她病弱的美麗中帶著引人憐愛的特質。而她自身的境遇也令人憐惜，跟療養院裡其他人一樣，她彷彿獨自一人活在這世上。她媽媽過著忙碌的社交生活，姐姐們都結婚了，對這個同血緣、但目前已經分離八年的年輕女子只剩下敷衍式的關心。她們會寫信，偶爾來看看她，但是現在這些交流也不再頻繁，她毫無怨懟地接受了這個情況。她對每個人都很友善，隨時都滿懷同情地傾聽每個人的抱怨和傷痛。她對亨利．卻斯特很好，一點也不嫌厭煩，還盡可能地逗他開心。

「呃，卻斯特先生，」有天午餐的時候她跟他說，「又是月底了，你太太明天就要來了呢，總算有點讓人期待的事了。」

「不，她這個月不會來了。」他靜靜地說，眼睛盯著餐盤。

「噢，眞遺憾。爲什麼不來啊？孩子們都沒事吧？是嗎？」

「倫諾克斯醫生覺得她不來對我比較好。」

接著是一片寂靜，愛薇擔心地看著他。

「老男人，那樣眞是太不幸了，」坦普雷頓用他表示親切的口吻說，「你怎麼不叫倫諾克斯那傢伙下地獄去？」

「他應該很清楚情況。」卻斯特說。

愛薇又看了他一眼，然後就岔開了話題。

現在想起來，阿申登意識到她當下就已經起疑。隔天，他碰巧和卻斯特同路。

「我眞的非常遺憾你太太不能來，」他說，「你要盼到她來，可要盼慘了。」

「是啊，盼慘了。」

他斜斜瞥了阿申登一眼，阿申登感覺他有話要說，但是又說不出口。他憤怒地聳聳肩。

「如果她不來，那是我的錯，是我要倫諾克斯寫信叫她不要來的。我再也受不了了。整整一個月我都盼著她來，但是她一來這，我就恨她。你看，得了這爛病，我整個人活在怨恨裡，她可是又強壯又健康，精神奕奕。看到她眼裡的痛苦簡直讓我要發瘋，到底跟她有什麼關係？你病了究竟誰會在乎？他們都只是假裝擔心，病的是你不是他們，這些人可是高興得不得了呢。我很混帳，對吧？」

阿申登想起卻斯特太太坐在路邊石頭上痛哭的樣子。

「你這樣不讓她來，會讓她很傷心的，你不擔心嗎？」

「她得忍耐。我對付自己的痛苦都對付不來，已經顧不得她了。」

阿申登不知道還能說什麼，只好靜靜地往前走。突然，卻斯特憤怒地打破了沉默。

「你看事情能公正不自私當然很好，那是因爲你會活下去，而我就要死了，天殺的！我一點都不想死啊，爲什麼我就應該死？這不公平。」

在療養院這種地方，能夠引人關注的事情實在少得可憐，因此一段時間之後，不可避免地，每個人都很快地知道了喬治・坦普雷頓愛上愛薇・畢夏普這件事，但是她心裡究竟怎麼想的就很難說。她喜歡跟他在一起，這誰都看得出來，卻又不會刻意製造在一起的機會，而在她沒辦法和他獨處的時候，她的表情似乎又明白地不快樂。有一兩個中年女人打算設局讓她跳，逼她承認這件事，但她以一貫的天眞樣子，輕易地擋住她們的攻勢。不管是暗示或者單刀直入的問話，她全都以令人起疑的笑聲帶過，這可成功地觸怒了這些女人。

「他迷她迷成那個樣子，她才不會蠢到看不出來。」

「她沒有權利那樣戲弄他。」

「我相信她愛他的程度，就跟他愛她差不多而已。」

「倫諾克斯醫生應該把這件事跟她媽媽說的。」

麥克羅德是最生氣的人。

「這事太荒唐了。不過說到底，最後也不會有什麼結果。他肺結核病得整個人都快不行了，她也沒好到哪去。」

坎貝爾用譏刺而惡毒的口氣說了他的反面意見。

「我可是完全贊成他們在還做得到的時候度過一段美好時光，但我敢說，只要一個人意識到這點，就少不了有一些見不得光的事，我覺得這也沒什麼好怪他們的。」

「你這下流胚子。」麥克羅德說。

「噢，你給我閉嘴。坦普雷頓才不是會跟女孩子打沒章法的牌的那種人，除非他能從中得到一點什麼，這一點她也略知一二，我敢打賭。」

阿申登是這整件事裡看得最多，也最了解情況的人。最後坦普雷頓把他當成知己，他自己也覺得好笑。

「愛上一個正經的好女孩，眞是我這個年紀最棘手的事了，連我自己都想不到。想否認也沒用，我已經整個人陷進去了。如果我是個健康的男人，我明天就會跟她求婚。我從來沒認識過這麼好的女孩。我以前一直覺得女孩子根本他媽的煩人，我指的是正經人家出身的那種，但是她一點也不，她聰明得讓我離不開，而且又漂亮。天哪，那肌膚！還有那髮絲，但是這些都不是讓我拜倒的主因。你知道是什麼我栽進去的嗎？想起來都荒唐啊，一個像我這樣的老痞子，爲的居然是美德，這種字眼，我聽到就會笑得跟條鬣狗一樣，那是我在女人身上最不要求的事情，但現在事實就是這樣，難以否認。她太完美了，讓我覺得自己像條配不上她的毛蟲。我想，這些話大概嚇到你了？」

「一點也不，」阿申登說，「你不是第一個反璞歸眞的浪子，這純粹是中年人的多愁善感而已。」

「你這個壞蛋。」坦普雷頓笑了起來。

「那她怎麼說？」

「老天爺，你不會以爲我告白了吧？這些話我以前從來沒跟別人說過，也沒跟她提過一個字。我說不定活不過半年，再說，我要怎麼跟那樣的一個女孩子求婚呢？」

阿申登這時候已經非常確定她愛坦普雷頓的程度，就跟坦普雷頓愛她一樣深。當坦普雷頓走進餐廳，她的臉便泛上一層紅暈，而在他沒看她的時候，她也不時溫柔地望著他，這一切阿申登都看在眼裡。當她聽他說著自己早年的經歷時，她的微笑裡有種不尋常的甜蜜。阿申登覺得她舒適地沉浸在他的愛裡，就像陽臺上那些看著雪景，沐浴在暖暖陽光裡的病人，如果她滿足於這樣的狀態，說不定也是好事，他自然也沒有必要告訴坦普雷頓，也許她也並不期待他明白她的心思。

接著發生了一件事，打亂了療養院裡平淡乏味的生活。雖然麥克羅德和坎貝爾老是吵架，他們還是一起打牌，因爲直到坦普雷頓住進來之前，他們一直都是這療養院裡牌打得最好的人。他們吵個沒完，事後檢討從沒斷過，但是過了這麼多年，彼此對於對方的牌風都瞭如指掌，而且都以得分壓倒對方爲無上樂趣。通常坦普雷頓不願跟他們一起打牌，雖然他牌也打得不錯，但是他比較喜歡跟愛薇・畢夏普打，而麥克羅德和坎貝爾都同意，跟她打牌一點意思都沒有。她是那種自己犯錯輸牌之後，還會笑著說：「哎呀，不就是差個一墩的事情嘛！」的那種人。但是有天下午，愛薇因爲頭痛待在自己房裡沒有出來，坦普雷頓於是答應跟坎貝爾和麥克羅德打牌，阿申登是第四個牌搭子。雖然已經是三月底，還是下了好幾天大雪，他們在一個三面開的陽臺上迎著寒風打牌，四個人都穿著厚厚的毛皮大衣，戴著帽子，手上還戴著手套。他們的賭注對坦普雷頓這種賭徒來說實在太小，不值得他認眞，而且他叫牌也叫得太大膽，但是他打得確實比另外三個人好得多，因爲他通常都能完成他叫的合約，或至少接近完成合約[1]，只是他叫牌時經常會用「賭倍」和「再賭倍」來

1 四人橋牌為兩兩一組，也就是你和對面的人一組，你左右兩邊的人一組。開打前，會先叫牌，以決定輸贏的條件，合約就代表這個輸贏的條件。完成合約就是贏，接近完成合約就是差點贏。

提高輸贏的大小。雙方手上的牌越來越好，小滿貫的情況不知道出現了幾次，牌桌上的戰事激烈萬分，而麥克羅德和坎貝爾的舌戰也不遑多讓。到了五點半，開始打決勝局，因爲六點鐘會響鈴，催促大家回去休息。這是場惡戰，雙方擺好陣勢，麥克羅德和坎貝爾正好是對手，誰都不想讓對方贏。再十分鐘就要六點了，這時候雙方各贏一局，已經發了最後一輪牌。坦普雷頓是麥克羅德的搭檔，阿申登和坎貝爾一國。麥克羅德從「二，梅花」開始叫牌，阿申登沒叫牌，坦普雷頓的叫牌表示他的牌肯定能幫上麥克羅德的忙，最後麥克羅德叫了個大滿貫，坎貝爾喊了「賭倍」，麥克羅德加喊了「再賭倍」。在別桌打牌的人聽到了，都停下自己的牌局過來圍觀，這場牌局就在一小群人注目之下死寂無聲地進行著。麥克羅德緊張得臉色發白，額頭大顆大顆地冒汗，連手都在發抖。坎貝爾一臉嚴峻。麥克羅德被逼著出了兩次飛牌，兩次都讓他得逞。最後他引坎貝爾出了張自以爲能贏的大牌，再一鼓作氣拿下第十三墩。觀眾群爆出一陣掌聲，麥克羅德贏了，他得意地跳了起來，攢緊了拳頭在坎貝爾面前揮舞。

「回去拉你那該死的小提琴吧，」他大喊。「大滿貫賭倍再賭倍，這是我一輩子最大的願望，今天可達成了。老天保佑，老天保佑啊。」

他倒抽了一口氣，突然往前一個踉蹌，整個人倒在牌桌上，一股鮮血從他嘴裡汩汩湧出。大家叫來醫生，助手也趕來了，但是他已經死了。

兩天後，他下葬了，時間是一大清早，這樣其他病人就不會因爲目睹葬禮而情緒波動。他的一個親戚穿著黑衣從格拉斯哥趕來參加了葬禮。他活著的時候沒有人喜歡過他，死後也沒有人爲他感到遺憾，可以想見的是，一週之後，他就被遺忘了。那位印度官員如願地遞補上頭等桌，坎貝爾也搬進了他期盼已久的那個房間。

「今後就天下太平了，」倫諾克斯醫生對阿申登說，「想想我忍受了這兩個人沒間斷的吵架和抱怨，一年又一年……相信我，要管好一間療養院眞的需要耐心。想想看，在他給我帶來這麼多麻煩之後，也得像那樣結束一生，好好把其他人嚇一嚇。」

「這件事是有點嚇人，你知道的。」阿申登說。

「他是個沒什麼用的傢伙，但還是有些女人很爲他難過。可憐的畢夏普小姐眼睛都哭腫了。」

「我懷疑她會不會是唯一一個眞心爲他哭，而不是爲了自己哭的人。」

但在這個時候，看來還有一個人沒忘記他。坎貝爾變得像隻喪家之犬，他不打牌了，也不找人說話，顯然爲了麥克羅德而悶悶不樂。他一連好幾天都待在自己的房間裡，飯也請人送進房裡吃，之後他去找倫諾克斯醫生，說他還是喜歡自己以前那個房間，想要搬回去。倫諾克斯醫生罕見地發了脾氣，說他纏著他要那個房間那麼多年，現在他如果不在那個房間繼續住下去，就滾出療養院。

他回到房裡鬱鬱地坐著，若有所思。

「爲什麼不拉小提琴了呢？」最後護士長終於問他。「我都兩星期沒聽見你拉琴的聲音了。」

「是沒拉。」

「爲什麼不拉呢？」

「沒意思了。以前我覺得拉琴好玩，是因爲我知道麥克羅德會氣得發瘋，但是現在我拉不拉琴再也沒有人在乎，我想我以後都不會拉了。」

直到阿申登離開療養院，他都沒有再拉過琴。奇怪的是，麥克羅德死了，他的生命反而像失去了興味，再也沒有人跟他吵架，沒有人可以讓他發火，他失去了活下去的動力，事情再清楚不過，不用多久，他也會跟隨這個對手的腳步走進墳墓。

但是在坦普雷頓身上，麥克羅德的死卻產生了另一種效果，而影響所及，出現了一個出乎大家預料的結局。他用他一貫冷淡超然的口氣跟阿申登聊這件事。

「能像他那樣在勝利的瞬間死去眞是太了不起了，我實在不能理解，爲什麼大家要爲這件事情弄得這樣愁雲慘霧。他在這裡住很多年了，是吧？」

「十八年，我想應該是。」

「我很想知道這樣究竟值不值得，要是放肆地縱情一番再去承擔後果，是不是就眞的會更糟。」

「我想這取決於你有多重視你的生活。」

「但是這樣算生活嗎？」

阿申登沒有回答。這幾個月，他的病情已經有起色，但是你只要看坦普雷頓一眼，就知道他不會好了，他的臉上已經出現了死相。

「你知道我做了什麼嗎？」坦普雷頓問。「我跟愛薇求婚了。」

阿申登大吃一驚。

「她怎麼說？」

「唉呀，她說，那眞是她一輩子聽過最荒謬的想法了，我一定是瘋了才會想這種事。」

「你得承認她說得沒錯。」

「確實是。不過她答應了。」

「這太瘋狂了。」

「我也這麼覺得。不過不管怎樣，我們會先去見倫諾克斯，問問他對這件事的看法。」

冬天終於過去了，山上仍有殘雪，但是山谷裡的雪已經化了，矮坡上的樺樹葉苞正準備吐出嫩葉。春天的魔法在空氣裡飄盪，陽光暖暖，每個人都活躍起來，還有些人覺得心情愉快，只有在冬天才來住這兒的老住戶們正在安排去南方度假的計畫。坦普雷頓和愛薇一起去見了倫諾克斯醫生，把心裡的想法告訴他。他爲他們做了檢查，照X光，還有各式各樣的檢驗。倫諾克斯醫生安排了一天告知他們結果，並且依照這個結果跟他們討論結婚問題。就在他們要去赴這個約之前阿申登見到了他們，他們很焦慮，但還是努力地開著玩笑。倫諾克斯醫生把檢查結果拿給他們看，並且用簡單易懂的話爲他們解釋目前的情況。

「檢查報告很精細，篇幅也很大，」坦普雷頓聽完解說之後說，「但是我們想知道的是：我們到底能不能結婚？」

「這麼做相當不明智。」

「這我們知道，但是有什麼關係嗎？」

「如果你們有了孩子，那就罪過了。」

「我們沒打算生小孩。」愛薇說。

「嗯，接下來我會用最簡短的話把目前的狀況告訴你們，然後你們就得自己決定了。」

坦普雷頓朝愛薇微微一笑，牽起了她的手。醫生繼續說了下去。

「我覺得，畢夏普小姐的身體狀態還沒有健康到能過一般生活，但是如果她照前八年的方式繼續生活下去的話……」

「待在療養院裡？」

「是的，她會安心舒服地活下去，沒有理由擔心，就算不能活到高壽，至少到一個正常人期望的年紀是沒問題的。這病現在是休眠狀態，如果她結婚，打算過一般人的生活，感染的病灶說不定又會活躍起來，後果就沒人敢說了。至於你，坦普雷頓，我可以更簡單地說，你看到你自己的X光片了，你的肺滿滿的都是結核，如果你硬要結婚，活不過半年。」

「假如我不結婚，能活多久？」

醫生遲疑了一下。

「不用擔心，你可以跟我說實話。」

「兩三年吧。」

「謝謝你，這就是我們想知道的。」

他們像進來時那樣手牽著手出去了。愛薇輕輕地哭著，沒有人知道他們跟對方說了什麼，但是當他們來吃午飯的時候，兩個人都顯得容光煥發。他們告訴阿申登和卻斯特，他們會盡快辦好所有證件，盡快結婚。然後愛薇轉向卻斯特，

「我很希望你太太能來參加我的婚禮，你覺得她會來嗎？」

「你們不會打算在這裡結婚吧？」

「是的，我們兩邊的親戚都不會贊成的，所以結完婚之前我們也不打算告訴他們，我們會請倫諾克斯醫生爲我們主婚。」

她溫和地看著卻斯特，等待他的答案，因爲他一直沒有回答她。另外兩個男人看著他，他終於開口了，聲音有點顫抖。

「你願意邀請她眞是太好了，我會寫信叫她來的。」

他們要結婚的消息在病人之間傳開了，雖然大家都恭喜他們，但是大部分的人私下都說這個決定實在太不明智。尤其是當他們知道（在療養院裡發生的事遲早大家都會知道的）倫諾克斯醫生告

訴坦普雷頓，要是結婚就只剩半年生命的事，個個都嚇得說不出話來。即便是最麻木遲鈍的人，也因為這兩個人相愛之深，竟到了能為此犧牲生命的地步，而覺得受到感動。療養院出現一股親切與善意的氣氛：平時不說話的那些人開始跟其他人聊起來，也有人暫時忘記了自己的焦慮，彷彿每個人都分享了這對幸福新人的愉悅。不但有春天為這些久病的心靈帶來新希望，這兩人擁有的偉大愛情更讓接近他們的人都沾染了愛的光輝。愛薇整個人洋溢著幸福，興奮讓她看起來顯得更年輕，也更漂亮了。坦普雷頓更是彷彿漫步雲端，總是開懷大笑，滿口詼諧話題，好像這世上再也沒有他牽掛的事了。你可能會以為他覺得自己還能過好些年的幸福日子，但是有一天，他私下對阿申登說：

「這地方不錯，你也知道的，」他說，「愛薇答應我，我走了以後，她就會回來這裡。這裡的人她都認識，這樣她就不會那麼寂寞了。」

「醫生也常常會判斷錯誤的，」阿申登說，「如果你生活上夠注意，我看不出你有什麼不能活久一點的理由。」

「我也只求三個月，只要有心滿意足的三個月，一切都值了。」

卻斯特太太在婚禮前兩天來到療養院。她已經好幾個月沒有見到丈夫了，見了面兩個人都有點不好意思，可以想像他們獨處時的尷尬和拘束感。但是卻斯特盡力甩開自己慣有的憂鬱，無論如何都想在用餐時展現出沒生病之前那個快樂、熱誠的自己。婚禮前夕，所有人一起吃了晚餐，坦普雷頓和阿申登都為這場盛宴熬了夜，他們喝香檳、講笑話、大笑、開開心心地鬧到十點鐘。婚禮隔天早上在隔壁的蘇格蘭教會舉行，阿申登擔任伴郎，療養院每個下得了床的人都會到場觀禮。午餐之後，這對新人就會立刻搭車前往教會，院裡的病人、醫生和護士都聚在門口送他們。有人在車子後頭綁了一隻舊鞋，坦普雷頓和他的新娘走出療養院大門的瞬間，米粒雨點似地落在他們身上。當他們的車開走的時候，人群裡爆出歡呼，他們駛向了愛情，也駛向了死亡。人群慢慢散去，卻斯特和妻子並肩靜靜走著，一小段路之後，他羞怯地牽起她的手。她的心臟彷彿漏跳了一拍，斜斜瞥了一眼，看見他眼裡有淚光。

「親愛的，原諒我，」他說，「我對你太壞了。」

「我知道你不是故意的。」她聲音有點顫抖。

「是，我是故意的。因爲我太痛苦了，所以我也想讓你痛苦。但是以後不會了，都是因爲坦普雷頓和愛薇・畢夏普——我不知道該怎麼說，他們的事，讓我看事情的眼光都不一樣了。我已經不在意自己是不是快死了，也不覺得死有什麼大不了，愛才是最重要的。我希望你活著，快快樂樂地活著，我什麼都不怨你了，也不再恨。我現在很欣慰要死的是我，而不是你。我願世上一切美好都歸於你。我愛你。」

——原刊於一九三八年十二月號《柯夢波丹》（Cosmopolitan）雜誌

愛德華・巴納德的墮落

貝特曼・杭特睡得很不安穩。從大溪地到舊金山這十幾天航程裡，他一直想著那個故事，這個故事是非說不可的，也因此接下來三天，他一直在火車上反覆推敲說這個故事時的用字。但現在，再過幾小時就要抵達芝加哥了，他卻又舉棋不定起來。他的良知一向非常敏感，此時更是分外不安，他不確定自己是不是已經盡了最大努力。這是件他應該以他的人格擔保，要比盡最大努力做得更好的事。但是在一件和他自身利益關係這麼大的事上頭，他竟然讓自己的利益壓過了騎士精神，想到這就讓他心神不寧。自我犧牲在他的想像中有強烈的吸引力，以致於當他沒能做到這一點，幻滅感竟油然而生。他就像一位出於無私動機爲窮人蓋了模範社區的慈善家，之後卻發現這房子替他賺了錢。他免不了對撒在水上的糧食還獲得一成報酬這件事感到滿意[1]，但獲利這點卻也削弱了不少行善的色彩，讓他有種尷尬的感覺。

貝特曼知道自己心思純正，但是他也沒辦法確定自己說這個故事的時候，在伊莎貝爾・隆斯塔夫小姐冷靜的灰眸審視之下能不能堅持得住，那雙眼睛眞是有遠見，又飽含智慧。她總是以自己一絲不苟的正直做爲評斷他人的標準，對於不符合她嚴苛準則的行爲，她就用冰冷的沉默表示自己的不認同，再沒有什麼譴責比這個更嚴重了。她下的判決是沒有上訴餘地的，因爲她一旦心意已決，就絕不更改。但貝特曼正是欣賞這樣的她。他愛的不只是她美麗的外表，不只是她苗條挺直的身材，微微帶著傲氣的頭部姿態，還有她的靈魂，她靈魂的美遠超過她的外表。她的誠實，她嚴格的榮譽感，還有她無畏的人生觀，彷彿把他這個國家女性所有令人尊敬的美德都集於一身。但是他在她身上看見的，比最完美的美國女孩還要更勝一籌，他覺得她能有這樣的優雅氣質，環境的特殊因素功不可沒，他深深相信，這世界上能造就出她這樣一個人的城市，唯有芝加哥了。想到他必須對她說出那個嚴重傷害她自尊的故事，他就覺得心裡一陣劇痛，而想起愛德華・巴納德這個人，更是讓他怒氣頓生，心如火焚。

但是當火車終於噴著氣進入芝加哥，他看見灰色房屋之間一條條的長街，心裡還是止不住地狂喜。想到州街和瓦伯許大道那熙來攘往的石板路，擁擠的交通和熱鬧的噪音，他就覺得迫不及待。他非常高興自己出生在這個美國最重要的城市，舊金山太鄉下，紐約已經日薄西山，美國的未來全靠經濟可能性的發展，而芝加哥，以它得天獨厚的位置和市民的活力，注定要成爲這個國家眞正的

1 這句話出自《聖經》〈傳道書〉第十一章第一節——當將你的糧食撒在水面，因為日久必能得著。意為，行善必有回報，只是早晚問題。

首都。

「我想，在我有生之年，一定能見到它成為世界最大的城市。」貝特曼走下月臺的時候這樣對自己說。

他父親來接他，在一陣熱情的握手之後，這對高眺、修長、體格勻稱，生著同樣細緻、禁慾主義者似的五官和薄薄的嘴的父子一起走出了車站。杭特先生的車已經在等著他們了，他們上了車，貝特曼看著一路經過的街道時，杭特先生注意到兒子自豪而快樂的眼光。

「兒子，回來很高興吧？」他問。

「我想是吧。」貝特曼說。

他津津有味地看著一幕又一幕在眼前掠過的街景。

「我想這裡的車比你們南海群島那兒要多一點吧，」杭特先生大笑。「你喜歡那裡嗎？」

「我還是比較喜歡芝加哥，爸。」貝特曼回答。

「你沒把愛德華・巴納德一起帶回來。」

「沒有。」

「他現在怎麼樣？」

貝特曼沉默了一會兒，他那張英俊又善體人意的臉也暗了下來。

「我不太想談他，爸。」最後他說。

「沒關係，兒子。我想你媽今天要高興死了。」

他們穿過路普區擁擠的街道沿河開去，一路開到一棟富麗堂皇的宅邸前，那豪宅和法國羅亞爾河畔的別墅一模一樣，是杭特先生幾年前建的。貝特曼才剛一個人回到自己房間，就立刻撥了個電話，聽見電話那頭傳來說話聲的時候，他的心簡直都要跳出來了。

「早安，伊莎貝爾。」他開心地說。

「早安，貝特曼。」

「你怎麼認得出來是我？」

「距離上次聽到這個聲音又沒多久。再說，我也在等你。」

「我什麼時候可以見你？」

「要是你沒有別的事要做的話，你今晚可以來我家吃晚飯。」

「你很清楚，我不會有什麼別的事要做。」

「我想你有一肚子新聞要說吧？」

他覺得她已經有預感了，從她的聲音裡聽得出來。

「是的。」他回答。

「那，你今晚一定得講給我聽。再見。」

她掛了電話。明明是件和自己切身相關的事，她卻能花這麼多沒有必要的時間等待，這就是她的個性。在貝特曼看來，這正是她自我克制的堅毅精神，令人敬佩。

晚餐的餐桌上，除了他和伊莎貝爾之外只有她的父母在。他注意到她一直刻意把話題引向禮貌性的閒聊，這讓他想到，一個身處在斷頭臺的陰影下，知道自己見不到明日太陽的女伯爵，在面對日常事務時的舉止行爲就會這樣地漫不經心。她細緻的五官，有貴族氣息的短上唇，還有濃密的金髮，確實也讓人想到女伯爵，就算不是眾所周知，但顯而易見的是，她的血管裡流的是芝加哥最高貴的血液。這個飯廳就像個合適的畫框，配得上她嬌貴的美，這棟複製威尼斯大運河城堡的宅邸是伊莎貝爾的點子，還請了一位英國專家用路易十五時代風格的家具布置，和這位多情的君王名字相連的優雅裝潢更增添了她的可愛，而同時，她的美好也爲這些裝潢賦予了深遠的意義。因爲伊莎貝爾的心靈底蘊深厚，不管談的是多麼輕鬆的話題，都不會讓人覺得輕浮無禮。她現在正在談下午和她母親去參加的一場音樂會，談一位英國詩人在禮堂的演說，談政治情勢，談她父親最近才花了五萬塊買下他作品的那位繪畫大師。聽她說話讓貝特曼覺得非常舒服，覺得自己再度回到了文明世界，站在文化和卓越的中心點，那些在他心中煩擾他、抗拒著他的意願，始終不願意平息的喧囂聲，這時終於恢復了寧靜。

「噯，回到芝加哥眞好啊。」他說。

晚餐結束，大家往客廳去的時候，伊莎貝爾對她母親說：

「我要把貝特曼帶到我房間去了，我們有好多事情要聊呢。」

「那樣很好，親愛的，」隆斯塔夫夫人說，「你們聊完要找我們的話，我和你爸會待在杜巴利伯爵夫人廳[2]。」

伊莎貝爾帶著這個年輕人上樓，領著他進了自己的房間。在這個房間裡，他有過許多美好的回憶。雖然他對這個房間非常熟悉，還是忍不住發自內心地發出一聲愉快的驚嘆。她帶著微笑環視整個房間。

「我覺得這房間弄得還不錯，」她說，「最主要是一切布置都沒有出差錯，就算只是個菸灰缸，也一定是那個時代的東西。」

「我還在想是什麼讓這個房間變得這麼神奇。這裡一切都正確無誤，正像你的作風。」

他們在燃燒的爐火前坐下，伊莎貝爾用那對平靜的灰眸看著他。

「現在，你有什麼要跟我說？」她問。

「我不知道該從哪兒說起。」

「愛德華・巴納德要回來了嗎？」

「沒有。」

貝特曼沉默了很久才再度開口，說出來的每一個字都經過反覆思索。他必須說的那個故事很難

2杜巴利伯爵夫人（Marie-Jeanne, Comtesse du Barry, 1743～1793）：法王路易十五的情婦。

講，因爲當中有些東西對她敏感的耳朵來說太過唐突，他實在說不出來，但是不管是對她還是對自己，他都必須公正，一定要把完整的事實告訴她。

事情要從很久以前說起，那時他和愛德華・巴納德還在大學讀書，在一場向社交界正式介紹伊莎貝爾・隆斯塔夫的茶會上遇見了她。其實他們在她還是個小女孩，他們也還是身高剛抽長的小男孩時就認識，但後來她到歐洲待了兩年，當她完成學業回來，他們和這位可愛的女孩重拾了友誼，這對他們來說眞是意外之喜。後來兩人都深深地愛上了她，但貝特曼很快就發現她的眼裡只有愛德華，爲了友誼，他讓自己退到知己的角色。他度過了一段痛苦的時期，但是他不能否認愛德華確實配得上這份好運，因爲擔心自己珍視的這份友誼受到傷害，他小心翼翼，從來不讓自己心底的情愫露出一點蛛絲馬跡。六個月之後，這對情侶訂婚了，但是因爲兩個人年紀都還太小，伊莎貝爾的父親決定兩人應該等到愛德華大學畢業再結婚，意思是還要再等一年。貝特曼還記得，伊莎貝爾和愛德華預定婚期前的那個冬天，塞滿了舞會、戲劇派對和各式各樣非正式的慶祝活動，他身爲這個友誼關係中的第三人，總是每一場都到。他對她的愛，並不因爲她很快就要成爲朋友的妻子而減損一分，她的微笑，她突然對他說的一句開心的話，她眞情流露訴說的小祕密，樣樣都讓他喜不自勝。他甚至有點得意地暗自慶幸，還能有這樣的喜悅，都是因爲他從來也不嫉妒他們的幸福。接著，意外發生了，有家大銀行倒閉，證券交易所掀起一片恐慌，愛德華・巴納德的父親發現自己破產了。當天晚上他回到家，告訴妻子，他現在已經一文不名。晚餐之後他回到自己的書房，便開槍自殺了。

一星期後，愛德華・巴納德臉色疲憊蒼白地去找伊莎貝爾，希望跟她解除婚約。她張開手臂環抱著他的脖子，落下淚來，這是她唯一的回答。

「別讓我爲難，親愛的。」他說。

「你覺得現在我能跟你分手嗎？我愛你啊。」

「我拿什麼讓你跟我結婚？一切都沒有希望了，你父親不會答應的，我連一毛錢都沒有。」

「我不在乎。我愛你。」

他把自己的計畫告訴她。他必須立刻去賺錢，他家有個名叫喬治・布勞恩施密特的老朋友，願意在自己的公司裡給他安插一個工作。這人在南海做生意，太平洋許多小島上都有他仲介過去的人。他提議讓愛德華去大溪地一兩年，在他最好的經理手下做事，熟悉各式貿易往來的細節，之後他會在芝加哥給這個年輕人一個職位。這是個千載難逢的機會，他解釋完，伊莎貝爾的臉上又露出了笑容。

「你這大笨蛋，既然是這樣，爲什麼之前要讓我那麼難過？」

聽到她這麼說，他的表情也亮了起來，眼睛閃閃發光。

「伊莎貝爾，你的意思是，你會等我？」

「你覺得你不值得我等嗎？」她微笑。

「噢，現在別笑我了，求求你認眞點，我這一走，可能兩年都見不到你。」

「不要擔心，我愛你，愛德華。等到你回來，我們就結婚。」

愛德華的老闆做事不喜歡拖拖拉拉，他跟愛德華說，如果他接受這個工作，一星期後船就要從舊金山啓航。愛德華和伊莎貝爾在一起過了最後一晚。晚餐之後，隆斯塔夫先生說他有話要跟愛德華說，便帶著他進了吸菸室。對於女兒告訴他的後續安排，隆斯塔夫先生平靜地接受了，愛德華想不出他現在還有什麼神祕的話要跟他說。看到這位一家之主不安的樣子讓他滿腹疑團，隆斯塔夫先生支吾其詞，先聊了些沒有意義的瑣碎小事，到了最後，才把心裡的話一口氣說了出來。

「我想你聽過阿諾德・傑克森這個人吧！」他說，一面緊皺眉頭看著愛德華。

愛德華有點猶豫，但是他天生的誠實個性還是逼著他坦承了一件他寧願否認的事。

「是的，我聽過。但這是很久以前的事了，我想我也沒怎麼注意。」

「芝加哥絕大部分的人都聽過阿諾德・傑克森的名字，」隆斯塔夫先生憤恨地說，「就算眞有人不知道，想找到樂意談這些事的人也不難。你知道他是我內人的哥哥，我的大舅子嗎？」

「是的，我知道。」

「當然我們已經好多年沒跟他聯絡了。他一走得了，立刻就離開了這個國家，我想這個國家從此跟他再無瓜葛大概也不會覺得有什麼遺憾。據我們所知，他現在人在大溪地，我建議你，對這個人要敬而遠之，但如果你聽到了什麼關於他的消息想告訴我們，我內人和我都會非常樂意知道的。」

「好的。」

「我要跟你說的就是這些。現在我敢說，你一定迫不及待要回到女士們身邊去了。」

絕大多數家庭裡都會有這麼一個人，如果周遭的人沒有意見，這個家庭寧願把他遺忘。如果經過一兩代的時光流逝，這個人的離經叛道增添了一些浪漫色彩，那麼對這個家庭來說就算是幸運了。但要是這個人還活著，而他的奇言異行不能用「他老是自找麻煩」這句話輕易帶過，比如說這個罪人犯的並不是貪杯或者處處留情這類小錯，那麼最穩當的對應方式就是絕口不提。隆斯塔夫家對阿諾德・傑克森就是這麼做的。他們從來不提這個人，甚至連他住過的那條街都從不經過。他們心腸好，沒辦法放著他的妻子兒女因爲他犯的過錯受苦，多年來一直資助他們，但條件是他們必須住在歐洲。他們用盡所有方法想抹掉阿諾德・傑克森的一切痕跡，然而他們也清楚，他做過的事在大眾心中依然鮮明如昔，就跟醜聞在訝異的世人眼前爆發那天一樣。阿諾德・傑克森是家族中的不肖子，家族裡每個人都因他而受害。這樣一個富裕的銀行家，教會裡的重要人物，一個慈善家，一個並不是因爲家系[3]，而是因爲正直受眾人敬重的人，卻在某一天因爲詐欺被逮捕入獄，審判之後，更揭露了這些欺詐並不能用臨時起意解釋，而是有計畫、有系統的犯罪。阿諾德・傑克森自此

---

3 他的血管裡流著芝加哥最高尚的藍色血液

成了一個惡棍，他被判入獄七年，幾乎所有人都覺得太便宜他了。

最後一個晚上結束的時候，這對情侶山盟海誓地分開了，伊莎貝爾雖然滿臉淚痕，但因爲相信愛德華對自己熱烈的愛情，心裡反而有一絲安慰。她現在的心情有點微妙，一方面因爲要和他分開，覺得自己悲慘不幸，卻又因爲他這樣愛她，覺得自己非常幸福。

這已經是兩年多以前的事了。

從那之後，每次郵件寄到，裡面總會有他寫的信，因爲郵件是一個月來一次，所以總共有二十四封信，信的內容就跟一般情侶會寫的情書沒兩樣，充滿了親暱和迷人的字句，還有款款柔情，偶爾會有些幽默，特別是在後期。一開始，信件內容顯示他極度想家，總是渴望回到芝加哥，回到伊莎貝爾身邊。她有點焦急，寫了信求他一定要撐下去，她怕他會放棄所有的機會直接回來，她不希望自己的愛人缺乏忍耐力，還引用了兩句詩給他看：「若非我更愛榮譽，親愛的，我也無法愛你如此之深。」[4]但不久之後，他看起來開始適應了當地的生活，伊莎貝爾很高興地發現，他滿懷熱情，想把美式的做事方法引進那被遺忘的世界角落。但是她了解他，一年快結束了，這是他在大溪地停留的最短期限（他在大溪地最少要待一年），她知道自己必須用盡一切影響力阻止他回家。如果他能把這門生意學透徹點會更好，如果他們一年都能等，看不出有什麼理由沒辦法再等一年。她跟貝特曼・杭特談過這件事，他一直是最豁達大度的朋友（在愛德華剛走的那幾天，要是沒有他，她眞不知道該怎麼過），最後他們決定，愛德華的前途是最首要的考量。她也發現，隨著時間一天天過去，他不再提起回來的事了，這讓她稍微放鬆了一點。

「他眞是太出色了，對吧？」她對貝特曼感嘆地說。

「他可是道道地地的白人。」

「從他來信的字裡行間，我看得出來他不喜歡那個地方，但是他還是待在那裡，因爲……」

她的臉微微地緋紅了，貝特曼莊重地笑了一下，這是他非常吸引人的一個表情，然後把她沒說完的句子接了下去。

「因爲他愛你。」

「這讓我覺得自己好渺小。」她說。

「你很棒的，伊莎貝爾，你棒極了。」

第二年過去了，伊莎貝爾仍然每個月都會收到愛德華寫來的信，但最近他似乎再也不提回來的事了，事情變得有點奇怪。從他信裡的口氣看來，他不只是適應了大溪地而已，而是根本在那兒安居樂業起來了。她很訝異，之後她把他所有的信件重新讀了好幾遍，在那些字句之間，她注意到有些之前被她忽略了的改變，讓她大惑不解。後期的信雖然和一開始一樣溫柔愉快，但是語氣有所不

---

4 詩句引自英國詩人理查德・洛夫萊斯（Richard Lovelace, 1618～1658）的名作——〈出征前致露卡斯塔〉（To Lucasta, Going to the Wars）。

同。她對那些幽默的用詞隱隱有點起疑，對信中難以捉摸的特質有種出自女性本能的不信任，也察覺信裡的口吻有種她難以理解的輕佻。她已經不能確定，現在寫信給她的愛德華，和她當初認識的愛德華還是不是同一個人。有天下午，在收到一封來自大溪地的信件之後，她和貝特曼同車，他對她說：

「愛德華有沒有說他什麼時候啓程回來？」

「沒有，他完全沒提。我還以爲他跟你說過這件事。」

「一個字也沒說過。」

「愛德華這個人你知道的，」她笑著回答，「他對時間沒什麼概念。如果下次你想到要寫信給他，問問他打算什麼時候回來。」

她這舉動看似完全不在意，只有貝特曼這種極度敏感的人，才能意識到她的懇求有多麼急切。他輕輕地笑了。

「好，我會問他的。眞沒辦法想像他現在到底在想什麼。」

幾天之後，他們又見面了，她注意到他心事重重。自從愛德華離開芝加哥，他們在一起的時間變多了，兩個人談的話題都圍繞在他身上，只要有一個人因爲想念他，想聊聊這個不在身邊的好友，另一個人總是很樂意傾聽，伊莎貝爾因此熟悉貝特曼臉上每一個細微的表情，他的否認在她敏銳的本能之下無所遁形。有個聲音告訴她，他煩惱的表情和愛德華有關，不讓他親口說出來，她就不能安心。

「其實，」最後他終於開口，「我輾轉聽人說，愛德華已經沒在布勞恩施密特的公司做事了，昨天我找了個機會，去問了布勞恩施密特本人。」

「然後呢？」

「愛德華已經離職快一年了。」

「太奇怪了，他居然什麼都沒說！」

貝特曼遲疑了一下，但是他話已經說到這個分上，剩下的部分要藏也藏不住了，讓他覺得非常尷尬。

「他是被開除的。」

「老天爺！爲什麼？」

「似乎他們警告過他一兩次，最後就叫他走人了。他們說他又懶又無能。」

「愛德華？」

他們沉默了一會兒，然後他看見伊莎貝爾在哭。他本能地握住了她的手。

「噢，親愛的，別哭啊，別哭，」他說，「看你這樣，我受不了。」

她實在太過驚慌，手也沒想到要抽回來，由著他繼續握著。他努力地安慰她。

「太不可思議了，不是嗎？這根本不像愛德華。我忍不住要想，這當中一定出了什麼差錯。」

她好一陣子沒說話，最後才猶豫不決地開了口。

「你覺不覺得，他後來的信裡透著種古怪？」她問，眼睛望向別處，眼裡泛著淚光。

他不知道該怎麼回答才好。

「我注意到他的信內容有點改變，」他承認。「似乎他以前讓我非常敬佩的認眞嚴肅完全不見了，幾乎讓人覺得一切重要的事對他來說，呃，都沒什麼。」

伊莎貝爾沒有回答，心下隱隱不安。

「也許他回你信的時候會說他什麼時候回來，我們也只能等他的信了。」

他們兩人又收到了愛德華的信，信裡還是沒有提回來的事，但是他寫信當時可能還沒收到貝特曼的詢問信，要等下一批郵件才能得到答案。下一批郵件到了，貝特曼帶著剛收到的信去見伊莎貝爾，她只看了他的表情一眼，就知道他現在非常不安。她仔仔細細地看完那封信，微微抿緊了嘴唇，又重新看了一次。

「這封信太奇怪了，」她說，「我不是很懂。」

「讓人覺得他在跟我開玩笑，」貝特曼說著，臉都漲紅了。

「讀起來是這樣，但是一定不是故意的。太不像愛德華了。」

「回來的事，他一個字都沒提。」

「如果我不是對他的愛很有信心，我眞的會想……很難說我會怎麼想。」

這時貝特曼把他下午才醞釀成形的方案提出來。他父親創辦的公司，他現在算是合夥人，這個公司生產各式各樣的汽車，目前正打算在檀香山、雪梨和威靈頓建立經銷據點，貝特曼打算代替本來要去的經理，親自走一趟，回程的時候可以取道大溪地，其實要從威靈頓回來的話，路線一定是這樣走的，那樣他就可以見到愛德華了。

「這裡面有些事情難以解釋，我得去把它弄清楚。這是唯一的辦法了。」

「噢，貝特曼，你真是太好，太善良了。」她忍不住喊了出來。

「你知道，在這個世界上，沒有什麼比你的幸福更值得我去追求的了，伊莎貝爾。」

她看著他，對他伸出雙手。

「你太棒了，貝特曼。這世界上像你一樣的人我再找不到第二個了，我該怎麼謝你呢？」

「我不要你感謝我，只要你願意讓我幫你就好。」

她垂下眼，臉微微地紅了。她對他太習慣了，習慣到忘了他有多帥氣。他跟愛德華一樣高，體格也一樣好，但是他膚色更黑一點，臉色有點蒼白，愛德華的臉就一直是紅潤的。當然她也知道他愛她，她很感動，覺得心裡對他湧起了一股柔情。

現在貝特曼就是從這趟旅程回來的。

業務行程比他預計的長了點，他有很多時間去思考兩位朋友的事。他的結論是，讓愛德華不回家的理由並沒有什麼大不了，爲了自尊吧，也許，所以才決定在迎娶心愛的新娘之前非做出一番大事業不可，但是這種自尊問題一定得好好跟他說清楚才行。伊莎貝爾很難過，愛德華必須立刻和他一起回芝加哥跟她結婚，他可以在杭特牽引馬達和汽車公司裡給他安排一個工作。貝特曼雖然心在淌血，但想到他以自己爲代價，給了他在這世上最愛的兩個人幸福，他又有種狂喜的感覺。他這一生都不結婚了，他會成爲愛德華和伊莎貝爾子女們的教父，許多年後，當他們都不在人世了，他會告訴伊莎貝爾的女兒，說他從好久好久以前就深愛著她的母親。貝特曼想像著未來的場景，淚水模糊了眼睛。

爲了給愛德華一個驚喜，他並沒有發電報告訴他自己什麼時候要到，在大溪地上岸之後，他跟著一個自稱是花朵旅店小老闆的人去了那家旅館。想到朋友突然見到他這個意外的不速之客走進他辦公室時的有趣場面，他忍不住笑出聲來。

「對了，」他們往旅館去的時候，他問，「你知道哪裡可以找到愛德華・巴納德先生嗎？」

「巴納德？」那個年輕人說，「我好像知道這個名字。」

「是個美國人，高高的，淺棕色頭髮，藍眼睛。他大概來這裡兩年了。」

「當然當然，現在我知道你說的是誰了，你說的是傑克森先生的姪子。」

「誰的姪子？」

「阿諾德・傑克森先生。」

「我想我們說的不是同一個人。」貝特曼冷淡地回答。

其實他嚇了一跳。這個無人不知的阿諾德·傑克森，居然還頂著這個被判有罪的不光彩的名字在這裡生活。但是貝特曼想不出冒充他姪子的人到底是誰，因爲阿諾德只有隆斯塔夫夫人一個姊妹，沒有兄弟。貝特曼身邊的年輕人說得一口流利英語，但是語調裡還是帶著一點外國口音，貝特曼斜斜瞥了他一眼，他這時才看出來這年輕人身上有許多土著特徵，對待他的態度便多了幾分高傲。他們到了旅館，貝特曼把自己的房間打點好之後，便要求別人告訴他布勞恩施密特的公司怎麼走。他們公司位在海岸邊的路上，面對著潟湖，他在海上航行了八天，再度踏上堅實的土地讓他非常高興，便沿著灑滿陽光的道路往海邊信步逛過去。找到他要找的那個地方之後，貝特曼給那個經理遞了一張名片，接著他被人領著穿過一個挑高的，有點像倉庫的房間，這是間半店面半倉庫的房子，最後到了一間辦公室，有個肥胖，戴著眼鏡的禿頭男人坐在那兒。

「你可以告訴我，那兒可以找到愛德華·巴納德先生嗎？據我所知，他在這裡工作過一段時間。」

「這樣啊，但是我不知道他現在在哪兒。」

「但我想他是布勞恩施密特先生特別推薦來的。我跟布勞恩施密特先生也很熟。」

那個胖子用精明的懷疑眼光看著貝特曼，然後對在倉庫裡的一個男孩喊：

「我說亨利啊，巴納德現在在哪你知道嗎？」

「在卡麥隆的店裡做事吧，我想。」倉庫裡那個懶得出來的人回答。

胖男人點點頭。

「你出了門左轉，大概三分鐘就會碰到卡麥隆商店了。」

貝特曼遲疑了一下。

「我想我應該告訴你，愛德華・巴納德是我最好的朋友。聽到他離開布勞恩施密特公司我眞的非常驚訝。」

那胖子瞇起眼睛端詳他，直到眼睛幾乎剩下兩條線，那種眼神讓貝特曼非常不舒服，覺得臉都要燒起來了。

「我猜布勞恩施密特公司和愛德華・巴納德在某些問題上可能看法並不一致。」他回答。

貝特曼不太喜歡這個傢伙的態度，所以他站起來，不失自尊的爲打擾對方表示了歉意，道別離開。他離開那個地方的時候有種奇怪的感覺，他覺得剛才見到的那個人其實有很多事可以告訴他，只不過不想說而已。他照著剛才的指示走去，很快就發現了卡麥隆商店。那是家雜貨店，跟剛才他半路看見的十幾家小舖沒什麼不一樣，他踏進店裡看見的第一個人只穿著襯衣，站在那兒量棉布，正是愛德華。看見他居然做著這麼低下的工作令他大爲吃驚。但他剛一現身，愛德華正好抬起頭，兩人視線相接，愛德華立刻又驚又喜地大叫起來。

「貝特曼！沒想到居然會在這裡見到你！」

他從櫃檯後面伸出手來，緊緊握住貝特曼的手，態度非常自然，反而是貝特曼感覺十分難爲情。

「等我一下，我先把這塊布包好。」

他熟練地拿剪刀滑過布料，把剪下的布摺好打包，交給一位黑皮膚的顧客。

「請到桌子那兒付錢。」

接著他滿臉笑容，眼睛發亮地轉向貝特曼。

「你怎麼會在這兒？噯，看到你太高興了，坐下吧，老朋友，當自己家一樣，別拘束啊。」

「我們在這兒不好說話，去我住的旅館吧。我想你走得開吧？」

他有點不安地最後加上一句。

「我當然走得開，在大溪地做事沒那麼一板一眼。」他向對面櫃檯後的一個中國人喊：「阿靈，老闆來了的話，跟他說我有個朋友從美國來，我跟他去喝一杯。」

「沒問題。」那個中國人咧嘴笑著說。

愛德華很快地套上外套，戴上帽子，和貝特曼一起走出商店。貝特曼想用開玩笑的口氣把那件事講出來。

「我眞沒想到會撞見你正在賣三碼半爛棉布給油膩黑鬼的樣子。」他大笑。

「布勞恩施密特炒了我魷魚嘛，你知道，那我就想，其實做什麼工作都一樣。」

愛德華的坦率好像把貝特曼嚇了一跳，但他覺得自己應該謹慎一點，不要再繼續這個話題。

「我覺得你待在那個地方沒什麼前途。」他回答，語氣有點冷淡。

「我也這麼覺得。但是我賺的錢已經夠我不餓肚子了，這種生活我很滿足。」

「兩年前你不是這個樣子的。」

「人長大了，總是會變聰明的嘛！」愛德華回答，一臉愉快。

貝特曼看了他一眼。愛德華穿著一件破舊的白帆布衫，髒兮兮的，戴的是土產的大草帽。人比以前瘦了，被太陽曬得黧黑，看上去比過去任何一個時候都精神奕奕，但他表現出來的樣子底下，卻有種莫名的東西讓貝特曼覺得不安。他走路的姿態，帶著他從來沒見過的喜孜孜表情，一副無牽無掛的模樣，雖然並沒有什麼特別的事，卻始終很開心，貝特曼沒有辦法確切說出哪裡不對，但他的舉止令他百思不解。

「我要是該死的知道他在高興什麼就好了。」他心裡暗想。

他們回到旅館，在露臺上坐下，一個中國侍者送上雞尾酒。愛德華急著想知道關於芝加哥的事，不斷提出各種迫切想知道答案的問題轟炸他的朋友。他感興趣的樣子自然而真摯，奇怪的是他對各種不同的東西是一視同仁的感興趣，他對貝特曼父親的近況和對伊莎貝爾現在在做的事感興趣程度是一樣的。他談起伊莎貝爾的時候毫無羞澀之色，就好像談的是他的姊妹而不是他的未婚妻。貝特曼還沒來得及細想他話裡真正的意思，就發現愛德華又把對話轉到他自己的工作和他父親最近新建的大樓去了。他決心要把話題拉回伊莎貝爾身上，正在尋找時機的時候，就看見愛德華熱情地揮起了手。一個男人從露臺上朝他們走來，但是貝特曼因爲背對著，所以看不見他。

「過來過來，坐下吧。」愛德華高興地說。

這位剛來的人走近了，是個很高很瘦的男人，穿著白色帆布衫，有一頭打理得很整齊的白色鬈髮，清瘦的長臉上有個大大的鷹勾鼻，還有張漂亮而表情豐富的嘴。

「這是我的老朋友，貝特曼・杭特，我跟你提過。」愛德華說著，嘴角露出他一貫的笑容。

「很高興見到你，杭特先生。我以前跟令尊是相識的朋友。」

這個陌生人伸出手，有力而友善地握住了這個年輕人的手。直到這時，愛德華才說了這個人的名字。

「阿諾德・傑克森先生。」

貝特曼臉色發白，突然覺得自己的手變得冰冷。這就是那個僞造文書的人，那個罪犯，這就是伊莎貝爾的舅舅。他不知道該說什麼，只想努力遮掩自己的不知所措。阿諾德・傑克森眼睛閃亮亮地看著他。

「我敢說，你對我的名字很熟。」

貝特曼不知道該承認還是該否認，更讓人尷尬的是傑克森和愛德華兩個人好像都覺得這個場面很有趣。在這個島上被逼著去認識一個他寧可避開的人已經夠糟了，更糟的是他看得出自己還被當笨蛋取笑。只不過，他結論也許下得太快了，因爲傑克森又立刻加上一句：

「據我所知，你跟隆斯塔夫家感情不錯。瑪麗．隆斯塔夫是我妹妹。」

現在貝特曼心中暗想，阿諾德．傑克森是不是眞以爲他對那件芝加哥史上最惡劣的醜聞一無所知，但這時傑克森把手放在愛德華肩膀上，說：

「我沒辦法坐了，泰迪[5]，」他說，「我很忙，但你們兩位晚上可以過來吃個晚飯。」

「那就這麼說定了。」愛德華說。

「謝謝您誠心的邀請，傑克森先生，」貝特曼冷淡地說，「但是我在這兒能待的時間很短，您知道，明天我的船就要出發了，我想，要是您不介意，今晚我就不去了。」

「噢，別胡說了。我會讓你嘗嘗這裡的本地菜，內人菜燒得棒極了。泰迪會告訴你怎麼走。早點來，這樣就可以看日落了。如果你們喜歡的話，我還可以給你們倆打個地鋪過夜。」

「我們當然會去，」愛德華說，「船到的那一晚，旅館裡總是吵得鬼哭神嚎，要是住在小平房裡，我們就能好好講講故事了。」

「我不會讓你溜掉的，杭特先生，」傑克森非常誠摯地接下去說，「我也想聽聽芝加哥和瑪麗的事。」

貝特曼還沒能答話，他便點了點頭走開了。

「在大溪地，我們想請，你是拒絕不了的，」愛德華大笑。「再說，你還能吃到這島上最棒的晚餐呢。」

「他說他太太很會燒菜是什麼意思?他太太在日內瓦,這事我正好知道。」

「對一個太太來說,那太遠了,不是嗎?」愛德華說,「他也很久沒見到她了。我想他說的是另外一個太太。」

貝特曼沉默了好一陣子,臉色凝重。但一抬頭卻看見愛德華眼中好笑的神色,他臉都漲紅了。

「阿諾德・傑克森是個卑鄙的無賴。」他說。

「恐怕眞的是呢!」愛德華微笑著說。

「我不知道一個正派的人怎麼會跟這種人扯上關係。」

「說不定我也不是什麼正派的人。」

「你跟他來往頻繁嗎?愛德華?」

「很頻繁啊。他都認了我當姪子了。」

貝特曼身子往前傾,眼神銳利地盯著愛德華。

「你喜歡他嗎?」

「非常喜歡。」

---

5 泰迪(Teddy):是愛德華(Edward)的暱稱。

「這裡的人不知道就算了，難道你也不知道他僞造文書，是個詐欺犯？他應該被文明世界放逐的。」

愛德華望著那一個個的煙圈，從他燃著的雪茄上飄進靜謐、漾著花香的空氣裡。

「我想他確實是個徹頭徹尾的流氓，」最後他說，「我不認爲他對自己犯下的惡行懺悔，就能得到世人的寬恕。他是個騙子，是個僞君子，一輩子也甩不開這個名號了。但我從來沒碰過比他相處起來更愉快的同伴了，我知道的一切都是他教我的。」

「他教了你什麼？」貝特曼驚訝地喊出聲。

「如何生活。」

貝特曼忍不住爆出嘲諷的笑聲。

「眞是位大師啊。你丟掉了創造大好前途的機會，如今在一家廉價商店當店員賺錢過活，也都得歸功於他的教誨吧？」

「他的人格魅力太不可思議了，」愛德華說，臉上仍然帶著和善的微笑。「也許今晚你就會知道我的意思了。」

「如果你指的是今晚跟他一起吃飯的事，那我不會去。無論什麼，都不可能讓我踏進那個人的家門一步。」

「就算是幫我一次嘛，貝特曼。我們當朋友這麼多年，如果我求你，你總不會拒絕的吧？」

愛德華這些話的語調裡有種貝特曼從來沒聽過的特質，很溫和，卻擁有奇特的說服力。

「如果你這麼說，愛德華，那我是非去不可了。」他微笑。

貝特曼其實心裡另有盤算，覺得也許可以藉此盡可能多了解一下阿諾德・傑克森這個人。事情很明白，他對愛德華有強大的支配力，要跟這股力量對抗，就必須先弄清楚它究竟是什麼。他和愛德華聊得越多，就越能感覺到他變化之大，簡直像是換了一個人。他本能地覺得應該謹慎行事，於是他決定，在情勢還不明朗之前，先不要把此行的目的說出來。他開始天南地北地跟他聊，聊這此旅行，聊他這次出行的成果，聊芝加哥的政治情勢，聊他們共同的那位朋友，還有他們一起在大學度過的那些時光。

最後愛德華說他必須回去工作了，約好五點鐘來接貝特曼，接著一起駕車去阿諾德・傑克森家。

「順帶一提，我本來以爲你會住在這家旅館的，」貝特曼和愛德華一起信步走出花園時說，「據我所知，這是這裡唯一一家夠體面的旅館。」

「我才不會，」愛德華大笑。「這價格對我來說太奢侈了。我在剛出鎮外的地方租了個房間，又便宜又乾淨。」

「如果我沒記錯，你還在芝加哥的時候，便宜乾淨似乎不是你最重視的東西。」

「芝加哥！」

「我不知道你這種口氣是什麼意思，愛德華。那可是世界上最偉大的城市。」

「我知道。」愛德華說。

貝特曼迅速掃了他一眼，但他臉上卻是一副莫測高深的表情。

「你打算什麼時候回去？」

「我也常常在想這個問題。」愛德華笑著說。

這個回答和他說這話的態度讓貝特曼吃了一驚，但他還沒來得及要他解釋，愛德華就對一個開車經過的歐亞混血兒招了招手。

「搭個便車，查理。」他說。

他向貝特曼點了點頭，就跑向在前方幾碼遠的地方停下來的汽車，把貝特曼和一大堆雜亂、令人難解的印象一起留在原地。

愛德華去接他的時候，坐的是一輛搖搖晃晃的兩輪馬車，拉車的是一匹老母馬。他們沿著海邊的路往前去，路兩旁都是植物農園，種著椰子和香草，偶爾還有大芒果，或黃或紅甚至熟透帶紫的果實掩映在濃密的綠葉間。有時潟湖會在他們眼前閃現，平靜湛藍，當中零星幾個小島，在高大的棕櫚樹映襯下顯得分外優雅。阿諾德．傑克森的家位在一座小小的山丘上，只有一條窄窄的小徑能走，所以他們把那匹母馬身上的馬具卸下，把馬拴在一棵樹上，馬車就丟在路邊。對貝特曼來說，這種做事方法實在隨意過頭了。他們走上那棟山上的房子，遇見了一位高高的、長得很好看的本地女人，雖然看起來已經不年輕了。愛德華熱情地和她握手，然後向她介紹貝特曼。

「這是我朋友杭特先生，我們是來跟你一起吃晚飯的，拉薇娜。」

「好的，」她說，很快地笑了一笑。「阿諾德還沒有回來呢。」

「我們先到下面去泡個澡，幫我們帶幾條帕瑞歐[6]來吧。」

女人點了個頭，就進屋去了。

「那是誰？」貝特曼問。

「噢，那是拉薇娜，阿諾德的太太。」

貝特曼抿緊了嘴唇，一句話也沒有說。不一會兒，那個女人帶著一捆東西回來交給愛德華，兩人從一條陡峭的小路攀下，走向海邊的一片椰子樹。他們脫了衣服，愛德華示範給他朋友看怎麼把這塊叫做帕瑞歐的紅色棉布在身上圍成一條俐落的浴褲，沒多久他們就在溫暖的淺海裡潑起水來。愛德華興致非常高，他又笑又叫又唱，好像他還是個十五歲的少年，貝特曼從來沒看過他這麼快樂的樣子。洗完澡之後，他們躺在海灘上抽菸，空氣清澈純淨，愛德華那種無憂無慮的自在簡直令人無法抗拒，貝特曼有點吃驚。

6 帕瑞歐（Pareo）：一種長幅的進口棉布，有紅有藍，印著白色圖案。穿法是，環腰繫起來，長度大約垂到膝蓋。

「你好像已經找到生命中的至樂一樣。」他說。

「我是啊。」

這時他們聽見輕輕的移動聲響，向四周望了望，看見阿諾德．傑克森正朝他們走來。

「我想我還是來接你們兩個孩子回去比較好，」他說，「洗得舒服嗎？杭特先生？」

「非常舒服。」貝特曼說。

阿諾德．傑克森已經脫掉了之前的帆布衫，裸著上身赤著腳，只在腰上圍了一條帕瑞歐。他的身體被太陽曬得黝黑，加上他又長又捲的白髮和苦行僧似的臉，穿著當地服裝倒有種奇人異士的味道，但他的舉止十分自然。

「你們要是好了，我們就上去吧。」傑克森說。

「我穿一下衣服。」貝特曼說。

「爲什麼？泰迪，你沒給你朋友帶條帕瑞歐嗎？」

「我猜他比較想穿衣服。」愛德華微笑著說。

「當然。」貝特曼嚴肅地回答。他襯衫都還沒穿好，就看見愛德華圍好了纏腰布，站在那裡準備要走了。

「你走路不穿鞋，不覺得扎腳嗎？」他問愛德華。「路上的小石頭弄得我腳痛。」

「噢，我習慣了。」

「從鎮上回來，還是換上帕瑞歐舒服，」傑克森說，「如果你打算在這兒待下去，我會強烈推薦你穿這個。這是我見過最實用的服裝了，又涼快，又方便，而且一點都不貴。」

他們往上走回屋裡，傑克森帶他們進入一個四壁刷白、有開放式天花板的大房間，裡頭擺著一張餐桌。貝特曼注意到桌上放著五人份的餐具。

「愛娃，過來讓泰迪的朋友看看你，再幫我們搖點雞尾酒。」傑克森喊著。

然後他帶著貝特曼到一面低矮的長窗前。

「看看這邊，」他說，做了個戲劇性的動作。「好好欣賞一下。」

從他們所在的地方，椰子樹一路沿著陡坡往下延伸到潟湖，潟湖水面在夕照下映出鴿胸絨毛般溫柔又變化萬端的色彩。再遠一點是個小灣，旁邊是一簇簇當地村落的小屋，礁石前方可以看見一隻獨木舟鮮明的輪廓，上頭有幾個本地人正在捕魚。再過去，就是太平洋廣闊平靜的海面，二十英里外，在一片虛無飄渺，如夢似幻，彷彿詩人的幻想織就的薄紗中，就是那美得難以想像的茉莉亞島。面前的一切無一不美，貝特曼簡直不知所措。

「我從來沒見過這種景象。」最後他終於說。

阿諾德站在他前方凝視著窗外，眼裡有種夢幻般的溫柔。他削瘦、沉思著的臉看起來非常嚴肅。貝特曼看著那張臉，再次感覺到它透出來的強烈靈性。

「美，」阿諾德・傑克森低聲地說，「這樣直接面對它的機會不常有，好好看著吧，杭特先生，你現在看著的這一切不會再看見第二次，這一刻轉瞬即逝，但它會成爲你心底永不磨滅的記憶，你碰觸到了永恆。」

他的聲音很低沉，轟轟地共鳴著，彷彿吐露了最純粹的理想主義，貝特曼必須逼自己記著，眼前這個說話的人是個罪犯，是個可惡的騙子。愛德華這時卻好像聽見了什麼聲音，迅速地轉了個身。

「這是我女兒。杭特先生。」

貝特曼和她握了手。她有一對閃亮的深色眼睛，紅潤的嘴帶著羞怯的笑，但她的膚色是棕色的，漆黑的長鬈髮波浪似地披在肩上，身上只穿著一件粉紅色棉布做的長罩袍，光著腳，頭上戴著一個白色香花編成的花環。她長得非常可愛，簡直就像波里尼西亞的泉水女神。

她有點害羞，但是貝特曼比她更害羞，他所處的整個狀況都令他尷尬到極點，就算看著這個精靈般的女孩用調酒器和熟練的手法替他們調了三杯雞尾酒，也沒辦法讓他稍微放鬆下來。

「給我們來杯勁頭大點的，孩子。」傑克森說。

她把調好的酒倒出來，愉快地笑著給每個人遞了一杯。貝特曼向來以自己巧妙的雞尾酒調配技術自豪，嘗了之後卻大吃一驚，因爲那杯酒實在調得太出色了。傑克森看著客人不自覺出現的讚賞表情，得意的笑了。

「還不錯，對吧？這孩子的調酒是我親自教的，以前在芝加哥的時候我就覺得，全城的調酒師沒有一個比得上我，後來進了監獄，沒事可做，就整天想雞尾酒新配方當消遣，直截了當地說，沒什麼酒比不甜的馬丁尼更好的了。」

聽見監獄兩字，貝特曼覺得好像有人在他手臂的麻筋上狠狠揍了一拳，感覺自己的臉紅一陣白一陣，他還沒來得及想自己該怎麼回話，就看見一個本地男孩端上一大碗湯，於是大家便就座吃晚餐。阿諾德·傑克森開始談起在監獄裡的日子，似乎剛才的話勾起了他一大串回憶，他口氣非常自然，沒有一絲怨氣，好像說的是他在國外上大學的經驗一樣。他一直對著貝特曼說話，貝特曼一開始被弄糊塗了，之後更是不知所措起來。突然他看見愛德華盯著他看，眼裡閃現好笑的神色，他覺得傑克森分明是在耍他，瞬間整張臉漲得通紅，接著又由羞轉怒，因爲覺得這實在太荒謬了，他根本沒有理由這麼做。阿諾德·傑克森實在太不知羞恥，除了這個字眼之外再沒有別的可以形容他了，而且他的麻不不仁，不管是不是裝的，都已經到了令人髮指的程度。他們繼續吃晚餐，貝特曼被要求吃下各式各樣的奇怪食物、生魚、和他根本不知道是什麼的東西。爲了禮貌，他不得不把那些東西吞下去，但是令他驚奇的是，他發現那些食物非常好吃。之後發生了一個小插曲，可以說是貝特曼那天晚上最窘的事了。他面前放著一個小花環，爲了沒話找話講，便隨口稱讚了一下那個小花環。

「那是愛娃爲你編的，」傑克森說，「但我想她太害羞了，不好意思親自拿給你。」

貝特曼把花環拿在手上，客氣地說了幾句話謝謝那個女孩。

「你要戴上才行。」她微笑地說，有點臉紅。
「我？我不想戴。」
「這是這個國家一個很迷人的習俗。」阿諾德・傑克森說。
他面前也有一個花環，他把花環戴在頭上，愛德華也照做了。
「我想我身上的衣服不太適合這個。」貝特曼不太自在。
「那你要換上帕瑞歐嗎？」愛娃很快地說，「我馬上給你拿一條來。」
「不，謝謝你，我現在這樣很舒服。」
「教他怎麼戴，愛娃。」愛德華說。
那一刻貝特曼簡直恨死他這個最好的朋友了。愛娃從桌邊站起來，一面大笑，一面把花環戴在他的黑髮上。
「很適合你啊，」傑克森太太說，「很搭，對吧？阿諾德？」
「那當然。」
貝特曼覺得自己每個毛孔都在冒汗。
「可惜天已經黑了，」愛娃說，「不然我們就可以給你們三個拍張照片了。」
貝特曼心想眞是老天保佑。他穿著藍色斜紋布西裝和高領襯衫，一副整齊體面的紳士樣，頭上卻頂著一個可笑的花環，他覺得他看起來鐵定像個超級大蠢蛋。他滿腔怒火，爲了擺出一副親切的表情，簡直用上了他這輩子最大的克制力。他看見半裸著坐在桌子那頭，一張聖人臉，一頭白髮還頂著個花環的老傢伙就有氣，現在這個狀況簡直荒謬到了極點。

晚餐結束之後，愛娃和媽媽留在餐廳收拾，三位男士坐在陽臺。天氣很溫暖，空氣裡飄著夜裡才盛開的一種白花的香氣。天上的滿月在無雲的夜空緩緩移動著，在廣闊的海面上劃出一條通路，通往名爲永恆的無窮國度。阿諾德・傑克森開始說話了，他的聲音渾厚而有音樂性，談著現在的本地人和這個國家的古老傳說。他說起過去的奇怪故事，有對未知世界的危險探索，也有愛與死、憎恨與復仇的各種情節。他談到發現遙遠島嶼的冒險家，談到在他們這兒安家落戶、還娶了酋長女兒的水手，也談到在銀色海岸邊過著各式各樣生活的流浪漢。貝特曼被剛才的事弄得又羞又怒，一開始聽故事的時候還繃著一張臉，但沒多久，那些語句裡彷彿有種讓他沉迷的魔力，他坐在那兒，竟聽得入神了。浪漫的幻影讓日常生活的光芒黯然失色。難道他忘了阿諾德・傑克森有條三寸不爛之舌？忘了他就是靠這個騙走了輕信他的人們的大筆金錢，還幾乎讓他逃掉了法律制裁嗎？再也沒有人比他會說話，也再沒有人比他更有察言觀色的敏感度了。但突然間他站了起來。

「好了，你們兩個孩子很久沒見面了，我得讓你們好好聊聊。你什麼時候想睡了，泰迪會告訴你房間在哪兒。」

「呃，但是我沒打算過夜，傑克森先生。」貝特曼說。

「之後你就會知道待在這兒比較舒服。我們明天會早點叫你，到時候見了。」

接著阿諾德・傑克森有禮地握了握手，神態莊嚴，彷彿身著法衣的主教，從客人眼前離開了。

「如果你想走，我當然也可以駕車送你回帕皮提，」愛德華說，「但是我建議你留下來，大清早上路感覺眞是太美妙了。」

有幾分鐘時間兩人都沒說話。貝特曼一直在盤算要怎麼樣開這個話頭，這一天內發生的各種事情，讓他覺得這件事更急迫了。

「你什麼時候要回芝加哥？」他冷不防地開口。

愛德華好一陣子沒回答，然後他懶懶地轉身，微笑看著他的朋友。

「我不知道，也許就不回去了。」

「我的老天，你這是什麼意思？」貝特曼大叫。

「我在這裡很快樂，要是再去做什麼改變，不是太笨了嗎？」

「你這個人！你不能一輩子待在這裡啊！這不是個男人該有的生活，這樣活著跟死了一樣啊。噢，愛德華，趕快走吧，再不走就來不及了。我已經感覺到有事情不對勁了，你根本被這個地方迷昏了頭，對邪惡的力量屈服了呀，但是只要你一個掙扎，你就能從這些控制中脫離，恢復自由，到那個時候，你一定會覺得眞是謝天謝地。你會像個戒了毒的癮君子，發現過去兩年自己呑吐的都是有毒的氣體。一旦你的肺充滿了家鄉清新純淨的空氣，你絕對想像不到那會讓你有多輕鬆。」

他說得很急，因爲太激動，一大串話像連珠砲似地冒出來，他說得那麼眞摯，句句發自肺腑，愛德華眞的被感動了。

「你爲我設想了這麼多，眞是太好了，我的老朋友。」

「明天跟我一起走，愛德華。你到這個地方來根本就是個錯誤，這不是你該過的生活。」

「你跟我提到這種生活那種生活的，你覺得一個男人要怎樣才能得到生活中最好的東西呢？」

「嗳，這我絕對想不到第二個答案了，就是盡自己的責任，努力工作，並且履行所有和自己的身分資格相應的義務。」

「那麼這個人可以因此得到什麼報償嗎？」

「報償就是，他可以感覺到自己達成了當初立下的奮鬥目標。」

「對我來說，這一切聽起來都太沉重了，」愛德華這麼說，在夜晚的微光中，貝特曼看見他在微笑。「我怕你會覺得我已經墮落到令人遺憾的地步了，我現在想的一些事，我敢說，要是在三年前，連我自己也沒有辦法容忍。」

「這些都是你從阿諾德・傑克森那兒學來的嗎？」貝特曼輕蔑地問。

「你不喜歡他？也許不能期待你會喜歡。我剛來的時候也不喜歡他，我那時候就跟你一樣對他有成見。他是個非常特別的人。你自己也看到了，他對他待過監獄的事毫不隱瞞。我從來沒聽過他

7帕皮提（Papeete）：法屬波里尼西亞首府，位於大溪地島上。

對坐牢這件事，或者讓他坐牢的那些罪名有任何一點悔恨，我唯一聽過的，就是他抱怨出獄後身體變差了。我想他根本就不知道什麼叫懊悔，一點道德觀念都沒有，這世上沒有什麼事他不能接受，包括他自己在內，而且他又慷慨又和善。」

「他一向如此，」貝特曼打斷他，「用別人的錢尤其慷慨。」

「我發現他是個非常好的朋友。我用我自己看見的那一面去評價一個人，不也是很自然的事嗎？」

「結果你把是非之間的界線都搞混了。」

「不，是與非在我心裡還是跟以前一樣清楚，有點弄混的是好人和壞人之間的界線。阿諾德·傑克森究竟是個做好事的壞人，還是個做壞事的好人呢？這是個很難回答的問題。也許我們把人和人之間的差異看得太重了，也許就算是我們之中最好的一群，其實也是罪人，而最壞的一群反而是聖者，誰知道呢？」

「這種顛倒是非黑白的話，你永遠別想拿來說服我。」貝特曼說。

「我也很確定我說服不了你，貝特曼。」

貝特曼不懂爲什麼，當愛德華同意他的說法時，嘴角會掠過一絲笑意。愛德華沉默了一會兒。

「貝特曼，我今天早上看見你的時候，」他接著說，「我好像看到了兩年前的自己，同樣的高領襯衫，同樣的皮鞋，同樣的藍西裝，同樣的精力充沛，還有同樣的雄心壯志。上帝爲證，我那時候好積極啊，這個地方昏昏欲睡的做事方式反而讓我熱血沸騰，我到處走了走，每個地方我都看見進步的可能性和無限的商機。這裡的前景大有可爲。這裡的椰子乾居然用麻袋裝了從這裡運到美國才榨油，對我來說這實在太荒謬了，更經濟的方式應該是在本地設廠，這裡有便宜的勞工，又省下了運費，我好像已經看見大量的工廠在島上一座座冒出來的樣子。然後他們把椰肉從椰子裡分離出來的方法，在我看來也是糟透了的沒效率，我發明了一種挖椰肉的機器，一小時可以挖兩百四十個。這裡的港口也不夠大，我打算擴充，然後跟人合夥買地，蓋兩三棟大型旅館，再建幾座平房租給偶爾會來島上暫住的居民。我還想了一個改進輪船服務的計畫，好吸引來自加州的旅客。二十年內，這裡就不再是這個像半個法國、懶洋洋的帕皮提小鎮，而是一個有十層高樓，有街車，有劇場和歌劇院，有證券交易所和市長的偉大美式城市。」

「那你就去做啊，愛德華，」貝特曼大叫，興奮地從椅子上跳起來。「你既有想法又有能力，唉呀，你一定會成爲美澳兩地最富有的人。」

愛德華輕輕地笑出了聲。

「但是我不想。」他說。

「你的意思是說，你不想要錢，不想要大筆的財富，不想給荷包賺進幾百萬？你知道有了這樣一大筆錢你能做什麼事嗎？你知道這樣的財富會帶來多大的權力嗎？就算你不在乎錢，但你想想你能用這些錢做到的事，你可以爲人類的事業開闢新道路，爲好幾千人創造工作機會。光是想像你剛才那些話裡的場景，我的腦子就快要轉昏了。」
「那就坐下吧，親愛的貝特曼，」愛德華大笑。「我的切椰子機器永遠不會有用上的那一天，而且就我來說，我覺得帕皮提慢吞吞的街上也永遠不會有街車。」
貝特曼重重地坐回椅子上。
「我不懂你的意思。」他說。
「我也是一點一點慢慢懂得的。我開始喜歡上這裡的生活，喜歡這裡的閒適和安逸，還有這裡的人，他們總是那麼親切，臉上隨時都帶著快樂的笑容。我開始思考了，以前我一直都沒有時間思考，也開始讀書了。」
「你一直都在讀書啊。」
「以前我讀書是爲了考試，爲了讓自己在談話中立於不敗之地，爲了學業而讀。現在我學會爲了樂趣而讀書，而且我還學會了聊天。你知道嗎？聊天眞是人生中最大的樂趣之一，但這需要悠閒，我以前一直都太忙了。慢慢的，過去生活中我看得非常重要的一切，都變得微不足道，變得庸俗了。這所有的忙亂和日復一日的搏鬥究竟有什麼用？現在我只要想到芝加哥，就會看見一個陰暗、灰撲撲的城市，一切都是石頭砌的，就像座大監獄，整個城市一片混亂，永無休止。這一切活動意義何在？人能從這裡面得到生活中最美好的東西嗎？我們匆匆忙忙地上班，一小時接著一小時地奮力工作到晚上，然後急著趕回家吃晚飯，又急著趕去劇場看戲，我們來到這個世界爲的是這個嗎？我的青春就要這樣耗掉嗎？青春易逝啊，貝特曼。等到我老了，我又期盼什麼呢？還是每天早上急著從家裡趕到辦公室，一小時又一小時地工作到晚上，再趕回家，吃晚飯，再趕去劇場嗎？如果你想拼個大好前程，這種生活也許還值得，我不知道，也許取決於各人本性吧。但是如果你並不這樣想，那麼這種生活值得嗎？比起這樣過日子，我想從我的生活裡發掘更多東西，貝特曼。」

「那你所謂的生活價值是？」

「我怕說了你會笑我。就是眞、善、美。」

「你覺得這些在芝加哥得不到嗎？」

「也許有些人可以，但我不行。」現在換愛德華跳起來了。「我跟你說，我每次想到過去那種生活，都覺得恐怖到了極點，」他激動地大聲說，「我九死一生地從那種生活裡逃了出來，一想到我就怕得發抖。要是沒有來這裡，我想我永遠也不會知道自己還有靈魂。如果我一直都是個有錢人，說不定我就要永遠失去我的靈魂了。」

「我不知道你怎麼能說出這種話，」貝特曼憤怒地喊出來。「我們以前也常常討論這些的。」

「沒錯，我知道。那些討論就像跟聾子談和弦一樣毫無用處。我永遠不回芝加哥了，貝特曼。」

「那伊莎貝爾怎麼辦？」

愛德華走到露臺邊，探出身子，專注地看著夜空那魔幻的深藍，當他再轉過身時，臉上有一抹淡淡的微笑。

「對我來說，伊莎貝爾太好了。我崇拜她，勝過我認識的任何一位女性。她那麼聰明，心跟她的外表一樣美，還有她的精力，她的大志都讓我敬佩。她生來就是要成功的人，我完全配不上她。」

「她一點都不這麼想。」

「但是你一定要這樣告訴她，貝特曼。」

「我？」貝特曼大叫。「只要還有人能幹這件事，就別找我。」

明亮的月光下，愛德華背光站著，所以看不清他的臉。他會不會又笑了？

「對她隱瞞事情是沒有用的，貝特曼。憑她的機智，五分鐘內就會把你摸得透透的。你見了她，還是立刻坦白比較好。」

「我不知道你是什麼意思。我當然會告訴她我見到你了。」貝特曼有點不安。「說實話，我眞不知道該跟她說什麼。」

「告訴她我什麼事都沒做成。告訴她我現在不但窮，而且甘於貧窮。告訴她我被解雇是因爲我又懶又心不在焉。把今晚你看見的，和我告訴你的話全都告訴她。」

這時貝特曼腦子裡突然閃過一件事，他猛地站起來，焦慮難抑地面對著愛德華。

「你這個人！難道你不想跟她結婚了嗎？」

愛德華嚴肅地看著他。

「如果她希望我遵守諾言，我還是會盡力讓自己變成一個又好又愛她的丈夫。我永遠也沒有資格要求她跟我解除婚約，放我自由。」

「你希望我告訴她這些嗎？愛德華？噢，我說不出口，這太可怕了。她從來也沒想到你居然不想和她結婚。她愛你啊！我怎能對她說出如此屈辱的話？」

愛德華又笑了。

「你爲什麼不和她結婚呢？貝特曼？你愛她也愛了這麼多年，和她再相配不過了。你一定能給她幸福的。」

「別跟我說這種話，我承受不起。」

「我願意讓賢，貝特曼。你比我更好。」

愛德華的語調讓貝特曼猛地抬頭看著他，但是他的眼神非常認眞，一絲笑意也沒有。貝特曼不知道該說什麼，覺得很不安，他在想，愛德華會不會覺得他就是爲了辦一件特別的差事才到大溪地來的呢？雖然他也知道這種想法很可怕，但他還是情不自禁地狂喜起來。

「如果伊莎貝爾眞的簽字退婚，你會怎麼做？」他慢慢地說。

「活下去。」愛德華說。

貝特曼太激動了，一時竟沒有聽清他說了什麼。

「我眞希望你現在穿的是普通服裝，」他有點焦躁。「你做的決定這麼重大，但是你身上怪裡怪氣的衣服實在讓人覺得你隨便過頭。」

「我跟你保證，我穿著帕瑞歐，頭上戴著玫瑰花環的時候，就跟我頭頂高帽，身穿禮服一樣嚴肅認眞。」

貝特曼又想到一件事。

「愛德華，你不是爲了我才這樣做的吧？我不知道會不會，但這個決定可能會讓我的未來變得截然不同。你不是在犧牲自己成全我吧？這我受不了的，你知道。」

「不，貝特曼，在這裡，我已經學會了不再那麼傻，也不再多愁善感。我希望你和伊莎貝爾能夠幸福，但我最不希望的是自己不幸福。」

貝特曼聽了他的回答，心裡涼了一截，因爲愛德華似乎有些憤世嫉俗。他這時若不挺身而出，發揚高貴情操，肯定要遺憾終生。

「你的意思是說，你打算繼續待在這裡浪費生命？這根本跟自殺沒兩樣。想到我們大學畢業那時候，你滿懷雄心壯志，如今竟然甘心在一家廉價商店裡賣東西，眞的太可怕了。」

「噢，這我也只打算做一陣子而已，藉這個機會多累積點有價值的經驗。我腦子裡有別的計畫。阿諾德·傑克森在包莫塔斯群島那兒有座小島，距離這裡大約一千英里遠，是個懷抱著潟湖的環礁島。他在那裡種了椰子，而且打算把那個島送給我。」

「他爲什麼要送你？」貝特曼問。

「只要伊莎貝爾願意和我解除婚約，我就會和他女兒結婚。」

「你？」貝特曼像被閃電打中一樣。「你不能跟一個混血結婚，你不能這麼瘋狂。」

「她是個好女孩，個性甜美溫柔，我想她會讓我過得很幸福。」

「你愛上她了？」

「我不知道，」愛德華沉思著。「我並不像過去愛伊莎貝爾那樣地愛她。我很崇拜伊莎貝爾，覺得她是我見過最令人讚嘆的人了，我連她的一半都不及。但我對愛娃卻不是這種感覺，她就像異國的美麗花朵，需要細細的呵護，不讓她受狂風吹襲。我想保護她，但伊莎貝爾從來也不讓人覺得她需要保護。我想愛娃愛我，是愛我這個人，而不是愛我將來也許會成爲什麼樣的人。不管我發生了什麼事，她永遠也不會對我失望，這樣的她最適合我。」

貝特曼沉默不語。

「我們早上還得早起，」愛德華最後說，「眞的該去睡了。」

接著貝特曼說話了，聲音裡有種發自內心的沉痛。

「我整個人都亂了，不知道該說什麼才好。我會來這裡，是因爲我覺得事情不太對勁，我以爲你是因爲沒能成功達到你原本的目標，覺得失敗了很丟臉，所以才不回來的。我從來也沒想到自己面對的是這種狀況。我太遺憾了，愛德華，我眞的好失望。我一直希望你能做出一番大事業，想到你這樣令人惋惜地浪費了你的才能，你的青春，和你的機會，我眞的受不了。」

「別難過，老朋友，」愛德華說，「我沒有失敗，我成功了。你沒有辦法想像我對生活擁有多大的熱情，生活對我來說有多充實，多有意義。你跟伊莎貝爾結婚以後，也許偶爾會想到我。我會在我的珊瑚島上建造我自己的房子，我會住在那兒，照看我的椰子樹，用他們已經用了無數年的老方法把椰肉從椰殼裡挖出來，我會在花園裡種各式各樣的東西，還會去海裡抓魚。有太多事情夠我忙了，絕對不會覺得無聊。我有書，有愛娃，還有孩子，我希望會有。而且，最重要的是，我會有一整片千變萬化的海洋和天空，黎明的清新，日落的絢爛，還有黑夜的深厚壯麗。我會在不久之前還是一片荒野的地方闢出一個花園，我會創造出一些東西來。等到歲月不知不覺地流逝，我成了個老人，我希望自己回顧這一生，會覺得快樂、單純而寧靜。即便只是在自己小小的天地裡，生活也始終與美相伴。我這樣就滿足了，你覺得懂得知足是如此微不足道嗎？我們都知道，如果一個人贏得了全世界卻失去了自己的靈魂，終歸無益。而我如今已經贏回了自己的靈魂。」

愛德華把他帶到一間有兩張床的房間，自己撲在其中一張床上。十分鐘之後，貝特曼從他均勻、平靜得像個孩子的呼吸聲聽出他已經睡熟了。但是他這邊卻難以入眠，腦子裡千頭萬緒，直到晨曦靜悄悄、幽靈似地挪步溜進房間，他才終於睡去。

貝特曼跟伊莎貝爾說完了這個長長的故事，除了他覺得可能會傷害她，或者會讓自己顯得太蠢的部分之外沒有任何隱瞞。他沒說自己被逼著頭戴花環坐在那兒吃晚餐，也沒說愛德華準備一等她放他自由，就要娶她舅舅的混血女兒的事。但也許伊莎貝爾的直覺比他知道的要敏銳得多，因爲隨著他故事的推演，她的眼神越來越冷，雙唇也越抿越緊。有時她會近近地盯著他的臉，但是他實在太專心敘述這件事了，否則他也許當下就會推敲一下她的表情。

「那個女孩長什麼樣？」他說完故事之後，她問。「我是說阿諾德舅舅的女兒，你覺得她跟我有長得像的地方嗎？」

貝特曼對這個問題有點吃驚。

「我從來沒想過這個問題。你知道除了你之外，我從來沒正眼看過別人，而且有人像你這種事我根本沒辦法想像。誰有辦法像你啊？」

「她漂亮嗎？」伊莎貝爾問，因爲他剛才的話露出了一點笑容。

「我想算漂亮。我敢說會有男人認爲她是個大美人。」

「好了，這不重要。我想我們沒有必要再把注意力放在她身上了。」

「接下來你打算怎麼做？伊莎貝爾？」然後他問。

伊莎貝爾低頭看著自己的手，手上還戴著訂婚時愛德華給她的戒指。

「當初我沒答應讓愛德華解除婚約，是因爲我覺得這可以成爲激勵他的因素，我希望能成爲鼓勵他的人。那時我想，唯一能讓他成功的，就是讓他想著我愛他。我已經盡力了，沒有希望了，如果我不認清事實，那麼軟弱的人就是我了。可憐的愛德華，他沒有害過任何人，最大的敵人就是他自己。他是個親切的好人，只是有點欠缺，我想缺的是毅力吧，希望他能幸福。」

她脫下手上的戒指，把它放在桌上。貝特曼看著他，心臟狂跳，幾乎沒有辦法呼吸。

「你太棒了，伊莎貝爾，你眞的太棒了。」

她臉上露出微笑，然後站起來，把手伸向他。

「你爲我做了這麼多，我該怎麼報答你才好？」她說，「你幫了我一個大忙，我就知道我可以信任你。」

他執起她的手握住，覺得這時的她比任何時候都美。

「噢，伊莎貝爾，爲了你，我會做的比這更多。你知道我唯一的請求就是讓我愛你，任你差遣。」

「你好強大，貝特曼，」她忍不住嘆息。「讓我覺得好有信賴感，這種感覺眞好。」

「伊莎貝爾，我愛你。」

他自己也不知道哪來的靈感，突然把她擁在懷裡，而她也沒有抵抗，在他的注視下微笑著。

「伊莎貝爾，你知道，從我見到你的第一天起，我就想娶你爲妻。」他熱情難抑地說。

「那爲什麼你不跟我求婚呢？」她回答。

她也愛他，他簡直不相信這是眞的。她美麗的嘴唇迎向他，讓他親吻。他把她抱在懷裡的時候，眼前出現一幅遠景，他看見杭特牽引馬達和汽車公司的規模越來越大，地位舉足輕重，建起了一百英畝的廠房，生產出上百萬部馬達。他還收集了大量名畫，讓紐約其他人的收藏都黯然失色。他會戴著牛角框眼鏡。而她在他雙臂環抱的甜蜜壓力下幸福地輕嘆，因爲她想到自己即將擁有一座精緻的房子，裡頭放滿了古董家具，她會在家裡舉辦音樂會和下午茶舞會，還有最有教養的人才會參加的宴會。貝特曼應該戴牛角框眼鏡。

「可憐的愛德華。」她忍不住嘆息。

——原收錄於一九二一年出版的《The Trembling of a Leaf》一書

國家圖書館出版品預行編目資料

毛姆短篇小說選集 / 威廉・薩默塞特 ・ 毛姆（William Somerset Maugham）著；王聖棻、魏婉琪譯
—— 二版 —— 臺中市：好讀，2022.12
面；　公分，——（典藏經典；93）
譯自：Selected Short Stories of W. Somerset Maugham
ISBN 978-986-178-645-2（平裝）

873.57　　　　111019451

好讀出版

典藏經典 93

毛姆短篇小說選集【新版】

Selected Short Stories of W. Somerset Maugham

作　　者／威廉・薩默塞特・毛姆 William Somerset Maugham
譯　　者／王聖棻、魏婉琪
總 編 輯／鄧茵茵
文字編輯／簡綺淇、莊銘桓
美術編輯／廖勁智
內頁編排／王廷芬
行銷企劃／劉恩綺
發 行 所／好讀出版有限公司
台中市407西屯區工業30路1號
台中市407西屯區大有街13號（編輯部）
TEL:04-23157795 FAX:04-23144188 http://howdo.morningstar.com.tw
（如對本書編輯或內容有意見，請來電或上網告訴我們）
法律顧問　陳思成律師

線上讀者回函
獲得好讀資訊

讀者服務專線／TEL：02-23672044 / 04-23595819#213
讀者傳眞專線／FAX：02-23635741 / 04-23595493
讀者專用信箱／E-mail：service@morningstar.com.tw
網路書店／http : //www.morningstar.com.tw
郵政劃撥／15060393（知己圖書股份有限公司）
印刷／上好印刷股份有限公司
如有破損或裝訂錯誤，請寄回知己圖書更換

二　　版／西元 2022 年 12 月 15 日
定　　價／ 350 元

Published by How Do Publishing Co., Ltd.
2022 Printed in Taiwan
All rights reserved.
ISBN 978-986-178-645-2